Rolf Düfelmeyer
Septemberwut

Der Roman spielt hauptsächlich in allseits bekannten Stätten von Ostwestfalen, doch bleiben die Geschehnisse reine Fiktion. Sämtliche Handlungen und Charaktere sind frei erfunden.

Bibliografische Information der Deutschen Nationalbibliothek
Die Deutsche Nationalbibliothek verzeichnet diese Publikation in der Deutschen Nationalbibliografie; detaillierte bibliografische Daten sind im Internet abrufbar über http://dnb.ddb.de

www.niemeyer-buch.de

Umschlaggestaltung: Carsten Riethmüller
Druck und Bindung: AALEXX Buchproduktion GmbH, Großburgwedel
Printed in Germany
ISBN 978-3-8271-9561-6

Rolf Düfelmeyer

Septemberwut

CW Niemeyer

Für Irmela

Über den Autor

Rolf Düfelmeyer, geboren 1953 in Herford, lange Jahre als evangelischer Pfarrer und Religionslehrer in Werther und Lübbecke tätig, legt mit „Septemberwut“ seinen ersten Krimi vor. Er lebt mit seiner Frau, einer gebürtigen Bielefelderin, in Werther bei Bielefeld. Zusammen haben sie zwei erwachsene Söhne und freuen sich über eine Enkeltochter.

Prolog

„Wohin? Wohin willst du gehen? Nach Bielefeld? Nee! Sag, dass das nicht stimmt! - Du willst mich auf den Arm nehmen."

Völlig fassungslos stand Sommers Kollege in ihrem gemeinsamen Büro bei der Kölner Kriminalpolizei vor ihm.

„Was um Himmels willen treibt dich auf das schmale Brett? Bielefeld? Das ist ja quasi Westfälisch-Sibirien. Tief im Osten sozusagen. Da ist doch irgendwie gar nichts los. Sicherste Großstadt Deutschlands. Sorry: Aber für unsereins gibt es da wohl eher nichts zu tun! Oder, stopp - ich verstehe, du willst einfach nur 'ne ruhige Kugel schieben? Andererseits, kann ich mir bei dir auch nicht richtig vorstellen. Ruhige Kugel, mit 48, das passt nicht zu dir."

„Lass gut sein", entgegnete Sommer. „Typisch linksrheinisch! Für euch Ober-Kölner beginnt Sibirien schon auf der rechten Rheinseite. Deutz - das Tor zum Fernen Osten. Und wenn ihr auf der A 1 beim Anstieg zum Bergischen Land im Rückspiegel zum letzten Mal Richtung Rhein blickt, dann fühlt ihr euch wie Livingston in Afrika nach der Überquerung des Sambesi. - Jetzt aber im Ernst: In Bielefeld ist im Kriminalkommissariat 11 eine wichtige Stelle als Leiter der Mordkommission ausgeschrieben. Da habe ich mich beworben, und ich hab' die Stelle gekriegt."

„Mordkommission? Bielefeld? Ich sag's ja - ruhige Kugel!"

„Jetzt hör aber auf. Tu nicht so. Bielefeld ist schließlich für ganz OWL zuständig."

„OWL???"

„Ja. OWL - Ostwestfalen-Lippe! Über zwei Millionen Menschen leben im Regierungsbezirk Detmold! Das sind mehr Menschen als in ganz Mecklenburg-Vorpommern! Gut - der Kölner Regierungsbezirk ist größer. Aber auch in OWL gibt es immer was zu tun. Ungeklärte Todesfälle, Sexualdelikte, Brandstiftung - hast du mitbekommen, dass …"

„Schon gut, schon gut", unterbrach ihn sein Kollege. „Ich find's halt blöd, wenn wir nicht mehr zusammen arbeiten. Wir sind doch ein gutes Team. Wer weiß, wer dann kommt? Vielleicht gar ein echter Ur-Kölner. Das hätte mir noch gefehlt. In diesem Zimmer kann es nur einen Ur-Kölner geben, und das bin ich. - Was sagt deine Familie eigentlich dazu? Deine Frau und deine beiden Söhne? Wie alt sind die jetzt nochmal?"

„21 und 19. Der Zeitpunkt könnte kaum besser sein. Daniel, der ältere, studiert BWL hier an der Uni. Der wird nicht mitkommen. Wir haben schon eine kleine Studentenbude für ihn gefunden. Und Fabian hat gerade erst Abitur gemacht. Der braucht noch Zeit und hat sich nach einem freiwilligen sozialen Jahr erkundigt."

„Warum das denn?"

„Na ja, bevor er rumgammelt und vielleicht auf dumme Gedanken kommt. Eine Zeitlang weder Schule noch Studium … Überall werden jetzt nach Ende der Wehrpflicht händeringend Leute gesucht."

„Und deine bessere Hälfte, Angelika?"

„Lief am Ende reibungslos. Als Gesamtschullehrerin hatte sie einen Versetzungsantrag gestellt. Der wurde genehmigt und sie kann zum neuen Schuljahr in Bielefeld anfangen. Aber das Wichtigste: Alle kennen sich aus in Ostwestfalen. Ich bin dort geboren, genauso wie Angelika. Ihre Eltern wohnen übrigens noch in Bielefeld, und sie möchte mehr in ihrer Nähe sein. Schließlich werden sie nicht jünger. Und für die Jungs war vor allem mein Elternhaus wie eine zweite Heimat. Als letztes Jahr meine Mutter gestorben ist, haben wir das Haus verkauft. Geschwister habe ich keine. Zuerst hatten wir überlegt, uns hier in Köln ein Häuschen zu kaufen. Aber als ich dann erfuhr, dass in Bielefeld eine attraktive Stelle zu besetzen war, war die Entscheidung sehr schnell klar: Wir ziehen zurück nach Ostwestfalen. Ich weiß, als Kölner kannst du dir das nicht recht vorstellen. Aber es ist unsere Heimat! Im Übrigen: Landschaftlich und klimatisch reizvoller als Köln, wenn auch hier und da provinzieller."

„Hier und da - doch so viel!", beendete Sommers Kollege mit enttäuschtem Gesicht das Gespräch.

Donnerstag, 1. September

Schon seit Tagen hatte ich das Haus beobachtet. Das war sehr leicht in der Gegend. Die großen und kleinen Einfamilienhäuser lagen mehr oder weniger mitten im Wald. Es gab Unmengen von Möglichkeiten, sich verborgen zu halten. Zu den verschiedensten Zeiten hatte ich Posten bezogen. Niemand konnte mich ausmachen. Ich war gut getarnt. Das immerhin hatte ich in meinen 12 Jahren bei der Bundeswehr gelernt. Ansonsten konnten die mir beim Bund gestohlen bleiben.

Es war auch nicht schwer gewesen herauszufinden, wo der Idiot heute wohnte. Zuerst hatte ich befürchtet, er könne in eine andere Gegend gezogen sein. Aber Heinz Klapproth stand ganz ordentlich im Telefonbuch, hatte hinter seinen Namen sogar angeberisch „Major a.D." schreiben lassen. Sah ihm irgendwie ähnlich. Nach seiner Pensionierung war er mit seiner Frau einfach genau da geblieben, wo er auch schon vorher gewohnt hatte, gar nicht weit von der Kaserne in Augustdorf entfernt, in Bielefeld-Senne. Er war mein letzter Vorgesetzter bei der Bundeswehr gewesen. Jahrelang hatte er mir auch die letzten Aufstiegschancen verwehrt. Irgendwann wurde mir klar: Dieser Vorgesetzte war der größte Idiot von allen.

Jetzt verließ Heinz Klapproth das Haus. Pünktlich wie jeden Abend machte er mit seinem Dackel an der Leine einen Abendspaziergang. Ein echtes Gewohnheitstier, dieser Major a.D. Klapproth.

Ich brauchte meinem ehemaligen Vorgesetzten nur lose zu folgen. Ich brauchte ihn nicht ständig im Auge zu behalten. Welchen Weg er nehmen würde, war vollkommen klar. Ich war gründlich vorgegangen beim Auskundschaften. An einer dunklen und besonders waldigen Stelle würde ich auf ihn warten. Auf direktem Weg schlich ich dorthin. Unauffällig, geräuschlos, wie ein Indianer; eins mit der Natur.

Als ich die Stelle erreicht hatte, die ich ausgewählt hatte, brauchte ich nur noch zu warten. Tief geduckt saß ich im Gebüsch. Tarnanzug aus dem Internet, Tarnfarbe im Gesicht, in der Hand ein Brecheisen.

Ich ließ meine Gedanken zurückschweifen. Der Idiot hatte behauptet, ich sei nicht in der Lage, mich in die Befehlsstrukturen einzufügen. Für Afghanistan ungeeignet. Schwachsinn! Ich wollte mich auszeichnen, zeigen, was in mir steckte. Aber er hatte es verhindert. Es war meine letzte Chance beim Bund gewesen, wirklich Großes zu vollbringen. Meine Frau und die Kinder wären stolz auf mich gewesen. Ich hatte die Auszeichnungen schon vor mir gesehen, die ich wegen großer Tapferkeit bekommen würde. Aber dieser Idiot hatte meine Meldung nach Afghanistan nicht befürwortet. Hatte mein Gesuch einfach abgelehnt. Deshalb wurde nichts daraus. Und er ist schuld. Mir kam die kalte Wut.

Ich hätte damals schon kurzen Prozess mit ihm machen sollen. Aber da fehlte mir noch der Mut. Jetzt hatte ich ihn. Jetzt kommt der Tag der Abrechnung. Dieser Gedanke beherrschte mich im Gebüsch. Regungslos blieb ich hocken. Angestrengt horchte ich in die Richtung, aus der der Idiot mit seinem Dackel kommen musste. Nichts! Noch nichts!

Nach der Bundeswehr, nach 12 Jahren, war es schwer gewesen, eine vernünftige Arbeit zu finden. Auch daran war der Idiot schuld. Dabei verstehe ich etwas von Menschenführung. Das hatte ich beim Bund gelernt. Damit kann man doch etwas anfangen, auch wenn ich keinen zivilen Beruf erlernt habe. Am Ende Hilfsarbeiter auf dem Bau, bei der Westfalen-Bau GmbH.

Ein paar Jahre war alles gut gewesen. Es gab es viele Gelegenheiten für mich, sich hervorzutun. Aber dann wurde ich zum Chef bestellt. Ich hätte meinen Vorgesetzten, den Polier Dieter Rabe, missachtet und eigenmächtig gehandelt. Deshalb sei dem Unternehmen finanzieller Schaden entstanden. Wie kann ein Mensch nur soviel Unsinn reden? Der Polier war ein riesen Arschloch. Wie ein dummer Junge war ich zum Chef zitiert worden. Der war auch ein Arschloch! Und dann hat mich der Polier regelrecht vom Hof gejagt.

Seitdem war ich arbeitslos, Hartz IV, und meine Frau, die dusselige Kuh, ist natürlich abgehauen. Klar, nun wo die Kohle nicht mehr stimmte. Aber das Schlimmste: Sie hat auch die Kinder mitgenommen. Dabei lieben die ihren Vater. Ich könnte ihnen so viel auf dem Weg mitgeben, mit meiner Lebenserfahrung und meinen Kenntnissen. Aber meine Frau hatte nur hämisch gegrinst. „Was du deinen Kindern wohl mitgeben willst", hatte sie geantwortet. „Du elender Versager!" Versager! Versager! Versager!

Tief hatte sich das Wort in mein Gehirn eingegraben. Spuren hatte es hinterlassen. Mit dem Wort ging ich abends ins Bett. Mit dem Wort stand ich nächsten Morgen auf. Doch dann verwandelte es sich. Aus „Versager" wurde „Rache"! Immer mehr drängte sich das Wort Rache in den Vordergrund. Immer mehr verdrängte es das Wort Versager in den Hintergrund. Da hatte ich gewusst: Jetzt ist Schluss! Der Versager musste endgültig Vergangenheit sein. Niemals wieder sollte irgendjemand mich so nennen. Jetzt würde ich das Heft in die Hand nehmen. Und mit Major Klapproth, dem Idioten, würde ich beginnen.

Voller Anspannung verging die Zeit im Gebüsch wie im Fluge. Nach 10 Minuten näherte sich Klapproth mit seinem Dackel genau meinem Versteck. Ich liebe es, wenn ein Plan funktioniert. Dieser Satz aus einer alten Fernsehserie fiel mir ein. Das Eisen der Brechstange in meinen Händen fühlte sich kühl und gut an. Es gab mir Kraft. Jetzt war der Ex-Major auf meiner Höhe. Natürlich bemerkte er wieder nichts. Mit zwei schnellen Sprüngen war ich hinter ihm. Ein schneller Schlag mit der Brechstange und er sackte zusammen. Der zweite Schlag galt dem Dackel, der laut aufjaulte. Zwei weitere Schläge und die Töle war ruhig. Jetzt begann der Idiot sich wieder zu rühren. Ich sprang ihn von hinten an, riss seine Arme zurück und band sie mit Kabelbinder zusammen. Er fing an zu schreien. Das konnte ich nicht zulassen.

„Verdammt, bleib ruhig! Halt die Klappe!", zischte ich.

Auf seinem Rücken sitzend holte ich Paketklebeband aus meiner Jackentasche und verklebte ihm damit den Mund. Mit riesigen, angsterfüllten Augen sah der mich an, und dann erkannte er mich.

„Ja, ich bin's, Feldwebel Hensel. Sie erinnern sich, Major Klapproth?"

Klapproth versuchte irgendetwas zu sagen, was aber wegen des Paketklebebandes misslang. Nur ein Stöhnen war zu hören. Er gab eine jämmerliche Figur ab, genauso jämmerlich, wie er immer schon gewesen war.

„Hör auf zu wimmern, du Idiot", fuhr ich ihn an. „Heute ist er gekommen, der Tag der Abrechnung. Aber bild' dir bloß nichts ein. Du bist nicht der Einzige, nur der Erste. Hast du gut geschlafen, als du mir mein Leben kaputt gemacht hast? Hat dir das was ausgemacht? Nein! – Warum auch? Du hast ja nur deine Pflicht getan; hast die Beurteilung diktiert und den Rest haben deine Leute erledigt, Vennjakob z.B., dein ewiger Schatten. Und dann bist du zu deiner Frau gegangen und hast dir ein feines Abendessen schmecken lassen. Was gab es denn? Schweinebraten und dazu ein schönes Pils? Wie es mir danach ging, war dir völlig egal. Ich konnte ja verrecken. Hauptsache, du konntest deinen Wanst pflegen. Aber jetzt ist Schluss. Jetzt zahle ich es euch heim, euch allen."

Noch fester als zuvor umschloss ich mit meinen Händen das Stemmeisen. Noch härter als zuvor schlug ich zu. Einmal, zweimal, dreimal. Ich hörte auf zu zählen. Irgendwann ließ meine Kraft nach und ich ließ von Klapproth ab. Seine Augen sahen starr und trüb zu den Spitzen der Kiefern ringsum. Sein Hinterkopf war tief zertrümmert. Alles war rot.

Ich stand auf. Keuchend rang ich nach Luft. Für diesen Moment fühlte ich eine tiefe Beruhigung, ja Genugtuung. Allerdings: Das war erst der Anfang. Ich hatte noch eine weite Strecke vor mir. Aber eins nach dem anderen. Jetzt musste ich erst einmal die Leiche wegräumen.

Den Ort meiner Rache hatte ich in jeder Hinsicht gut gewählt. Keine 50 Meter weiter gab es einen kleinen Wanderparkplatz. Tagsüber und an Wochenenden war er gut besucht. Jetzt aber im Dunkeln, am späten Abend, war er vollkommen leer. Auch Jogger brauchte ich um diese Tageszeit nicht mehr zu fürchten. In den Tagen zuvor, als ich Klapproths Runden mit dem Hund ausspionierte, hatte ich nie auch nur den Hauch eines anderen Menschen entdeckt. ‚Ganz schön mutig, Herr Major, so einsam deine Runden zu drehen', dachte ich. ‚Aber nein, nicht mutig, idiotisch. Genauso idiotisch, wie es eines Idioten wie Klapproth würdig ist.' Bei diesem Gedanken hatte ich eine Eingebung. Ich stand auf, nahm Haltung an und salutierte vor meinem toten Ex-Vorgesetzten. Fast hätte ich dabei laut aufgelacht.

Die Leiche musste weggeschafft werden. Ich hatte mit ihr schließlich noch etwas vor. Zuerst warf ich den Hund weit hinein in ein Dornengestrüpp. Dann bückte ich mich, griff die Leiche des Majors bei den Füßen und zerrte sie Richtung Wanderparkplatz. Dort hatte ich mein Auto abgestellt. Alt war das Auto und schon ziemlich ramponiert, aber es hatte einen Kofferraum, der groß genug für die Leiche war. Am

Wagen angekommen, holte ich mehrere besonders stabile Müllsäcke aus dem Auto und verstaute den leblosen Körper darin. Dann hievte ich ihn in den Kofferraum und schloss den Deckel. Nun war es Zeit, sich um mich selbst zu kümmern. Ich zog meine blutverschmierte Tarnkleidung aus, reinigte Hände und Gesicht und zog schließlich die frischen Sachen an, die ich ebenfalls zu Hause ins Auto gelegt hatte. Auf der Fahrt nach Herford durfte ich auf keinen Fall irgendwie auffallen. Dann setzte ich mich hinter das Lenkrad, startete den Motor und fuhr los, ohne Licht und ohne den Motor unnötig aufheulen zu lassen.

Niemand hatte mich gesehen, als ich nach wenigen Minuten die B 68 erreichte, um Richtung Sennestadt zur Autobahn zu fahren. Eine Ampel kurz vor der Autobahn schaltete auf rot. ‚Die Blut- und Schleifspuren, hätte ich die nicht ordentlicher beseitigen müssen?', dachte ich. Sie waren gut zu sehen gewesen, aber ich hatte mir Mühe bei ihrer Beseitigung gegeben. Die Bullen sollten schließlich nicht alles zu schnell entdecken, wenn die Frau des Idioten Alarm schlägt, weil er nicht nach Hause gekommen ist. „Scheiß' was drauf!", rief ich. „Ihr Scheiß-Bullen, ihr kriegt mich sowieso nicht. Ich gehe viel zu sorgfältig vor für euch!" Dann wurde die Ampel grün und ich fuhr weiter.

Kurze Zeit später hatte ich die Anschlussstelle Bielefeld-Sennestadt der A 2 erreicht. Richtung Hannover fuhr ich auf. Der alte Opel musste erkennbar schnaufen, als ich den Bielefelder Berg hinauffuhr. Aber mehr als 100 wollte ich ohnehin nicht fahren. Gleich hinter der Bergkuppe war Deutschlands einträglichste Radarfalle installiert. Dort bloß nicht geblitzt werden. Die Stadt Bielefeld musste extra mehr als ein Dutzend neue Mitarbeiter einstellen, um die Anzeigenflut zu bewältigen. Das hatte ich in der Zeitung gelesen. Aber es war ein einträgliches Geschäft für die Stadt. Millionen wurden so in den maroden Haushalt gespült.

Der Verkehr auf der A 2 war auch um diese Tageszeit noch dicht. Besonders die Lkw fuhren in langen Kolonnen auf dem rechten der drei Fahrstreifen. Viele osteuropäische Lastwagen waren darunter. Im Volksmund hieß die A 2 deshalb auch „Warschauer Allee".

Nach 20 Minuten verließ ich die Autobahn wieder an der Anschlussstelle Herford-Bad Salzuflen. Auf der seit einigen Jahren vierspurig ausgebauten Ringstraße, der B 239, fuhr ich bis zur Enger Straße. Dort wandte ich mich Richtung Innenstadt, um kurz vor dem Bahnhof über die Bünder Straße mein Ziel in der Uhlandstraße zu erreichen. Vor der Realschule hielt ich an.

20 Jahre war es nun schon her, dass ich diese Schule als Schüler zum letzten Mal betreten hatte. Danach hatten die mich hier nie wieder gesehen. Auch zu Klassentreffen war ich nie gegangen. Mit diesen Arschgeigen wollte ich nichts mehr zu tun haben. Aber nun war ich zurück, und meine Abrechnung würde weitergehen. Aber noch hielt ich nur kurz vor dem Schulgebäude an. Mit einem Blick auf die Uhr sah ich, dass es noch deutlich vor Mitternacht war. Viel zu früh. Ich fuhr weiter, so unauffällig es ging. Erst am Morgen gegen drei wollte ich wieder kommen.

Es war stockdunkel, als ich gegen drei Uhr zurück war. Nachdem ich mit dem Major abgerechnet hatte, würde ich jetzt ein Zeichen für die Öffentlichkeit setzen. Ein Fanal würde es sein, ein flammendes, ein loderndes. Endlich würde ich auf mich aufmerksam machen, und niemand würde dies Zeichen mehr übersehen können.

Es war nicht leicht, den leblosen Körper und den schweren Benzinkanister unbemerkt hinter das Gebäude zu zerren. Aber es gelang mir. Niemand hatte etwas bemerkt, da war ich mir ganz sicher. Wenn ich mich ausschließlich auf mich selbst zu verlassen brauche, gelingt mir immer, was ich will.

Über die Größe des Benzinkanisters hatte ich eine Weile nachgedacht. Zunächst wollte ich einen kleineren, handlicheren Kanister nehmen. Aber nur fünf Liter Benzin erschienen mir unangemessen wenig, um meiner Wut Ausdruck zu geben. So fiel die Entscheidung auf 20 Liter. An der Tankstelle hatte das niemanden interessiert. Ich war gar nicht aufgefallen. Ich fiel nie auf. Nur nicht auffallen. Wer auffällt, bekommt Ärger. Ich hatte gelernt nicht aufzufallen. In aller Seelenruhe konnte ich deshalb den großen Kanister mit Benzin füllen. Dann hatte ich ihn in den Wagen gehoben. Er war tatsächlich recht schwer. Aber die Vorfreude auf das bevorstehende Ereignis verlieh mir ungeahnte Kraft.

Diese Kraft verspürte ich auch jetzt wieder. Ich hatte alles sehr genau geplant. Es sollte nichts schiefgehen. Ich wusste, wo ich am besten in das Gebäude einsteigen konnte. Ich wusste auch, wo das Feuer am meisten Nahrung bekommen würde. Es sollte brennen wie ein Scheiterhaufen. Ein Scheiterhaufen für einen Teufel, ein Scheiterhaufen für den Idioten.

Das Fenster des Schulbüros lag auf der Rückseite. Ich nahm den Glasschneider aus der Tasche, den ich mitgebracht hatte – , auch da hatte ich mich gut vorbereitet. Ich habe ihn absichtlich nicht in einem Baumarkt in Herford gekauft, sondern bin nach Bielefeld gefahren. Sie sollten mir nicht zu schnell auf die Schliche kommen. So einfach machte ich es ihnen nicht. In diesem Spiel war ich es, der das Tempo vorgab. Ich mache stets den ersten Zug.

Die Geschichte vom Hasen und dem Igel ging mir wieder einmal durch den Kopf. In der Geschichte, die ich nun mit Feuer zu schreiben begann, wollte ich der Igel sein. Ich würde es sein, der triumphierend rufen würde: „Ick bin all doar!“ Lange genug war ich der dämliche Hase gewesen, der am Ende vom Igel und seinem blöden Weib genarrt wurde. Jetzt würde es anders herumgehen. Jetzt würde ich die an-

deren narren. Die sollen sich ruhig abhetzen, um mir zu folgen. Am Ende werde ich immer einen Schritt voraus sein. Dann werde ich rufen, ach was, ich werde schreien: „Ick bin all doar!" Ich werde immer schon da sein, und sie werden es sein, die dumm aus der Wäsche gucken. Und je dümmer sie gucken, desto größer wird meine Freude sein. Ich werde genauso hämisch grinsen, wie sie immer gegrinst haben.

Dann setzte ich den Glasschneider an. Damals als Schüler fand ich quietschende Geräusche immer furchtbar. Ich musste mir die Ohren zuhalten, auch wenn ich es nicht wollte. Ich konnte kaum etwas dagegen machen, auch wenn ich mich anstrengte. Meine Mitschüler hatten das gewusst und sich über mich lustig gemacht. Hatten mich provoziert. Hatten mich bloßgestellt. An diesem Tag aber war das leichte quietschende Geräusch des Glasschneiders Musik in meinen Ohren, ein Geräusch der Genugtuung.

Alles klappte wie geplant. Durch die kleine entstandene Öffnung in der Scheibe konnte ich den Fenstergriff erreichen. Ich öffnete das Fenster und kletterte hindurch.

Als Erstes versuchte ich die Leiche ebenfalls durch das Fenster zu ziehen. Aber so sehr ich mich auch abmühte, es gelang mir nicht. Der Idiot war zu schwer. ‚Hat er wenigstens geschmeckt, der Schweinebraten', zischte ich hämisch. Ich musste meinen Plan ändern. Ich musste noch einmal zurück zum Wagen, um das Stemmeisen zu holen. Damit würde ich eine Seitentür aufbrechen. Das war nicht gut, aber unumgänglich. So gelang es mir, den Leichensack nach innen zu schaffen. Nach einer Viertelstunde war es geschafft. Ich war so leise wie möglich gewesen, aber dennoch waren gewisse Geräusche nicht zu vermeiden. Deshalb war der Plan mit dem Glasschneider entstanden. Eine Weile wartete ich, ob sich irgendetwas in den Nachbarhäusern tat. Aber es blieb alles ruhig und ich setzte meinen Weg fort. Innen war es noch dunkler als draußen. Aber ich brauchte kein Licht. Ich wusste genau, wo ich war. Das Schulbüro fand ich ohne Umwege. Ja, ich erinnerte mich ganz genau. Auch innen hatte ich die Schule schon vor Wochen inspiziert. Ich hatte einfach gesagt, ich wolle meinen Sohn anmelden. Im Übrigen hatte sich im Inneren zu meinem Erstaunen viel weniger verändert, als ich gedacht hatte. Nachdem ich mir mit dem Stemmeisen zum Büro Zugang verschafft hatte – ich musste ja nun, anders als im ursprünglichen Plan, vom Flur aus eindringen –, begann ich unverzüglich das Benzin auszugießen. Die Schreibtische, der Tresen – es fühlte sich an wie eine Zeitreise.

Vor dem Tresen hatte ich einmal lange warten müssen. Ich wollte mich beim Schulleiter beschweren über meine Mitschüler, die mich einmal mehr gehänselt hatten. Sogar Ohrfeigen musste ich einstecken, vor allen, vor der ganzen Klasse. Alle hatten zugeschaut und gegrölt. Besonders die Mädchen. Vom Schulleiter hatte ich mir Hilfe erhofft. Bei jeder Gelegenheit hatte er behauptet, für jeden ein offenes Ohr zu haben. Das aber erwies sich als riesen Irrtum.

Jetzt drang ich auch in das Büro des Schulleiters ein. Gut, dass ich so viel Benzin mitgenommen hatte. So konnte ich auch hier genug davon verschütten. Die Leiche des Ex-Majors setzte ich auf den Bürostuhl des Direktors. Dort, genau auf dem Stuhl, hat er, der Direx, gesessen – sagen Schüler von heute immer noch „Direx"? – und mir mit väterlicher Miene erklärt, dass er mir nicht helfen könne. Dieser blöde Beamtenarsch! Es sei wichtig, dass ich selbstbewusster werde. Ich solle – wie hatte er doch noch gesagt? Ich solle sicherer auftreten. Wie denn, wenn mich schon beim Betreten der Klasse alle so dämlich angrinsten? Ich solle mir nicht mehr alles gefallen lassen, auch das hatte er mir noch auf den Weg mitgegeben. Und genau das setzte ich nun in die Tat um. Ich hatte beschlossen, mir nicht mehr alles gefallen zu lassen. Jetzt war Schluss! Endgültig! Es reichte!

Als ich aus dem Auto den Sack mit meiner blutverschmierten Tarnkleidung geholt hatte und durch das Fenster geworfen hatte, fiel mir ein, dass das Auto selbst dort nicht bleiben konnte, wenn die Schule brannte. Ich musste es ein paar Straßen weiter parken. Nach 15 Minuten war ich zurück. Jetzt allerdings schlich ich mich durch die Gärten auf der Rückseite der Schule an. Dort wollte ich mich danach auch verstecken, um die ganze Szenerie beobachten zu können. Schließlich wollte ich selbst auch etwas von dem Fanal haben, das sich hier entzündete.

Dann kam der entscheidende Moment. Endlich! Diesen Augenblick zelebrierte ich noch einmal ausgiebig. Ich nahm ein Paket Streichhölzer aus meiner Hosentasche, öffnete es und zog alle Hölzchen an ihren Köpfen heraus, sodass sie aus der Schachtel ein wenig herausragten. Dann stellte ich die Schachtel in den Fensterrahmen und nahm ein zweites Päckchen heraus. Daran entzündete ich ein einzelnes Streichholz. Ich betrachtete es eine Weile, als es entflammte. ‚Du bist auserwählt', das war der Gedanke, der mir dabei kam. Ein kleines Streichholz, aber mit einer großen Aufgabe. Ich betrachtete es mit liebevollen Augen. Als es die gebündelten Streichhölzer in der Schachtel mit einem Rauschen und Zischen entflammte, war auch das wieder Musik in meinen Ohren. Dann gab ich dem brennenden Päckchen einen leichten Stoß, es fiel nach innen und setzte das Benzin mit einem wunderbaren Fauchen in Brand. In Sekunden stand der gesamte Raum in Flammen. Jetzt musste ich mich rasch entfernen, denn die Brandmelder würden sicher unverzüglich Alarm schlagen, und in wenigen Minuten würde die Feuerwehr zur Stelle sein und sicher auch die Polizei. Schnell, aber dennoch bemüht nicht aufzufallen, zog ich mich in die rückwärtigen Gärten zurück. Dort versteckte ich mich und wartete ab, was nun passieren würde. Nach einiger Zeit gab es eine Explosion. Die Fenster splitterten he-

raus. ‚Jetzt ist der Kanister, den ich im Schulbüro gelassen habe, explodiert', dachte ich. Auch hier war ich klug vorgegangen. Wenn ich den Kanister im Zimmer des Direktors gelassen hätte, wäre von dem Idioten von Major auf dem Direktorenstuhl vielleicht gar nichts mehr übrig geblieben. Das sollte aber nicht passieren. Ich wollte ihnen eine Chance geben, den Kerl zu identifizieren. Sie sollten herausfinden, wer es war und warum er sterben musste.

Dann hörte ich die Sirenen der Feuerwehr. ‚Schade', dachte ich, ‚sie sind doch etwas schnell, jetzt, wo es so schön brennt.'

Sein erster Arbeitstag in Bielefeld. Frank Sommer stand an diesem Donnerstag vor dem Polizeipräsidium, einem roten Klinkerbau im Bielefelder Westen, und blickte sich um. Etwas weiter die Uni, zurück Richtung Innenstadt Bürgerpark und Oetker-Halle, eine Konzerthalle aus den zwanziger Jahren, und natürlich die Alm, die nun schon einige Jahre offiziell Schüco-Arena hieß. ‚Fußball-technisch gesehen habe ich mich nicht gerade verbessert', dachte er.

Ein großer Fan des FC war er in Köln zwar nie gewesen. Aber eben erste Liga. Die Großen der Branche waren zu Besuch. Auch der FC hatte seine Durststrecken. Aber ein dermaßen desaströser Niedergang, wie er in Bielefeld in der letzten Zeit zu verzeichnen war, sucht in der bundesdeutschen Fußballgeschichte schon seinesgleichen. Vor drei Jahren noch erste Liga. Dann zweite. Und nun, nach einer absolut elenden Saison, dritte Liga. Und auch da die ersten Spiele schon wieder verloren: Heimatland!

Denk ich an Arminia in der Nacht, dann bin ich um den Schlaf gebracht. Bei Fußball in Bielefeld kam ihm immer Heinrich Heine in den Sinn.

Schluss jetzt mit diesen melancholischen Überlegungen. Vor ihm lag ein neues Arbeitsfeld. Ein neues Gebäude, eine neue Tür. Und diese neue Tür galt es nun zu durchschreiten.

Vorbei an einem merkwürdigen Kreis aus unansehnlichen Betonquadern mit der Aufschrift „A beobachtet B, B beobachtet C usw." schritt Sommer auf das gläserne Eingangsportal zu. In der Tür hielt er eine Sekunde inne, um den Zauber des Momentes wirken zu lassen, dann wandte er sich der Kollegin am Empfang zu.

„Guten Morgen. Mein Name ist Sommer. Wir kennen uns noch nicht. Ich bin der neue Leiter der Mordkommission."

„Ach, Sie sind das", erwiderte die resolute Dame in der neuen blauen Uniform der nordrhein-westfälischen Polizei. „Ich bin Inge, Inge Dammeier. Schön, Sie kennenzulernen. Kennen Sie sich schon hier aus? Ihr neuer Chef, Kriminaldirektor Wende, erwartet Sie schon. Sie sollen gleich mal zu ihm kommen. Zimmer 210. Zweiter Stock direkt rechts gegenüber vom Fahrstuhl. Sie können einfach so reingehen. Er freut sich auf Sie."

„Danke", sagte Sommer und wandte sich zur Treppe.

„Der Fahrstuhl ist dort rechts", rief Inge Dammeier ihm hinterher.

„Ja, danke", rief Sommer zurück, „ich hab mir angewöhnt, wenn möglich, immer die Treppe zu nehmen. Je schöner die Treppe, desto größer die Freude auf das Kotelett." Dabei strich er sich leicht über seinen im Ansatz schon deutlich erkennbaren Bauch. Inge Dammeier lachte. ‚Nicht unsympathisch', dachte sie.

Im zweiten Stock war das Zimmer 210 schnell gefunden. ‚Kriminaldirektor Joachim Wende', dachte

Sommer. ‚Hoffentlich wendet er nicht so oft seine Meinung wie der Name annehmen lässt.' Andererseits, Prinzipienreiter auf dem Sessel eines Vorgesetzten waren nun auch nicht das Wahre. Nach einem kurzen Klopfen ging er sofort hinein.

Hinter der Tür erblickte Sommer einen typischen Büroraum, wie er bei der Polizei für leitende Mitarbeiter vorgesehen war. Nüchtern und zweckmäßig. Allerdings: Blick nach vorn, Richtung Bürgerpark und Oetker-Halle. Schöne Aussicht.

Hinter dem Schreibtisch erhob sich, sofort als er Frank Sommer sah, sein neuer Chef. Hochgewachsen, schlank, ja eigentlich hager.

„Herr Sommer", sagte er. „Schön, dass Sie da sind."

Wende und Sommer waren nicht die Einzigen in diesem Raum. Vier weitere Personen blickten ihn erwartungsfroh an.

Bevor er irgendetwas tun oder sagen konnte, fuhr Wende fort.

„Liebe Kolleginnen und Kollegen, das ist der neue Leiter des K11, der erste Kriminalhauptkommissar Frank Sommer." Und an Sommer gerichtet fuhr er fort: „Wie geht es Ihnen? Wie fühlt man sich am ersten Tag am neuen Wirkungskreis? Von Köln nach Bielefeld!? Na ja, ganz unbekannt ist Ihnen Ostwestfalen ja nicht. Sie stammen ja von hier und Ihre Frau auch, wie ich höre. Wie lange waren Sie jetzt weg?" Wende sprach das Wort „weg" ganz in ostwestfälischer Manier aus, d.h. hinten mit quasi betontem „ch"!

„Jau, stimmt", sagte Sommer. „Ich bin von hier wech." Absichtlich formulierte auch er ostwestfälisch. „Gebürtig bin ich aus Herford, meine Frau aus Bielefeld. Jetzt wohnen wir in Großdornberg, nur einen Katzensprung von hier. Wir hatten Glück und konnten ein schönes Haus kaufen mit Blick auf Wiesen und Felder in der Nähe des Freibades."

„Na dann iss ja alles klar", hörte er hinter sich murmeln. Aber er wusste nicht zu sagen, ob das nett oder gering schätzend gemeint war. Sommer entschied sich dafür, dass es nett gemeint sei. Das so zu sehen, entsprach eher seinem Naturell.

„Darf ich Ihnen Ihre wichtigsten Mitarbeiter vorstellen", sagte der neue Chef. „Mit diesen vier Damen und Herren werden Sie es in Zukunft am meisten zu tun haben. Und die mit Ihnen", fügte er lachend hinzu. „Peter Schwameyer, Anna Tomczyk, Sonja Rosenfeld und Karsten Linnemann."

Als Sommer die Runde machte und jedem die Hand gab, hatte er die Gelegenheit, seine neuen Kolleginnen und Kollegen etwas in Augenschein zu nehmen. Der größte im Raum war offenbar auch einer der jüngsten, Karsten Linnemann. Schlank, sportlich, Jeans und Hemd über der Hose. Die beiden Kolleginnen Rosenfeld und Tomczyk waren recht verschieden. Sonja Rosenfeld, die jüngere, vielleicht Mitte dreißig, trug ein leichtes Sommerkleid in modischen Farben, dazu offene Sandalen mit flachem Absatz. Anna Tomczyk, etwas älter als ihre Kollegin, ein modisches T-Shirt und dazu enge Jeans und Schuhe, deren Absätze doch eher eine Spur zu hoch waren. Sie sprach mit einem leichten, aber erkennbaren polnischen Akzent.

„Bin mit meinen Eltern aus Breslau gekommen. Das heißt natürlich schon lange Wrocław, aber ihr Geburtsdeutsche könnt das sowieso nicht richtig aussprechen. Also herzlich willkommen."

Peter Schwameyer, Hauptkommissar und damit Sommer im Rang am nächsten, sah genauso aus, wie man sich einen Zivilpolizisten wohl gemeinhin vorstellt. Mittelgroß, zur Körperfülle neigend, ohne allerdings fett zu sein, Jeans, braune, leichte Sommerschuhe, kurzärmeliges Polohemd. Sommer selbst sah, das musste er sich eingestehen, ganz ähnlich aus, auch wenn er vielleicht etwas größer war als Schwameyer und dafür sein Bauch etwas deutlicher hervortrat. An seinen Füßen Schuhe von Timberland und über der Jeans ein Sporthemd von Jack Wolfskin. Allerdings war er der einzige Brillenträger im Raum. Schon in der Grundschule war ein leichter Sehfehler aufgefallen und er bekam deshalb seine erste Brille, um, wie seine Mutter betonte, besser von der Tafel abschreiben zu können. Dieser Umstand brachte ihm später bei der Führerscheinprüfung und dann noch einmal bei der Aufnahme in den Polizeidienst eine paar Schwierigkeiten, die aber schließlich überstanden werden konnten. Ein wenig belustigt erinnerte er sich gelegentlich an den Sehtest vor der Führerscheinprüfung. Der Prüfer hatte ihn ausdrücklich aufgefordert, seine Brille für den Sehtest abzunehmen, woraufhin er fast grinsend geantwortet hatte: „Dann kann ich aber nicht viel sehen." Der Prüfer bestand aber auf dem Sehtest ohne Brille. Natürlich war das Ergebnis wie erwartet.

„Links 70 % und rechts 80 % Sehkraft. Das ist zu wenig. Damit dürfen Sie nicht Auto fahren. Sie brauchen eine Brille", bemerkte der Prüfer mit sorgenvoller Miene. Nun hätte Sommer fast laut losgelacht. Aber er konnte sich gerade noch beherrschen und sagte stattdessen trocken: „Stimmt genau und deshalb nenne ich diese Brille mein eigen." Mit diesen Worten hatte Sommer sich sein Spekuliereisen wieder auf die Nase geschoben.

„Ja, das muss dann aber in den Führerschein eingetragen werden."

„Kein Problem, tun Sie, was notwendig ist."

Im Führerschein stand dann später der amtliche Vermerk: *„Geeignete Augengläser sind zu tragen."*

„Auf gute Zusammenarbeit." Wende riss Sommer aus seinen Gedanken. „Übrigens, auf den Namen „Peter" hört der Herr Schwameyer nicht."

„Stimmt", sagte dieser. „Hier nennen mich alle nur ‚Pit'."

„Ja, schön, dass wir uns alle so gut verstehen", meinte Wende. „Dann können wir uns ja an die Arbeit begeben. Die Kollegen Schwameyer und Tomczyk werden Sie in die laufenden Fälle einweisen. Kommen Sie erst mal richtig an. - Ach ja, fast hätte ich es vergessen. Ihr Dienstausweis, damit auch alle wissen, dass Sie zu uns gehören."

Mit einer schwungvollen Bewegung übergab er den Ausweis im Scheckkarten-Format.

„Und Ihre Ernennungsurkunde zum Ersten Kriminalhauptkommissar."

Wende las die Urkunde vor und übergab auch diese mit einer schwungvollen Bewegung.

„Ihre Dienstwaffe erhalten Sie im Kellergeschoss. Ihre Kollegen werden es Ihnen zeigen. Und nächsten Dienstag, also am" - er schaute auf seinen Tischkalender - „am 6. September ist Schießtraining; immer am ersten Dienstag im Monat; Uhrzeit? - ach sagt Schwameyer Ihnen. Na dann, an die Arbeit"

Mit einer diesmal kleinen aber dennoch deutlichen Handbewegung entließ er die Gruppe, die sich daraufhin unverzüglich in Bewegung setzte. ‚Ein Meister der Handbewegungen', dachte Sommer und verließ mit den anderen den Raum.

Auf dem Flur verwies Schwameyer nach rechts. „Unsere Abteilung hat ihre Zimmer im Nordflügel", sagte er. „Zimmer 216, 17 und 18. Sie haben 216, Anna und - äh - Frau Tomczyk und ich 217, Rosenfeld und Linnemann 218. Aber am besten gehen wir in Ihr Büro. Dort gibt es auch eine kleine Konferenzecke für Besprechungen unter uns.“ Schwameyer öffnete die Tür zu 216, ließ aber seinem neuen Chef den Vortritt. Ein weiteres mehr funktionales als schönes Zimmer lag vor ihnen. Auch die Konferenzecke war dem allgemeinen Funktionalismus angepasst und stammte wie alle anderen Möbel sicher auch aus einem der auf Büroeinrichtungen spezialisierten Kataloge. Um einen eher kleinen Tisch waren vier freischwingende Stühle gruppiert, immerhin mit Armlehne und einem dünnen Sitzpolster. Ein fünfter Stuhl, aber ohne Armlehne, stand vor dem Schreibtisch und dahinter ein durchschnittlicher Dreh-Kippstuhl, wie er wohl in tausenden von Büros stand. ‚Das ist also mein neues Reich', dachte Sommer. ‚Mal sehen, ob man hier eine kleine persönliche Note hineinbringen kann. Aber was soll's, hier geht's ums Arbeiten. Umso schöner ist es dann zu Hause.'

So wie sie es offenbar gewohnt waren, setzten sich alle vier auf die Stühle mit Lehne um den kleinen Tisch. Für Sommer blieb entweder der Stuhl ohne Lehne oder sein Schreibtischsessel. Sonja Rosenfeld bemerkte die Situation zuerst.

„Entschuldigung“, sagte sie. „Ihr Vorgänger saß bei solchen Besprechungen immer hinter seinem Schreibtisch.“

„Schon o.k.“, gab Sommer zurück. Ich kann mir den Sessel ja hinter dem Schreibtisch hervorziehen.“

Das erwies sich aufgrund der Enge im Raum allerdings als schwierig, weshalb er sich dann doch auf den Stuhl ohne Lehne setzte.

„Na dann woll'n wir mal", sagte Sommer. „Aber bevor wir anfangen. Gibt es hier irgendwo Kaffee?"

„Ja, draußen steht ein Automat."

„Oh, ja. Ist jemand vielleicht so freundlich und holt Kaffee für alle? Natürlich auf meine Rechnung."

Automatisch und wie eingeübt schauten seine Kollegen auf Karsten Linnemann.

‚Aha', dachte Sommer, ‚damit wär die Hackordnung ja klar.'

Laut sagte er: „Ach, ich sehe schon. Fünf Becher für zwei Hände. Das wird wohl schwierig. Herr Linnemann, was meinen Sie, ob wir das zusammen hinkriegen?"

Noch bevor Karsten Linnemann vor Verblüffung antworten konnte, war Sommer schon an der Tür.

„Moment", rief Linnemann, „Sie wissen ja gar nicht genau, wo der Automat steht. Wir müssen nach links gehen, die übernächste Tür, da ist eine kleine Küche."

Diese erwies sich als eine der Küchen, die man landläufig als „Teeküchen" bezeichnete. Sommer hatte nie verstanden, warum man diese Küchen Teeküchen nannte, wurde in ihnen doch eher selten Tee gekocht, dafür aber umso mehr Kaffee. Ohne Kaffee funktionierte nicht ein einziges deutsches Büro. Kaffee war offenbar der Stoff, der die Republik am Laufen hielt. ‚Nimm den Deutschen ihren Kaffee und sie zetteln eine Revolution an', dachte er. Sogar in der ehemaligen DDR mussten die Planwirtschaftler am sogenannten „Mittags-Tisch" - benannt nach dem Chefplaner Günter Mittag - einmal klein beigeben, als sie den Import von Kaffee aufgrund des chronischen Devisenmangels der DDR einschränken wollten und stattdessen den vermehrten Konsum von Kaffeeersatz propagierten.

Auch in dieser Teeküche befand sich neben einem kleinen Wasserkocher – wenn es doch mal einen Teetrinker gab – vor allem ein großer Automat für Kaffee. Wenn Sommer insgeheim gehofft hatte, hier einen der Kaffeevollautomaten zu finden, mit denen man so wunderbar Espresso und Cappuccino herstellen konnte, so sah er sich getäuscht. Das dort stehende Monstrum entpuppte sich als einer der ordinären Automaten, die, gegen den Einwurf eines Euros, ein eher undefinierbares, braunes Etwas in Plastikbecher entließen. Wahlweise war neben verschiedenen Kaffee-Sorten auch Kakao und Brühe möglich. Sommer hoffte jedes Mal inständig, dass der letzte Benutzer vor ihm nicht ausgerechnet Brühe geordert hatte. Er suchte deshalb den Kaffee stets nach kleinen Fettaugen ab, was aber wegen der Schaumbildung, die manche sich angewöhnt hatten „Crema“ zu nennen, kaum möglich war.

So ein Kaffee-Monster stand nun also auch hier in dieser Teeküche und Sommer hatte bereits den Entschluss gefasst, dies Problem mit einer eigenen Maschine in seinem Büro zu lösen. Mit Linnemanns Hilfe gelang es ihm, genügend Kleingeld für die Fütterung des Kaffee-Monsters zusammenzubekommen und orderte, ebenfalls mit Linnemanns Hilfe, der die Gewohnheiten seiner Kollegen als Kaffee-Holer-vom-Dienst kannte, zweimal Kaffee schwarz, mit und ohne Zucker, und zweimal Kaffee weiß, ebenfalls mit und ohne Zucker. Für sich selbst orderte er schwarz mit Zucker. Dann marschierten sie zurück in Zimmer 216.

„Na dann“, sagte Sommer, als alle wieder saßen. „Auf gute Zusammenarbeit.“

„Auf gute Zusammenarbeit“, grummelten die anderen.

„Bevor wir loslegen. Eins ist mir noch wichtig. Wir werden sehr eng zusammenarbeiten. Ohne Zusammenarbeit geht es nicht. Ich leite die Gruppe, das ist richtig, aber das ist vor allem dann wichtig, wenn ich den Kopf für uns alle hinhalten muss. Und das werde ich auch tun, wenn es nötig ist. Also machen Sie bitte nicht zuviel Blödsinn, damit mir der Kopf nicht unnötig wehtut. Andererseits: Innerhalb der Gruppe gibt es kein Denkverbot, keine falsche Scheu. Jeder soll eine Meinung haben und jeder soll sie auch sagen. Was die Aufgabenzuteilung angeht, da habe ich das erste Wort, aber jeder darf und soll seine abweichende Meinung äußern, wenn er dafür einen guten Grund sieht. Allerdings, ich weiß, dass Konflikte diesbezüglich nicht immer zu vermeiden sind und manchmal bleibt auch nicht genügend Zeit zu einer langen Diskussion. Dann habe ich nicht nur das erste Wort, sondern auch das letzte."

An dieser Stelle war ein leichtes Grummeln zu hören. Ob das Einverständnis oder Kritik ausdrücken sollte, war nicht klar erkennbar.

„Bielefeld ist die sicherste Großstadt Deutschlands", fuhr Sommer fort, „und es soll nicht an uns liegen, dass sich daran etwas ändert. Ach ja, und noch etwas: In Köln haben wir uns innerhalb der Abteilung natürlich geduzt. Ich nehme an, dass das auch hier üblich ist. Also: ich heiße Frank und noch mal auf gute Zusammenarbeit."

Sommer nahm einen Schluck von seinem Kaffee. Gewohnheitsmäßig suchte er nach Fettaugen, konnte aber nichts feststellen. Uah! So etwas dürfte sich nicht Kaffee nennen.

„Kommen wir also zur Arbeit. Was liegt zurzeit an?"

Pit Schwameyer übernahm routinemäßig das Wort.

„Zwei Selbstmorde, äh, man sagt ja heute besser Suizid, Selbstmord klingt zu moralisch. Also zwei Suizide sind noch zu bearbeiten, aber die Aktenlegung steht kurz bevor. Sonja und Karsten sind da dran. Die Leichen sind bereits zur Beerdigung freigegeben, oder Karsten?"

Der Angesprochene quittierte mit einem Kopfnicken.

„Darüber hinaus gibt es einen aktuellen Vermisstenfall, der erst letzte Nacht 'reingekommen ist, und eine Vergewaltigung. Die ist aber auch geklärt. Der Beschuldigte hat die Tat gestanden."

„Oh, tatsächlich", sagte Sommer, „nach unserer Erfahrung in Köln versuchen Vergewaltiger sich immer herauszureden und die Strategie gelingt ja auch oft, weil es selten Zeugen gibt."

„Hier gab es aber einen Zeugen, also keinen direkten Augenzeugen natürlich, aber jemand hatte den Verdächtigen kurz nach der Tatzeit ganz in der Nähe des Tatortes gesehen", das war Anna Tomczyk. „Außerdem gab es Spermaspuren. Die geschädigte Frau hatte sich überwunden und war direkt ins Klösterchen gefahren – also, Franziskus Hospital, in Bielefeld wird es von allen ‚Klösterchen' genannt, weil es ein katholisches Krankenhaus ist. Also die Geschädigte war ins Klösterchen gefahren, um sich untersuchen zu lassen. Eine Ärztin dort, sie hatte extra um eine Ärztin gebeten, hat dann die Spermaspuren gesichert. Das alles habe ich dem Vergewaltiger dann in aller Seelenruhe unter die Nase gerieben. Ich konnte richtig zusehen, wie er zusammenknickte. Dann hat er alles zugegeben. Der Untersuchungsrichter hat U-Haft angeordnet. Der Fall ist im Kasten."

„Und sonst?“

„Aktuell wenig. Es gibt noch ein paar unerledigte Altfälle. Mehrere erwachsene Personen, die z.T. schon seit Jahren verschwunden sind. Da kommen wir nicht weiter. Wenn jemand verschwinden will, dann schafft er das offenbar auch. Ansonsten keine weiteren Fälle.“

In diesem Moment klingelte Pits Handy.

„Pit Schwameyer, ja? Ach du bist's. Ja, einen Moment, ich schalte mal eben auf laut. Wir sitzen hier alle zusammen.“ Er hielt kurz die Hand über den Hörer und sagte zu den anderen im Raum: „Bringsmeier, Kripo Herford.“ Und wieder in den Hörer sagte er: „Heute hat unser neuer Chef angefangen, Frank Sommer.“

„Ach nee, hallo Frank, wenn du mich jetzt hörst. Altes Haus, hat es dich doch wieder nach OWL zurückgeführt. Hab schon davon gehört. Hier ist Sven, Sven Bringsmeier. Erinnerst du dich? '82? Abitur am Ravensberger? Beintke als Klassenlehrer? Die Welt ist klein. Ja, ich bin auch bei der Kripo. In Herford. Bin zwar nicht so weit rumgekommen wie du, aber immerhin. Wir sehn uns bestimmt noch einmal auf ein Bier oder so.“

‚Oder so', dachte Sommer. Diese alles relativierende Floskel konnte er nicht ausstehen und diesen Sven Bringsmeier konnte er eigentlich auch nicht ausstehen. Der war damals schon so aufdringlich gewesen. Immer irgendeinen blöden Spruch auf den Lippen und jede Menge anzüglicher Witze.

„Also, warum ich anrufe:“, Bringsmeier redete am Telefon laut für alle weiter, „Wir hatten hier letzte Nacht einen Fall von Brandstiftung. Das ist eigentlich noch nichts für euch. Aber es gab eine Leiche, völlig verkohlt. Sie ist auf dem Weg zur Gerichtsmedizin bei euch in Bielefeld.“

Die Anwesenden im Raum riefen beinahe wie aus einem Mund: „Werner Meyer zu Lakefeld!“ Offenbar war der Gerichtsmediziner hinlänglich bekannt.

Bringsmeier hatte das gehört und antwortete: „Ja genau: Werner Meyer zu Lakefeld. Und nun kommt ihr ins Spiel. Die Leiche, ziemlich sicher ein Mann, war nicht einfach nur verbrannt. Nein, irgendjemand hatte ihm vorher äußerst übel mitgespielt. Er ist brutal erschlagen worden. Sein Schädel war nur noch eine einzige Trümmerlandschaft. Das konnte man vor Ort schon erkennen, auch ganz ohne Gerichtsmediziner. Und damit ist es Mord und ihr in Bielefeld seid mit von der Partie. Das Beste wird sein, wir setzen uns zusammen und besprechen den ganzen Fall.“

Sommer war jetzt hellwach. Offenbar kam da sofort an seinem ersten Arbeitstag in Bielefeld gleich Arbeit auf ihn und seine Kollegen zu. Er machte zu Schwameyer eine kleine Handbewegung, damit dieser ihm das Telefon weiterreichte.

„Ja genau; hier ist Frank, hallo Sven“, sagte Sommer dann ins Telefon. „Wir sollten uns sofort heute zusammensetzen Wann passt es bei dir?“

„Ihr könnt sofort kommen. Jetzt haben wir halb zehn, eine halbe Stunde Fahrtzeit, bis ihr hier in Herford seid – sagen wir um elf bei mir im Büro, Zimmer 35.“

„Stopp“, rief Sommer dazwischen, „besser, wir treffen uns am Brandort. Dann können wir erst einmal eine Ortsbesichtigung machen. Nachher ist genug Zeit, um uns bei dir im Büro auszutauschen. Wo hat der Brand denn stattgefunden?“

„Oh, natürlich, es war eine Schule. Eine Realschule, um genau zu sein. Die Lise-Meitner-Schule, aber wenn wir uns an der Schule treffen, dann besser eine halbe Stunde später.“

„Äh, tut mir leid. Lise-Meitner-Schule? Sagt mir nichts. Wo liegt die?“

„Doch, du kennst sie bestimmt. Früher hieß sie Realschule Uhlandstraße. Hinter der Bahn. Du fährst von Bielefeld aus den Innenstadtring Richtung Bahnhof und an der Diskothek ‚GoParc‘ biegst du links ab und dann unter der Bahn durch.“

„Danke, danke“, unterbrach ihn Sommer, „jetzt weiß ich es wieder. Außerdem haben wir ein Navi.“

„Sagtest du Lise-Meitner-Schule?“, mischte sich jetzt Sonja Rosenfeld ein.

„Ja, früher Realschule Uhlandstraße.“

„Wow, da bin ich einigermaßen geplättet.“

„Kennst du die Schule?“

„Ja, und wie ich die kenne. Sechs Jahre meines Lebens habe ich dort verbracht. Ist inzwischen natürlich schon 20 Jahre her. Das es da gebrannt hat! Das interessiert mich jetzt aber wirklich.“

Die Flammen loderten hell auf im Schulbüro und im Direktorenzimmer. Die Fensterscheiben zersplitterten, als der Benzinkanister explodierte. Ich jubelte leise vor Freude. Jetzt wurden Fenster in der Nachbarschaft aufgerissen und die Bewohner reckten sich im Schlafanzug hinaus. Sie gestikulierten und schrien. „Die Feuerwehr, schnell die Feuerwehr!“ Aber die war natürlich schon unterwegs, weil die automatische Brandmeldeanlage längst, wie von mir einkalkuliert, Alarm ausgelöst hatte. Jetzt fuhren mehrere Einsatzfahrzeuge vor. Einige bogen auf den Lehrerparkplatz rechts vom Haupteingang ein, andere fuhren linker Hand durch ein Tor bei der Sporthalle auf den Schulhof vor der Mensa. Sie schienen sich auszukennen und zu wissen, was sie taten. Es war ein unbeschreibliches Schauspiel. Die Martinshörner durchschnitten die Stille der Nacht, kündeten in weitem Umkreis von dem Ereignis. Das Feuer flackerte und ließ die Umgebung in rotem Schein erleuchten. Das Blaulicht der Einsatzfahrzeuge gab der Szenerie einen zusätzlichen gespenstischen Anstrich.

Es hätte das Fanal sein können, das ich wollte und das mir angemessen erschien. Aber das Feuer blieb zu meiner Enttäuschung kleiner, als ich gedacht hatte. Im Grunde blieb es beschränkt auf die beiden Büroräume. Schon auf dem Flur schien es sich, soweit ich das erkennen konnte, kaum ausbreiten zu können. Hatte ich etwas falsch gemacht? Ich hatte extra die Türen aufgelassen, aber offenbar gab es im Flur nicht genug Nahrung für das Feuer. Der Qualm allerdings zog überall hin. Hoffentlich hat es den Idioten, den ich auf den Direktorensessel gesetzt hatte, wenigstens richtig erwischt. Er war ja die Hauptfigur dieses Scheiterhaufens.

Unwillkürlich musste ich an meine Kindheit denken. Osterfeuer auf dem Langenberg. Da wurde auf dem riesigen Stoß aus Holz und Reisig immer eine Puppe verbrannt, die irgendjemand Missliebigen darstellte. Eine fingierte „Gerichtsverhandlung" in der Gaststätte „Moswinkel" direkt an der Stift Berger Kirche ging dieser neuzeitlichen Hexenverbrennung voraus. In meinem Fall hatte ich den Prozess selbst geführt und das Urteil gesprochen; und jetzt hatte ich es vollstreckt.

Ich schlich aus meinem Versteck heraus. In dem allgemeinen Durcheinander fiel das keinem auf. Dann mischte ich mich unter die Zuschauer. Ich kam aber nur bis zu einer Absperrung, die die Polizei in gehörigem Abstand aufgebaut hatte.

„Was ist hier eigentlich los?", fragte ich einen der Beamten.

Die Antwort fiel mager aus. „Wir wissen noch nichts, aber auf der hinteren Gebäudeseite sind zwei Zimmer vollkommen ausgebrannt. Offenbar das Schulbüro und das Zimmer des Schulleiters."

„Ist jemand bei dem Brand zu Schaden gekommen?", fragte ich.

Der Polizist sah mich erstaunt an und zuckte dann mit den Schultern.

„Um diese Zeit, mitten in der Nacht?"

Plötzlich hatte ich das Gefühl, mit dieser Frage zu weit gegangen zu sein. Dann sah ich, wie ein anderer Polizist mit einer Videokamera Aufnahmen von der gesamten Szenerie machte. Ich zog es vor, mich aus dem Staub zu machen.

„Also, auf geht's, Leute", sagte Sommer. „Pit und Anna, ihr fahrt mit mir nach Herford. Sonja und Karsten, ihr bringt eure Suizid-Fälle zu Ende. Das muss sein, auch wenn du, Sonja, verständlicherweise schnell die Situation an deiner alten Schule klären willst. Wie lange werdet ihr mit den Suizidfällen noch brauchen?"

„Na, so ein, zwei Stunden vielleicht. Es müssen nur noch die Abschlussberichte geschrieben werden", sagte Karsten.

„O.k. Also, bis heute Mittag, dann steht ihr für den neuen Fall zur Verfügung. Fahrt zuerst in die Gerichtsmedizin und versucht dort schon einmal etwas Näheres herauszufinden. Vor allem, ob der Tote wirklich *zuerst* erschlagen wurde." Sonja und Karsten runzelten die Stirn.

„So, und wir", Sommer wandte sich wieder Pit und Anna zu, „wir fahren sofort nach Herford. Die Kriminaltechniker werden sicher noch vor Ort sein. Da gibt es vielleicht schon erste Erkenntnisse. Woher kommen die eigentlich?"

„Wer?"

„Die Kriminaltechniker?"

„Ach so. Es gibt eine kleinere Abteilung in Herford", antwortete Anna. „Wenn's dann komplizierter wird, sind wir hier in Bielefeld dran. Aber die Branduntersuchung wird sicher zunächst von Herford gemacht. Die wichtigste Person bei uns hier ist übrigens eine Frau: Claudia Bruning. Mach dich auf etwas gefasst. Die ist echt taff!"

„Gut, dann hätten wir das auch geklärt", sagte Sommer. „Jetzt aber los. Woher bekommen wir ein Auto?" Und an Pit: „Mit wem telefonierst du da eigentlich schon die ganze Zeit?"

„Mit dem zuständigen Kollegen für die Dienstwagen. Er stellt einen Zivilkombi bereit. Brauchen wir nur unten abzuholen."

‚Guter Mann', dachte Sommer, ‚denkt mit.'

Der Dienstwagen erwies sich als ein von außen völlig unauffälliger Passat Variant. Hatte er irgendetwas anderes erwartet?

Sie fuhren los. Pit Schwameyer am Steuer. Sommer daneben. Hinten Anna Tomczyk.

„Wie fährt man denn am besten von hier aus Richtung Herford?", fragte Sommer.

„Am besten von hier nicht direkt durch die Stadt. Wir fahren Voltmannstraße und dann nach Schildesche. Von dort am Obersee vorbei und unter dem Eisenbahnviadukt hindurch. Dort langsam fahren. Die Stadt hat da einen Starenkasten aufgebaut. Nicht so einträglich wie der auf der A 2, aber auch nicht schlecht."

„Ja", mischte sich Anna ein. „Der Blitzer auf der A 2 ist eine echte Goldgrube. Neulich stand in der Zeitung, dass er schon 21 Millionen eingebracht hat. In den letzten Monaten war er wegen Bauarbeiten vorübergehend außer Betrieb. Aber jetzt ist er wieder scharf. Jetzt wird wieder kassiert. Mal sehen, welcher Promi sich da demnächst wieder ablichten lässt."

Als sie an der Feuerwache vorbei in die Westerfeldstraße fuhren, sagte Sommer: „Gab es hier nicht früher einmal ein Feibad. Ich war da mal als Jugendlicher mit einer Jugendbekanntschaft, die hier irgendwo in Schildesche wohnte."

„Ah! Männlich oder weiblich?"

„Wer?"

„Die Bekanntschaft."

„Weiblich, wieso?"

„Ja, das Freibad gab es. Ist aber schon lange geschlossen."

Nach einiger Zeit konnten sie links zwischen den Häusern hindurch den Obersee ausmachen. Vor etwa 30 Jahren war er als Naherholungsgebiet aufgestaut und angelegt worden. Ein lohnendes Ziel für Spaziergänger und Jogger. Kurz danach passierten sie den Starenkasten hinter der Eisenbahnbrücke und fuhren dann weiter eine Anhöhe hinauf, Frehen genannt, und zur dortigen Verkehrskreuzung. Man hatte einen weiten Blick nach rechts über Bielefeld bis zum Teutoburger Wald. Geradeaus ging es weiter Richtung Heepen, vorbei am Stadtteil Baumheide, einem der sozialen Brennpunkte in Bielefeld. Im Grunde war das eine Plattenbausiedlung, auch wenn die hier - anders als im Osten der Republik - so nicht genannt wurde.

Schwameyer steuerte den Passat jedoch am Frehen nach links, nach Osten, und bog auf die B 61 ein, auf der sie direkt in ca. 15 Minuten nach Herford gelangten. Vorbei an den Humana-Milchwerken - „Meine erste Nahrung kam von hier", kommentierte Sommer - fuhren Sie so, wie Bringsmeier es ihnen beschrieben hatte. Beim GoParc links abbiegen, dann unter der Bahn hindurch in die Bünder Straße und dann zweimal links und sie standen vor der Lise-Meitner-Schule.

Die Uhlandstraße, an der die Schule lag, war schmal und eng. Links und rechts säumten große Bäume die Straße. Gutbürgerliche Wohngegend mit überwiegend älteren Häusern. Platz zum Parken wäre schon unter normalen Bedingungen vermutlich rar gewesen. Jetzt aber schien es fast unmöglich, mit dem Auto bis zur Schule vorzudringen.

„Gut, dass die Sommerferien in diesem Jahr so spät liegen", sagte Anna Tomczyk. „Unterricht ist hier wohl erst mal nicht möglich. Aber nächste Woche sind die Ferien zu Ende – und dann? Na ja, darum sollen sich andere kümmern."

Endlich waren sie bis zum Schulhofeingang vorgedrungen. Sie stiegen aus und gingen auf das Absperrband zu. Dort zeigten sie ihre Dienstausweise einem wachhabenden Kollegen und fragten, wo sie Sven Bringsmeier finden könnten.

„Ich hab den Hauptkommissar zuletzt hinter dem Haus gesehen", war die Antwort. „Dort ist der Täter offenbar auch in das Haus eingedrungen."

Die drei setzten ihren Weg fort. Hinter dem Schulgebäude war weniger Platz, als sie vermutet hatten. Dort gab es nur einen Fahrradständer. Der Schulhof für die Pausen war vom Eingang aus gesehen links vom Haus. An einer Seitentür trafen sie auf Bringsmeier.

„Da seid ihr ja", sagte er. „Seid ihr gut durchgekommen?" Bringsmeier war älter geworden seit der Schulzeit, natürlich, aber Sommer erkannte ihn dennoch sofort wieder. Das war auch umgekehrt der Fall.

„Mensch, Frank", begrüßte Bringsmeier ihn. „Das ist ja ein grandioser Einstand für dich. Gleich am ersten Tag geht's richtig los. Passt auf, wo ihr hintretet. Hier liegen überall Glasscherben herum. Die Kriminaltechniker sind noch bei der Arbeit. Als ich das Ausmaß erkannte, habe ich auch eure Technikerin aus Bielefeld informiert. Die ist mit ihrem Team vor kurzem eingetroffen.

‚Die taffe Claudia', dachte Sommer.

„Wenn ihr da irgendetwas zertrampelt, was ich noch nicht untersucht habe, drehe ich euch durch den Wolf."

„Claudia Bruning in ihrem Element", kommentierte Pit. Und laut rief er:

„Keine Sorge Clau, wir werden uns hüten, uns mit dir anzulegen."

„Das will ich auch hoffen", war die Antwort. „Aber im Ernst, hier drin ist alles total verwüstet. Wir haben noch keinen gänzlichen Überblick. Ich komm mal raus und erzähl euch, was wir bis jetzt wissen." Und nach innen kommandierte sie: „Jungs, macht ihr hier weiter. Und dass ihr mir nichts überseht. Auch wenn das Feuer hier schlimm gewütet hat, vielleicht gibt es doch noch irgendwo eine kleine Spur des Täters. Irgendetwas, man kann ja nie wissen. Vor allem im Bereich der aufgebrochenen Tür, wo es weniger Brandschäden gibt. Eine Kleiderfaser vielleicht oder ein Spritzerchen Blut, weil der Täter sich beim Aufstemmen der Tür verletzt hat. Wer weiß. - Und wer sind Sie?" Jetzt wandte sich Claudia Bruning an Frank Sommer. „Presse können wir hier ganz und gar nicht gebrauchen. Was soll der hier, Pit?"

„Clau, immer schön geschmeidig bleiben. Das ist der Neue. Frank Sommer. Erster Kriminalhauptkommissar, unser neuer Chef, seit heute!"

„Ach Sie sind das. Entschuldigen Sie. Aber hier wimmelt es schon wieder nur so vor Presse. Können einen nie in Ruhe lassen. Der neue Mann aus Köln also.

Was hat Sie denn nach OWL verschlagen? Hab schon gehört. Sie stammen doch irgendwie von hier, oder? Übrigens, ich bin Claudia Bruning, die Chefin der Kriminaltechnik. Alle nennen mich Clau, sogar Ihr Vorgänger im Amt, und der war in dieser Hinsicht immer etwas etepetete. War noch von der alten Schule, immer förmlich, immer korrekt. Das schnelle Du war nicht so sein Ding. Was soll's, soll er seinen Ruhestand genießen. Also ich bin die Clau, o.k.?"

„O.k., ich bin der Frank." Claudia Bruning schien leicht den Mund zu verziehen. „Aber wenn auch nur ein einziges Mal ‚Frankieboy' über deine Lippen kommt", fuhr Sommer sogleich fort, „dann bin ich es, der dich durch den Fleischwolf dreht, und anschließend lass ich dich von Meyer zu Lakefeld sezieren."

Clau Bruning sah ihn in einer Mischung aus Überraschung und Fassungslosigkeit an. Sie war sprachlos und das kam selten vor. Spannung lag in der Luft. Dann brach sie in ein herzhaftes, ja fast ohrenbetäubendes Lachen aus. Die anderen drumherum wurden davon angesteckt.

„O.k., Frank, hast einen gut bei mir. Bei Gelegenheit auf ein Bier? – Aber jetzt will ich euch mal die Lage hier erläutern, wie sie sich uns derzeit darstellt. Zunächst: Hier ging jemand einerseits raffiniert und planvoll vor und andererseits entschlossen brutal, aber auch improvisierend. Im Schulbüro und im daneben liegenden Zimmer des Schulleiters wurde mit Unmengen von Benzin ein Brand gelegt. Das sollte richtig brennen und nicht aus Versehen nur vor sich hin schwelen. Im Schulbüro gab es zudem eine Explosion. Deshalb die Glasscherben und die größere Verwüstung dort. Die Explosion rührt her von einem ausgeleerten 20-Liter-Benzinkanister. Handelsübliches Modell aus Metall. Wahrscheinlich der Kanister, in dem der Täter auch das Benzin als Brandbeschleuniger mitgebracht hat. Nebenan im Raum des Schulleiters, und zwar auf dessen Stuhl, haben die Feuerwehrleute auch die verkohlte Leiche des Mannes gefunden und, sobald es möglich war, geborgen. Der Feuerwehrmann, der den Toten zuerst entdeckt hat, ist, wie mir die Kollegen erzählten, kreidebleich aus dem Haus gekommen und musste sich an Ort und Stelle übergeben. Ein Feuerwehrseelsorger betreut ihn zurzeit. Der Leichnam ist schon auf dem Weg zu Lakefeld in Bielefeld. Bis ihr aber von dem hört, das kann dauern. Aber dass der Mann absolut brutal erschlagen wurde, das konnte jeder auch so sehen."

„Ich hab Sonja Rosenfeld und Karsten Linnemann hingeschickt. Vielleicht können die bei Lakefeld schon etwas Näheres erfahren", mischte sich Sommer in Clau Brunings Redefluss.

„Oh, tatsächlich, und was haben die beiden dazu gesagt?"

„Sie runzelten die Stirn."

„Und womit taten sie das? Mit Recht!"

Von innen kam jetzt ein anderer Mitarbeiter der Kriminaltechnik zum Vorschein. „Wir haben da etwas sehr Interessantes gefunden. Schaut mal hier." Er hielt ihnen eine Kunststoffwanne der Kriminaltechnik hin. Ein Plastiksack lag darin, der mehr geschmolzen als verbrannt war und, mehr oder weniger stark verkohlt, Reste von Kleidungsstücken.

„Das nehmen wir auf jeden Fall mit. Wir werden das nach allen Regeln der Kunst untersuchen. Mal sehn, was uns diese Klamotten erzählen", stellte Bruning mit einem Lächeln fest. „Es gibt da drinnen übrigens auch noch einen großen Safe. Allerdings wurde der nicht angerührt und er scheint auch durch den Brand nur äußerlich in Mitleidenschaft gezogen zu sein. So ein Safe hält eine Menge aus."

‚Die scheint ihre Arbeit tatsächlich zu mögen', dachte Sommer. Dann fragte er laut: „Gibt es eigentlich keine Alarmanlage?"

„Nein", war die Antwort, „keine Alarmanlage, aber Rauchmelder mit direkter Leitung zur Feuerwehr. Deshalb war die Feuerwehr auch so schnell vor Ort und der Schaden hielt sich in Grenzen."

Plötzlich war draußen ein aufgeregtes Rufen zu hören. ‚Schon wieder Presse?' fragte sich Sommer.

„Ich bin der Leiter dieser Schule!", rief jemand sehr energisch. „Ich will wissen, was hier passiert ist. Ich werde seit heute Morgen vertröstet. Man könne noch nichts sagen. Jetzt will ich endlich einen verantwortlichen Beamten sprechen. Ich lass mich nicht mehr abspeisen!"

Sommer bedeutete Schwameyer, er möge mitkommen. Beide gingen sie dann um die Hausecke herum in Richtung des Lärms, den der Schulleiter immer noch machte.

„Guten Morgen, mein Name ist Sommer, der zuständige Ermittlungsleiter von der Kripo Bielefeld. Können wir irgendwo ungestörter als hier miteinander reden?"

„Ja sicher. Es gibt ja noch genügend Räume, die nicht in Mitleidenschaft gezogen wurden. Übrigens, mein Name ist Wolfgang Böhme. Ich bin der Leiter dieser Schule. Dort drüben steht auch mein Stellvertreter, Lothar Schwenke. Der sollte bei unserem Gespräch dabei sein."

„Selbstverständlich", sagte Sommer.

„Dies hier ist übrigens mein engster Mitarbeiter, Peter Schwameyer. Wir arbeiten alle bei der Mordkommission in Bielefeld. Zuständig für sämtliche Gewaltdelikte in OWL."

Dann gingen alle vier durch den Haupteingang auf der Frontseite der Schule in das Gebäude. Auch hier, wo keine Beschädigungen erkennbar waren, war der Brandgeruch extrem. Aber eigentlich war dieser Geruch im weiten Umkreis zu riechen. Innerhalb der Schule war er fast unerträglich. ‚Unterricht wird hier für lange Zeit nicht mehr möglich sein', dachte Sommer. Böhme blieb gleich hinter Tür stehen und sagte. „Der Brandgeruch ist ja auch hier unerträglich. Gut, dass noch Ferien sind. Ich gehe mal voraus in Richtung Mensa. Die ist hinten links angebaut. Vielleicht ist es dort etwas besser."

Nach einem kurzen Weg erreichten sie die Mensa, die vor noch nicht allzu langer Zeit eröffnet worden war.

„Die Mensa gehört zu unserem neuen Konzept der Ganztagsbetreuung. In NRW werden immer mehr Ganztagsschulen eingerichtet. Da muss die Pädagogik auf die gesellschaftlichen Veränderungen unbedingt reagieren. Nachmittags bieten wir Hausaufgabenbetreuung, aber auch Sport, Spiele und Kreativangebote."

Die gesamte Mensa war hell und freundlich in verschiedenen, nicht aufdringlichen Farben gehalten.

„Wir haben auch die Farben nach pädagogischen Gesichtspunkten ausgewählt", sagte jetzt Schwenke, der Konrektor. Sie sollen angenehm sein und entspannend wirken. Stress gibt es an jeder Schule ohnehin genug."

An einem der Tische in Fensternähe nahm die Gruppe Platz. Der Blick fiel auf einen Schulhof, der auch neu und freundlich mit etwas Grün gestaltet war.

„Können Sie schon etwas sagen?“, begann Böhme. „Was ist hier eigentlich genau passiert? Hat hier jemand gezündelt und wenn ja, warum? Ich höre, es gab auch einen Toten. Wer ist das und was hatte er hier zu suchen gehabt?“

Sommer begann einen knappen Bericht, der gerade so detailliert ausfiel wie er glaubte in dieser Situation gehen zu dürfen. Besonders in Bezug auf den Toten war das nicht einfach. Er musste beruhigend auf die beiden sichtlich erschütterten Lehrer eingehen, durfte aber andererseits nicht zu viel sagen, was diese dann vielleicht, wem auch immer, weiterberichten würden. Journalisten hatten durchaus raffinierte Methoden, etwas aus unerfahrenen Personen herauszuholen. Dabei dachte er weniger an die örtliche Presse als eher an die Boulevardpresse. Die würde sich mit Sicherheit auf den Fall stürzen. Sommer war da gerade aus Köln einiges gewohnt.

„Und wie sieht es bei Ihnen aus?“, fragte Sommer. „Sie verstehen, dass wir am Anfang in weiten Kreisen alles bedenken müssen, auch wenn es abwegig erscheint. Fangen wir mit Ihrer Schule an. Können Sie sich vorstellen, ob hier vielleicht ein Schüler seinen Frust abgelassen hat. Gab es vielleicht in der letzten Zeit einen Fall, der bei einem Schüler Rachegelüste ausgelöst haben könnte, vielleicht auch gegenüber Ihnen als Schulleiter?“

Sommer konnte sich nicht vorstellen, dass die Dinge so einfach lagen, aber man weiß ja nie.

„Nein“, sagte der Schulleiter. „Das kann ich mir nicht vorstellen. Wenn es ein solch extremes Ausmaß gehabt hätte, dass es zu diesen Konsequenzen kommt, dann hätte ich sicher davon erfahren. Natürlich gibt es immer auch wieder disziplinarische Schwierigkeiten.

Und manchmal müssen wir auch harte Maßnahmen ergreifen. Aber glauben Sie nicht, dass es dann eher zu so etwas wie einem Amoklauf gekommen wäre?"

Da musste Sommer ihm recht geben. „Ach, sagen Sie", fuhr er fort, „inmitten der Verwüstung haben wir einen Tresor entdeckt. Scheint unversehrt zu sein, wie die Kriminaltechnikerin sagte. Bitte schauen Sie aber dennoch hinein, ob irgendetwas fehlt."

„Da können Sie unbesorgt sein, da ist jetzt in den Ferien ohnehin nichts Bedeutendes drin. Im Grunde ist der nur für die Aufbewahrung des Siegels und von Prüfungsaufgaben vorgesehen. Manchmal ist wohl auch etwas Geld drin, wenn Schülerbeiträge für Klassenfahrten eingesammelt werden. Aber auch das geht meistens bargeldlos. Jetzt in den Ferien lagert da mit Sicherheit nur das Siegel."

„Noch etwas: Gibt es eigentlich keine Alarmanlage?"

„Nein, das ist allgemein nicht üblich. Wir haben eine Alarmverbindung zur Polizei, für den Fall eines Amoklaufes. Die ist vor einigen Jahren nach den Ereignissen in Erfurt und Winnenden eingerichtet worden. An allen Schulen gibt es für diesen Fall inzwischen ein besonderes Sicherheitssystem und einen Notfallplan. Aber eine Alarmanlage, die bei Einbruch reagiert, gibt es nicht. Der Aufwand steht in keinem Verhältnis zu dem möglichen Schaden. So viel kann ja nicht geklaut werden."

Sommer und Schwameyer beließen es dabei und gaben dem Schulleitergespann ihre Karten. „Wenn Ihnen noch etwas einfällt."

Als sie wieder auf dem Schulvorplatz standen, blickte Sommer seinen Kollegen fragend an: „Was ist dein Eindruck?"

„Ich glaube, sie sind ehrlich erschüttert. Sie werden sich ziemlich sicher den Kopf zermartern, ob sie irgendetwas übersehen haben. Sie werden im Geiste die letzte Zeit zurückgehen. Die Unterlagen, sofern sie im Büro lagerten oder in ihren Computern gespeichert waren, dürften wohl vernichtet sein."

„Computer, das ist das richtige Stichwort. Lass uns doch bei der Bruning nachfragen, ob da noch was zu machen ist."

„Alles total zusammengeschmolzen", antwortete die Kriminaltechnikerin auf die entsprechende Frage. „Aber wir nehmen vorsorglich alles mit, um zu sehen, ob da noch irgendeine Information zu retten ist."

In dem Moment klingelte Sommers Handy.

„Sommer hier, was gibt's?"

„Hallo, hier ist Sonja, Sonja Rosenfeld. Wir sind hier in der Gerichtsmedizin. Der Herr Lakefeld ist total aufgebracht. Ob wir ihn nicht in Ruhe seine Arbeit machen lassen könnten, statt ihn mit vorschnellen Fragen von eben dieser abzuhalten. Das waren so ziemlich genau seine Worte. Bis jetzt könne er nur sagen: Der Tote ist tot. Er war ein Mann und er ist erschlagen und verbrannt worden ..." – „Geben Sie mir mal das Telefon." Sommer hörte im Hintergrund eine energische Männerstimme. Das musste Lakefeld sein.

„Herr Sommer, hier ist Lakefeld." Er schrie beinahe ins Telefon. „Was soll das eigentlich? Sie sind heute erst den ersten Tag hier. Ich weiß nicht, wie es in Köln üblich war. Aber hier lassen mich die Damen und Herren aus den verschiedenen Polizeipräsidien, mit denen ich es zu tun habe, meine Arbeit machen. Und wenn die getan ist, dann bekommen Sie einen detaillierten Bericht. Und dann bleiben keine Fragen mehr offen. Aber bis dahin ..."

„Herr Lake …"

„… lassen Sie mich meine …"

„… feld! …"

„… Arbeit tun!"

„Herr Lakefeld! Jetzt beruhigen Sie sich doch! Niemand will Sie von Ihrer Arbeit abhalten. Wir sind auf Ihre Arbeit angewiesen und darauf, dass Sie sie gut machen. Und so weit ich bisher in der kurzen Zeit gehört habe, machen Sie Ihre Arbeit gut."

„Ich gebe mir Mühe."

„Davon bin ich überzeugt. Wir alle sind davon überzeugt. Ich bin es gewesen, der heute Morgen die beiden Kollegen zu Ihnen geschickt hat, um erstens zu erfahren, ob der Augenschein richtig ist, dass es ein Mann war und dass er erschlagen wurde. Beides haben Sie bereits bestätigt. Damit ist es Mord und wir sind zuständig. Und zweitens …"

„… Stopp, ich habe nichts über die Reihenfolge gesagt. Ich habe noch nicht gesagt, ob er erst erschlagen und dann verbrannt wurde oder umgekehrt. Das muss ich noch untersuchen. Andererseits, wenn er nicht beim Ausbruch des Brandes schon tot gewesen wäre, wäre er doch wohl kaum in aller Ruhe sitzen geblieben, es sei denn in selbstmörderischer Absicht. Das ist nur schwer vorstellbar, aber auch nicht gänzlich unmöglich. Dazu muss ich aber die Leiche genauestens untersuchen und das braucht Zeit. Aber ich arbeite mit Hochdruck."

„Danke, Herr Lakefeld, das war es, worum ich Sie bitten wollte. Und, ach ja, zweitens: wenn Sie irgendetwas zur Identifizierung der Leiche …"

„Natürlich kümmere ich mich auch darum, DNA, Zahnstand etc. … Sie können sich darauf verlassen, dass ich gewissenhaft bin. Und im Übrigen: Nichts für ungut und herzlich willkommen in Bielefeld und auf gute Zusammenarbeit."

„Danke, Herr Lakefeld."

„Moment noch. Ihre Kollegin Rosenfeld möchte noch mit Ihnen sprechen."

„Hier ist Sonja wieder. Frank, wie geht's mit uns jetzt weiter?"

„Gute Frage. Hier am Tatort gibt es momentan nichts mehr zu tun. Wir müssen jetzt die üblichen Ermittlungsverfahren in Gang setzen. Befragung der Nachbarn z.B., vielleicht hat jemand etwas bemerkt in der letzten Nacht, das uns weiterhelfen kann. Die Spurensicherung wird noch eine Weile brauchen und Lakefeld ja auch. Anna, Pit und ich werden uns jetzt mit Bringsmeier in seinem Büro hier in Herford zusammensetzen, um alles zu besprechen. Da wäre es gut, wenn ihr dabei wärt. Also macht euch auf den Weg nach Herford. - Zimmer 35 hatte Bringsmeier doch gesagt, wenn ich mich recht erinnere."

„Ja, hat er. Also dann in 30 bis 40 Minuten etwa."

„Ja, bis gleich."

„Anna, Pit - Bringsmeier! Hier ist jetzt erst einmal Schluss." Und direkt an den Herforder Kollegen gewandt: „Lagebesprechung in deinem Büro. Fahr du voraus, wir kommen hinterher."

„Alles klar. Dann ab in die Autos."

„Tschüss Clau", sagte Sommer im letzten Moment.

„Tschüss Sommer, ihr hört von uns."

Der Weg zur Kreispolizeibehörde war kurz, Hansastraße 54. Man fuhr vielleicht fünf Minuten. Aber es ging zunächst unter der Bahn hindurch und dann über die Werre. Rechts konnte man an der Kreuzung Goebenstraße das Museum MARTa erkennen. Der extravagante Bau des amerikanischen Stararchitekten Frank Gehry war weit über OWL hinaus bekannt.

Gleich dahinter führte die Straße über die Werre. ‚Herford ist doch recht wasserreich', dachte Sommer, als sie jetzt auf der Brücke Hansastraße waren. Zwei Flüsse führten durch das Stadtgebiet, die Werre und die Aa. Genau hier an der Hansastraße konnte er rechts auf die Mündung der Aa in die Werre blicken. Dazu gab es noch den Stadtgraben, der schon im Mittelalter angelegt worden war, um zusätzlich zu den zwei Flüssen der Stadt Schutz vor Überfällen zu verschaffen. Sommer bekam heimatliche Gefühle, als er mit den anderen die Werre überquerte. Natürlich, mit dem Rhein konnten die Flüsschen hier nicht einmal im Ansatz mithalten. Aber schön waren sie doch, vor allem die Promenaden an der Werre und – Herford war und blieb seine Heimatstadt, die Stadt, in der er geboren wurde, in der er aufgewachsen und zur Schule gegangen war. 20 Jahre seines Lebens hatte er hier verbracht. Und danach war die Trennung auch nie endgültig gewesen, schließlich wohnte seine Mutter noch bis zu ihrem Tod hier. Polizeihochschule Münster, dann erste Tätigkeiten in Coesfeld und Kleve, schließlich Köln. Und jetzt hatte es ihn wieder nach Ostwestfalen zurückgezogen.

Sommer hatte keine Zeit, seinen sentimentalen Gedanken nachzugehen. Kurz hinter der Brücke hatten sie ihr Ziel, die Kreispolizeibehörde, erreicht. Interessanterweise handelte es sich dabei ebenso wie in Bielefeld um einen roten Klinkerbau. Von der Straße etwas zurückliegend und mit viel Grün umgeben war das Gebäude jedoch unauffälliger. Auf den zweiten Blick bemerkte man, dass es nach hinten direkt an die Werre mit ihrer Promenade grenzte. Der Parkplatz für die Polizeiangehörigen befand sich an der Seite, zugänglich über eine schmale Seitenstraße, die Herderstraße. Sie mündete in eine Fußgängerbrücke über die Werre und setzte sich auf der anderen Seite in der Augustastraße mit ihren Stadtvillen fort. ‚Erstaunlich, so ruhig und mitten in der Stadt', dachte Sommer. Als Kind war er hier mit seinen Eltern gelegentlich spazieren gegangen.

„Frank, was ist los?", rief Bringsmeier. „Träumst du?"

„Nee, alles in Ordnung. Nur alte Erinnerungen", antwortete Sommer. „Ich komme. Wir haben schließlich eine Aufgabe zu erfüllen."

Dann gingen sie zu viert in das Gebäude und begaben sich direkt in Bringsmeiers Zimmer.

In Bringsmeiers Büro war noch weniger Platz als in Sommers eigenem neuen Büro in Bielefeld, das er aber heute Morgen nur kurz in Augenschein genommen hatte, bevor der Anruf aus Herford sie erreichte. Zwei der insgesamt vier Personen mussten stehen.

„Sven, gibt es hier keinen größeren Raum", fragte Pit als erster.

„Doch, doch. Wir haben einen Konferenz- und Besprechungsraum. Du hast recht. Hier ist entschieden zu wenig Platz."

Bringsmeier voran, zogen alle in den größeren Raum um.

„So, dann wollen wir doch mal überlegen, was wir bis jetzt haben", nahm Sommer wieder das Heft in die Hand und fasste die wichtigsten Sachverhalte zusammen. Bringsmeier ging dabei unaufgefordert zu einem großen magnetischen Whiteboard und schrieb mit einem blauen Filzschreiber die von Sommer aufgezählten Fakten auf die linke Tafelhälfte. Schließlich kamen sie zu den Fragen, die zu klären waren. Naturgemäß waren diese am Anfang einer Ermittlung zahlreicher als die Fakten. Bringsmeier schrieb die Fragen mit rot auf die rechte Tafelhälfte. Sommer war beeindruckt. Hatte er seinen Schulfreund von früher unterschätzt?

Die wichtigste Frage stand zuerst auf der Tafel: Wer ist der Tote? Was hat er mit dem Brand zu tun? Warum wurde er hergebracht und woher stammt er?

Dann kamen die Fragen, die direkt mit dem Brand zu tun hatten. Sommer begann: „Hat irgendein Nachbar in der Nacht vor Ausbruch des Feuers irgendetwas bemerkt? Haben die Beamten vor Ort, Feuerwehr oder Polizei, irgendetwas Interessantes zu berichten?"

„Ein Brandstifter", mischte sich Anna Tomczyk ein, „hält sich nach der Tat gern in der Nähe auf, will beobachten, was er ausgelöst hat. Berauscht sich an der Macht, die er über Feuerwehr und Polizei hat. Er war es, der sie mit seiner Tat quasi herbeigezwungen hat."

„Stimmt, Anna, ich hätt's nicht besser sagen können."

„Sven, wie ist das", fragte jetzt Pit Schwameyer, „macht ihr hier bei solchen Anlässen routinemäßig Videoaufnahmen?"

„Ich glaube, ja. Ich werde die Aufnahmen besorgen, auch alle Berichte, die geschrieben wurden bzw. na ja", er lächelte, „die zur Zeit noch geschrieben werden."

„O.k.", sagte Sommer. Die Befragung der Kollegen und der Feuerwehrleute, das können wir selbst machen. Außerdem kommen ja noch Sonja und ..." Mitten im Satz wurde er unterbrochen. Sonja Rosenfeld und Karsten Linnemann kamen herein.

„Haben wir euch endlich gefunden", sagte Linnemann. „In Zimmer 35 wart ihr jedenfalls nicht. Wir haben uns dann durchgefragt."

„Ihr kommt gerade recht. Wir sind bei der Aufgabenverteilung. Aber zuerst werft einen Blick auf die Tafel, da steht alles Wichtige zu unserem Fall. Kollege Bringsmeier hat das vorbildlich zusammengefasst."

Und direkt an Sven gewandt sagte er: „Könnt ihr ein paar Leute abstellen, um die Nachbarn zu befragen?"

„Das müsste sich machen lassen."

„Und dann noch etwas. Können wir diesen Raum zu unserem Hauptquartier machen?"

Bringsmeier nickte.

Sommer lachte.

„Da habe ich soeben meinen ersten Arbeitstag in Bielefeld, und schon muss ich das Hauptquartier einer Ermittlung nach Herford verlegen, in meine Heimatstadt. Irgendwie auch lustig. Na ja, lustig vielleicht doch nicht. Vor allem nicht für den Toten." Er wurde wieder ernst.

„Also, wir machen das folgendermaßen", fuhr er dann fort. „Sonja und Karsten befragen die Feuerwehrleute. Sven, wenn du dich bitte um die Videoaufzeichnung kümmern würdest und schon mal einen Blick drauf werfen könntest. Anna hilft dir dabei. Pit und ich, wir interviewen die Polizeibeamten, die gestern Nacht vor Ort waren. Aber zuerst sollten wir mal einen Happen essen. Ist ja schon fast eins. Wir treffen uns spätestens um 18.00 Uhr noch einmal hier."

Das Gemurmel im Raum war leise, aber dennoch deutlich.

„Ja ich weiß, das ist spät, aber es ist besser, wenn wir uns heute noch einmal austauschen. Ich hab so ein dummes Gefühl bei der Sache. So, als ob der Brandstifter mit seiner Leiche uns noch mehr beschäftigen wird, als uns lieb ist. Nach der Besprechung heute Abend können wir dann wohl alle erst einmal nach

Hause gehen. – Also, auf geht's. Sven, wo ist eure Kantine?"

Nach dem Essen begann Sommer damit, eine Liste der Kollegen zusammenzustellen, die in der Nacht am Brandort eingesetzt waren. Vor allem diejenigen, die mit der Absperrung beschäftigt gewesen waren, interessierten ihn am meisten. Insgesamt fünf Namen standen schließlich auf seiner Liste. Drei davon hatten schon wieder Dienst. Er und Pit teilten sich und konnten die Befragungen direkt vor Ort in der Wache vornehmen. Allerdings gab es kein greifbares Resultat. Die beiden anderen Beamten hatten noch keinen Dienst. Ein Anruf ergab, dass beide zurzeit zu Hause waren. Der eine der beiden, Hartmut Bleikamp, wohnte im Friedenstal, d.h. am Stadtrand Richtung Bad Salzuflen, der andere war eine Kollegin; sie wohnte Schwarzenmoorstraße, in der Nähe des Krankenhauses. Sommer und Schwameyer teilten sich auf. Pit fuhr mit Bringsmeiers Wagen zu der Kollegin, was ihn sichtlich erfreute, und er selbst wollte zu Polizeimeister Bleikamp in die Bauvereinstraße. Ein Blick auf die Karte in der Polizeiwache und er wusste, wie er fahren musste. Trotz Navi hatte er immer gern selbst den Überblick, wohin es ging. In seinem Innern traute er der Technik nie so ganz.

Nach zehn Minuten Fahrt war er in der Bauvereinstraße angekommen. Er suchte die entsprechende Nummer und stellte seinen Wagen in der Nähe ab. Die Häuser stammten vermutlich aus den zwanziger Jahren. Viele hatten tonnenartige Dächer, wie es damals wohl üblich gewesen war. Sein Großvater hatte in einem ähnlichen Haus gewohnt. Aber das war lange her. Auf dem Türschild stand: „Hier wohnen Beate,

Hartmut und Nele Bleikamp". ‚Aha', dachte Sommer, ‚ein junger Vater.' Er klingelte und wenig später wurde ihm von einem Mann Ende zwanzig geöffnet.

„Herr Sommer, vermute ich", sagte er. „Wir haben eben miteinander telefoniert, richtig?"

„Stimmt", antwortete Sommer. „Ich leite die Ermittlungen in dem Fall von Brandstiftung mit Todesfolge von letzter Nacht."

Der Ordnung halber zeigte er seinen neuen Dienstausweis. „Darf ich reinkommen?"

„Selbstverständlich. Schön, dass Sie zu mir kommen konnten. Bis zu meinem Dienstantritt nachher passe ich auf unsere Tochter auf, unsere kleine Nele. Im Augenblick schläft sie ruhig in ihrem Bettchen. Sie ist gestern ein halbes Jahr alt geworden. Meine Frau ist kurz zum Einkaufen. "

„Ja, sicher, kein Problem. Ein halbes Jahr! Wie schön. Da kann man ja noch gratulieren. Die Zeit vergeht so schnell. Am Anfang zählt man Tage, dann Monate und schließlich Jahre – irgendwann sogar Jahrzehnte. Aber so weit sind wir beide ja wohl noch nicht."

„Sie haben auch Kinder?"

„Ja, zwei Söhne. Die sind natürlich schon deutlich älter. 21 und 19."

„Ja, natürlich."

„Ich hab auch nur eine kurze Frage: Wenn ich richtig informiert bin, sind Sie letzte Nacht bei dem Brand der Schule bei der Absperrung des Geländes eingesetzt gewesen."

„Das ist richtig."

„Ist Ihnen da irgendetwas aufgefallen?"

„Nein, eigentlich nicht. Das war im Grunde so wie immer. Jede Menge Nachbarn, die vor Lärm und Neugier nicht mehr schlafen konnten und die versuchten einen Blick auf das Geschehen zu bekommen. Da muss man manchmal klare Worte sprechen."

„Ja, das kann ich mir vorstellen. Aber ich will konkreter werden. Bei einer Brandstiftung treibt sich der Täter oft noch in der Nähe herum. Er interessiert sich sozusagen ‚brennend' für das, was er angerichtet hat." Bei der Formulierung ‚brennend' musste beiden grinsen.

„Natürlich", sagte Bleikamp, „das haben wir schon auf der Polizeischule gelernt. Ist ja noch nicht so lange her."

‚Bei mir schon", dachte der 20 Jahre ältere Sommer.

„Also, hat sich irgendjemand vielleicht mehr als alle anderen für den Brand und seine Folgen interessiert?" sagte er dann laut.

Bleikamp überlegte eine Weile. Er schien in Gedanken den gesamten Einsatz noch einmal durchzugehen. Dann sagte er: „Ja, da gab es einige, die sich nach dem Brand und dessen Ursache erkundigten. Darunter waren auch Journalisten. Die fragen routinemäßig immer auch nach eventuellen Opfern. Das heißt, nein, wenn ich es genau überlege, dann war das folgendermaßen. Zwei Personen haben ausdrücklich darauf hingewiesen, dass sie Journalisten seien. Und die fragten nicht direkt nach Opfern, sondern sagten so etwas wie: ‚Personenopfer wird es um die Uhrzeit doch wohl kaum gegeben haben, oder?' Jedenfalls lag in der Formulierung schon die Vermutung, dass es keine Personenopfer gegeben haben wird. Der andere formulierte ganz ähnlich. Aber dann war da noch ein dritter. Der fragte ganz direkt, ohne Umschweife, ob es Opfer gegeben hätte. Moment, er fragte, ob jemand zu Schaden gekommen wäre. Ja, er sagte: ‚Ist jemand bei dem Brand zu Schaden gekommen?' Ich erinnere mich jetzt genau. Ich hab mich nämlich gewundert, weshalb das überhaupt jemand fragt, um die Nachtzeit. Und ich hab dann auch so antwortet. ‚Um die Zeit, mitten in der Nacht?', das habe ich geantwortet."

„Könnte was dran sein", sagte Sommer, „muss aber nicht." Er machte sich dennoch genaue Notizen. „Das sollten wir im Auge behalten. Und wenn es sich um eine tote Spur handelt, dann wissen wir eben, dass es sich so verhält. Können Sie den Mann eventuell näher beschreiben?"

„Ich hoffe. Ist aber nicht leicht. Sie verstehen, die vielen Menschen und dann – es war ja dunkel."

„Versuchen Sie es."

„O.k." Er schloss die Augen und stellte sich offenbar die Situation der letzten Nacht noch einmal genau vor. „Ein Mann, mittleres Alters, 40, höchstens eher jünger, älter eigentlich nicht. Nicht besonders groß. Im Vergleich zu mir etwas kleiner. Ich bin 1,80. Kleidung: Pullover, Jacke – Regenjacke, glaube ich. Die Hose? Nein, tun mir leid, daran habe ich keine Erinnerung. Haarfarbe: mittel bis dunkel. Genauer geht es nicht bei den Lichtverhältnissen. Nachts sind alle Katzen grau, Sie verstehen. Gilt übrigens auch für die Farbe der Kleidung. Auch irgendwie unauffällig."

„Wunderbar, das ist schon eine ganze Menge", freute sich Sommer. „Ach, sind eigentlich Videoaufnahmen gemacht worden, auch besonders von den Schaulustigen?

„Ja, natürlich, das machen wir immer so. Polizeiobermeister Henning hat das gestern erledigt. Ich hab ihn selbst bei der Arbeit gesehen."

„Sehr gut. Wenn Sie Ihren Dienst antreten, schauen Sie sich das Video doch bitte einmal an. Vielleicht erkennen Sie den Typen."

„Selbstverständlich. Aber da wird es wohl besser sein, wenn ich etwas eher komme. Kollege Henning hat, glaube ich, ziemlich viel gefilmt."

„Nein, das machen wir anders", sagte Sommer. „Ich rede mit Ihrem Vorgesetzten, dass Sie dafür Ihren normalen Dienst etwas später beginnen."

„Oh, vielen Dank. Wenn es Ihnen gelingt."

„Na dann, das war es dann zunächst. Ach nein, doch noch etwas: Wenn Sie den Mann nicht wiedererkennen, das heißt, wenn er nicht auf dem Film zu sehen ist, könnten Sie dann vielleicht ein Phantombild machen? Aber darüber reden wir dann morgen."

Sommer wandte sich zum Ausgang. „Vielen Dank für Ihre Hilfe. Wir werden uns sicher noch sehen in dem Zusammenhang."

Draußen im Auto dachte Sommer noch einmal kurz über das nach, was sein junger Kollege ihm erzählt hatte. ‚Könnte tatsächlich von Bedeutung sein. Dieser bewusste Mann könnte in der Frageformulierung schon davon ausgegangen sein, dass es Personenopfer gegeben habe. Jedenfalls lässt sich dieser Schluss ziehen, wenn auch nicht zwingend. Das werden wir genau im Auge behalten müssen.' Dann griff er zu seinem Handy und wählte Pit Schwameyers Nummer. Nach kurzem Klingeln meldete sich der Kollege.

„Hallo Frank."

„Hallo Pit. Wo steckst du gerade? Wie ist es gelaufen?

„Will gerade ins Auto einsteigen. Diese Kollegin, übrigens eine sehr attraktive Person, Miss-Polizei-NRW sozusagen, also diese Kollegin, wie hieß sie doch gleich – richtig, Melanie Hagedorn, diese Kollegin hat etwas möglicherweise Interessantes gesehen. Wir sollten gleich auf der Dienststelle darüber sprechen. Das ist besser als am Telefon."

„Ja, in Ordnung, ich hab übrigens auch Interessantes zu berichten. Dann sehen wir uns gleich in unserem Hauptquartier." Sommer drückte die Aus-Taste, dann startete er den Wagen. ‚Pit, ist der eigentlich verheiratet?', dachte er plötzlich, verdrängte den Gedanken aber sofort wieder.

Inzwischen war es fast 16.00 Uhr und der Feierabendverkehr hatte bereits eingesetzt. Er würde deshalb etwas länger brauchen als auf dem Hinweg. Dennoch fuhr er zurück eine andere Strecke als auf dem Hinweg. Er wollte seinem Viertel „guten Tag" sagen, dem Viertel, in dem er aufgewachsen war. Von der Bauvereinstraße fuhr er deshalb zur Stadtholzstraße und dann in Richtung Stift Berger Marienkirche. Dort im Schatten einer der ältesten Kirchen Herfords war er aufgewachsen. Dort war er getauft und konfirmiert worden. Dort hatte er seine Jugend verbracht. Versteckspielen auf dem Luttenberg mit seinen zwei uralten Linden genau oben in der Mitte. Oder bolzen mit der kirchlichen Jugendgruppe auf der Langenbergwiese, wo Ostern immer auch das große Osterfeuer stattfand.

Hatte er eigentlich schon bemerkt, dass es ein besonders schöner 1. September war? Doch, am Morgen hatte sich das ansatzweise schon angekündigt. Aber dann hatte er nicht mehr richtig darauf geachtet. Jetzt fiel es ihm wieder auf. 25 Grad und nahezu wolkenloser Himmel. Wunderbar und definitiv zu schön, um an einer hässlichen Brandstiftung und einem Mord zu arbeiten. Aber das war nun einmal sein Beruf. Und etwas anderes wollte er auch gar nicht machen. Wenn er Glück hatte, war die Sache am Wochenende schon unter Dach und Fach, und dann sollte es laut Wetterbericht ja auch noch schön sein. Er würde mit seiner Frau deren letztes Ferienwochenende genießen, in ihrem neuen Zuhause am Forellenweg in Dornberg. Und das Freibad war ja auch noch bis Ende der Schulferien geöffnet.

Gleich unterhalb des Luttenberges, in der Marienstraße, dort war er geboren worden. Etwas weiter sein alter Kindergarten, nun schon lange zum Wohnhaus umgebaut. Gegenüber der Marienfriedhof. Am Ende der stark abschüssigen Straße, der Stift *Berg* hatte seinen Namen nicht umsonst, traf er auf die Vlothoer Straße, und die ging geradewegs über in die Hansastraße mit dem Polizeipräsidium. Auf dem Weg dorthin passierte er noch das Theater und vor allem seine alte Schule, das Ravensberger Gymnasium. Erinnerungen wurden wach. In Bezug auf die Schule allerdings nicht nur gute.

Der Weg, den Sommer gewählt hatte, erwies sich am Ende sogar kürzer als der Hinweg über die Salzufler Straße. So genau hatte er das alles doch nicht mehr in Erinnerung. Er erreichte die Dienststelle nahezu zeitgleich mit Pit.

In ihrem Besprechungsraum trafen Sommer und Schwameyer auf Sven und Anna, die sich den Videofilm der Brandnacht anschauten.

„Na, schon irgendetwas Interessantes gefunden?“, fragte Pit als Erster.

„Nein“, antwortete Anna. „Wieso denn auch. Wir wissen ja gar nicht, wonach wir suchen sollen.“

„Also, da kann ich euch beruhigen“, sagte jetzt Sommer. „Ich komme gerade von PM Bleikamp. Der konnte sich an einen Mann mittleren Alters erinnern, der merkwürdigerweise offenbar sehr konkret nach Personenopfern gefragt hatte. Der Kollege hat um 18.00 Uhr Dienstbeginn. Dann wird er sich das Ganze genau ansehen. Vielleicht erkennt er ihn wieder." Dann griff Sommer zum Telefon. „Ich muss schnell mal den Chef der Wache informieren, dass Bleikamp seinen Streifendienst etwas später antreten wird."

„Stopp! Vorsicht!", rief Bringsmeier dazwischen. „Mach dich darauf gefasst, dass das nicht einfach wird." Aber auf der anderen Seite wurde schon abgenommen.

„Ja, Polizeiwache. Was gibt's?"

„Spreche ich dort mit dem Leiter der Wache?"

„So ist es."

„Hier ist Sommer, Erster Kriminalhauptkommissar, Ermittlungsleiter im Fall der Brandstiftung letzte Nacht und des Mordes, der damit in Zusammenhang steht. Ich habe eben mit PM Bleikamp gesprochen."

„Haben Sie nicht vorhin schon einmal einige meiner Leute befragt und von ihrer Arbeit abgehalten. Und was PM Bleikamp angeht: Der ist doch noch gar nicht da."

„Stimmt, ich sagte ja, dass ich schon mit ihm gesprochen *habe*. Und zwar bei ihm zu Hause. Nun ist es so, dass er uns wichtige Hinweise geben kann, eine verdächtige Person betreffend. Dazu muss er sich das Video anschauen, das einer Ihrer Kollegen beim Brand gemacht hat. Bitte haben Sie Verständnis dafür, dass er den Streifendienst dann erst etwas später beginnen kann."

„Wie bitte, ich habe wohl nicht richtig gehört!", schimpfte sein Gesprächspartner nun ins Telefon. „Der Streifendienst kann doch nicht einfach so nach Belieben verschoben werden. Auf welchem Stern leben Sie denn. Der Streifendienst ist die wichtigste Aufgabe, die wir haben. Der Bürger erwartet das von uns. Er fühlt sich dann sicherer. Nee, also bei aller Liebe. Den Streifendienst später anfangen, das geht gar nicht."

„Entschuldigen Sie", sagte Sommer, „ich habe Ihren Namen nicht richtig verstanden."

„Penner, Polizeikommissar Johann Penner."

„Aha", sagte Sommer. „Herr Penner, der Bürger wird sich ganz bestimmt noch sicherer fühlen, wenn wir den Brandstifter von letzter Nacht so schnell wie möglich fassen. Fahndungserfolge verstärken das Sicherheitsgefühl genauso wie die Präsenz auf der Straße, die der Bürger im Übrigen gar nicht immer so positiv wahrnimmt, wie Sie das jetzt darstellen. Mancher Bürger fühlt sich dadurch eher beobachtet, besonders wenn er als Autofahrer unterwegs ist. Also, Herr Penner, werden Sie dem Kollegen Bleikamp Gelegenheit geben, sich zunächst die Videobänder anzuschauen?"

„Ist das eine dienstliche Anweisung?"

„Ja."

„Dann muss ich mich dem wohl beugen. Wohin soll ich PM Bleikamp schicken?", sagte Penner jetzt ziemlich kurz angebunden.

„In unser Besprechungszimmer, Nummer …", Sommer sah sich Hilfe suchend nach Sven um. „Zimmer 38", rief der ihm zu.

„Also Zimmer 38, Herr Kollege, und vielen Dank für Ihr Verständnis." Sommer legte den Hörer auf und musste vernehmlich schnaufen.

„Ich hab's ja gesagt", kommentierte Bringsmeier.

„Was ist denn nun, was gibt es so Interessantes?", fragte Schwameyer schon ein wenig ungeduldig.

„Geduld, ein wenig Geduld bitte. Wollen wir nicht warten, bis Sonja und Karsten auch da sind", gab Sommer zurück.

„Dann müssen wir ja vielleicht eine Stunde warten. 18.00 Uhr war als Zeitpunkt ausgemacht."

„Vielleicht ja auch nicht. Ich will mal hören, wo die beiden jetzt sind."

Sommer zog sein Handy aus der Tasche und wählte Sonjas Nummer.

„Hallo, Sonja. Ist Karsten auch in der Nähe?"

„Ja, wir haben soeben unser Gespräch mit den Feuerwehrleuten beendet. Ist aber nicht allzu viel dabei herausgekommen. Die Kollegen, die wir angetroffen haben, waren letzte Nacht nicht im Einsatz gewesen."

„Gibt es schon Berichte oder Aufzeichnungen?"

„Danach haben wir gefragt. Aber das war wohl in ausführlicher Form noch nicht möglich. Nur ein paar kurze schriftliche Notizen sind bis jetzt vorhanden. Aus denen ging nichts hervor, was irgendwie außergewöhnlich gewesen wäre. Lediglich der Kollege, der den Toten gefunden hat, ist für heute vom Dienst freigestellt, damit er mit dem psychologischen Dienst sprechen kann. Im Übrigen gab es wohl noch eine Brandwache. Wie lange die da war oder noch ist, weiß ich nicht. Den ausführlichen Bericht bekommen wir später per Mail. Aber ich glaube kaum, dass wir daraus etwas Wesentliches erkennen können"

„O.k., Sonja. Schnapp dir Karsten, setz dich ins Auto und komm in die Dienststelle in unseren Besprechungsraum. Die anderen sind auch schon da", schloss Sommer das Gespräch.

„Die beiden sind auf dem Weg", sagte er. Und an Pit gewandt fügte er fragend hinzu: „Sag, was hatte deine Miss-Polizei eigentlich zu berichten?"

„Ja also, sie erzählte, dass während des Brandes eine männliche Person aus den Gärten hinter der Schule herauskam. Sie hat ihn nur ganz kurz gesehen und dann war er wieder verschwunden. Sie hat wohl noch intensiv nach ihm Ausschau gehalten, konnte ihn aber nicht wieder entdecken."

„Aha", sagte Sommer, „verdächtig ist das schon, hilft uns aber nicht viel weiter, weil er ja nicht wieder aufgetaucht ist. Das heißt, vielleicht wenn PM Bleikamp seinen ominösen Gesprächspartner identifizieren kann, könnte man das Bild der – wie hieß sie doch noch mal?"

„Melanie Hagedorn."

„Könnte man das Bild dieser Kollegin Hagedorn vorlegen. Vielleicht kommt ja doch etwas dabei heraus."

„Stopp", warf Pit ein. „Ominöser Gesprächspartner?"

„O.k., stimmt, das könnt ihr ja noch gar nicht wissen." Sommer berichtete von seinem Gespräch mit dem jungen Polizeimeister.

Dann fasste er zusammen: „Abgesehen von der Brandstiftung ist unsere wichtigste Frage: Wer ist der Tote? Wir müssen ihn wirklich so schnell wie möglich identifizieren. Wann auch immer er genau ermordet wurde, fast einen Tag wird es wohl her sein. Gibt es vielleicht Vermisstenmeldungen? Vielleicht kommen wir da schon weiter. Sven, wie sieht es hier bei euch aus?"

Sven setzte sich an den Computer und fragte die entsprechende Datenbank ab. Eine Weile blätterte er hin und her. Dann sagte er:

„Also aktuelle, ganz frische Fälle gibt es hier in Herford nicht. Es gibt natürlich ein paar Altfälle. Ich bin aber dann zusätzlich alle Fälle in ganz OWL durchgegangen. Da gibt es zwei ganz neue. Einen in Minden, aber da wird eine Frau vermisst. Und einen bei euch in Bielefeld. Ein Mann wird da vermisst. Die Anzeige wurde in der Polizeiwache Süd in Brackwede aufgenommen", begann Bringsmeier den Text aus der Vermisstenmeldung zu referieren. „Eine Frau meldete ihren Mann, einen pensionierten Offizier, einen Major der Bundeswehr, als vermisst, steht hier. Er sei von einem Spaziergang mit dem Hund, einem Dackel, nicht zurückgekommen. Zuerst habe die Frau allein den Weg abgesucht, den ihr Mann immer ging; sie habe ihn jedoch nicht gefunden. Auch vom Hund gab es keine Spur. Das sei sehr ungewöhnlich, habe die Frau gesagt. Der Hund würde nach ihren Angaben auch allein wieder nach Hause finden, wenn irgendetwas passiert wäre. Aber weder Mann noch Hund seien zurückgekommen. Da habe sie sich Sorgen gemacht und die Polizei alarmiert. Die hat schließlich den Fall aufgenommen, aber darauf hingewiesen, dass bei Erwachsenen nicht unbedingt sofort eine offene Fahndung eingeleitet würde. Sie müsse sich ein wenig gedulden, weil man in der Nacht ohnehin nichts machen könne. Allerdings haben die Beamten vor Ort zugesagt, am nächsten Tag den Weg mit der Ehefrau zusammen noch einmal genau abzusuchen. Weitere Eintragungen, was daraus geworden ist, finden sich hier nicht." Damit endete Bringsmeier.

„Nicht gerade viel", meinte Pit. „Das ist der Fall, den ich heute Morgen schon einmal kurz angesprochen habe. Aber kann das etwas mit uns hier zu tun haben? Der Vermisste wohnt doch in Bielefeld-Senne. Kann man sich irgendwie gar nicht recht vorstellen, dass der sich in der Senne absetzt, weil er vielleicht von seiner

Frau zu viel hat, um dann nach Herford zu fahren, wo er erschlagen und auf dem Bürostuhl eines Schulleiters verbrannt wird."

„Vorsicht, Pit", sagte Sommer, „ich hab da schon die verrücktesten Sachen erlebt. Möglich ist alles. Und wer sagt denn, dass der Vermisste freiwillig hierher gefahren ist. Vielleicht war er auch schon tot. Vielleicht ist er ja sogar im Wald in Senne erschlagen worden. Aber du hast recht. Das Ganze klingt nicht übermäßig wahrscheinlich. Vielleicht sitzt er auch bei seiner Geliebten und hat irgendwann nicht mehr zurückgehen wollen zu seiner Frau. Nee, klingt auch nicht besonders gut. Wie auch immer: Wir müssen wissen, ob der vermisste Major unser Brandopfer aus Herford ist. Etwas anderes haben wir ohnehin nicht und es ist unbedingt notwenig, den Toten zu identifizieren. Die Kollegen der Wache Süd sollen den Weg, den er immer gegangen sein soll, wirklich ganz genau untersuchen. Vielleicht finden sich Kampfspuren. Und nach dem Dackel sollen sie auch suchen. Vielleicht mit einem Polizeispürhund. Wenn wir den Hund haben, können wir vielleicht auch den Ort der Entführung, oder was auch immer das war, näher eingrenzen. Ein Herzinfarkt oder etwas Ähnliches könnten wir wohl sicher ausschließen. Dann wäre der Mann schon längst irgendwo aufgetaucht, in einem Krankenhaus z.B. Aber wie gesagt. Ob der Verschwundene aus Senne mit unserem Toten hier identisch ist, das ist keineswegs sicher. Vielleicht sogar eher unwahrscheinlich. Aber wir brauchen Klarheit."

Inzwischen waren auch Rosenfeld und Linnemann im Besprechungsraum erschienen und hatten die meisten Neuigkeiten mitbekommen. Pit begab sich unverzüglich ans Telefon, um auf der Polizeiwache Süd anzurufen. Dort meldete sich der Wachhabende.

„Polizeiwache Süd, Sie sprechen mit Polizeiobermeister Meiniger."

„Ja, guten Tag, hier ist Schwameyer, Kriminalhauptkommissar, Kommissariat 11. Herr Meiniger, bei Ihnen ist in der Nacht eine Vermisstenmeldung eingegangen. Eine Frau aus Senne vermisst ihren Mann und ihren Hund. Der Mann war mit dem Hund …"

„Ja, ich weiß Bescheid. Wir haben heute Morgen den Weg abgesucht, konnten jedoch nichts Rechtes finden. Wir haben besonders nach dem Hund Ausschau gehalten, aber es war sehr schwierig. Auf Drängen der Frau, die furchtbar aufgeregt war, sind wir den Weg sehr genau abgegangen und haben auch links und rechts im Gebüsch nachgeschaut. Das war leider auch Fehlanzeige."

„Was ist mit den Krankenhäusern?"

„Auch nichts."

„O.k., Kollege Meiniger. Wir haben hier eine nicht identifizierte Leiche, die infolge einer Brandstiftung fast vollständig verbrannt ist, allerdings erst, nachdem sie vorher erschlagen worden ist. Das Ganze hat zwar in Herford stattgefunden, aber Ihr Vermisstenfall ist bisher die einzige, wenn auch eher lauwarme Spur. Wir machen jetzt Folgendes. Ich informiere die Kriminaltechnik. Die sollen den Weg akribisch abgehen und besonders auf etwaige Kampf- und Blutspuren achten. Vor allem aber sollen sie den Dackel suchen, vielleicht mit einem Spürhund. Na, Clau Bruning wird schon wissen, wie man das macht. Ihr wartet in eurer Wache, bis der Suchtrupp kommt, und führt die Leute dann an die richtige Stelle."

„Alles klar, ich habe verstanden und warte auf die Kriminaltechniker."

Nachdem er aufgelegt hatte, informierte er direkt Clau Bruning, die versprach, sich unverzüglich mit ihrer Truppe in Bewegung zu setzen. Bei der Gelegenheit wies sie darauf hin, dass der Bericht des Einsatzes in der letzten Nacht fertig und per E-Mail verschickt worden sei. An die Adressen von Schwameyer in Bielefeld und Bringsmeier in Herford. Eine E-Mail-Adresse von Sommer habe sie noch nicht.

„Sehr gut", sagte Pit, „und wenn ihr etwas in Senne herausfindet …"

„Seid ihr die ersten, die davon erfahren. Ich rufe dich an, oder lieber Sommer? Seine Handynummer habe ich mir schon besorgt."

„Egal, Hauptsache, du rufst an."

Als er aufgelegt hatte, informierte Pit die Übrigen im Raum. Bringsmeier ging daraufhin sofort an seinen Computer und öffnete die E-Mail der Kriminaltechnikerin. Sommer stand hinter ihm. Zusammen überflogen sie den Bericht. Das meiste war den beiden schon bekannt. Neu war allerdings, dass sie zu ihrer eigenen Überraschung etwas an den verkohlten Stoffresten feststellen konnten, das wahrscheinlich Blut war. Sie waren dabei, die DNA zu untersuchen, das dauere aber ein bis zwei Tage. Zudem hätten sie herausgefunden, dass die Stofffetzen zu grün-bunter Tarnkleidung gehörten, wie sie auch von der Bundeswehr benutzt werde. Allerdings sei dadurch nicht klar, ob die Kleidung wirklich von der Bundeswehr stamme. Man könne sich das alles auch im Internet besorgen. Und zu guter Letzt gab es geringe Faserspuren an der aufgebrochenen Tür, die zu dem teilweise verkohlten Stoff in der Plastiktüte passten.

Nachdem sich alle wieder an ihren Platz gesetzt hatten, entstand zunächst eine Stille. Jeder schien in Gedanken die Ergebnisse der Spurensicherung Revue passieren zu lassen. Irgendwie machte sich auch eine gewisse Erschöpfung breit.

Es war bereits ein langer Tag gewesen mit großer Aufregung. Anna Tomczyk war es, die die Stille durchbrach.

„Was ist eigentlich mit unserem glorreichen Gerichtsmediziner? Hat irgendjemand etwas von dem gehört? Inzwischen müsste auch er doch wohl das eine oder andere herausgefunden haben."

Sommer sah auf die Uhr. Kurz vor 18.00 Uhr. „Kann man da jetzt noch anrufen?", fragte er.

„Man kann's ja mal versuchen", war Pits Antwort „Irgendjemand, der sich traut?"

„Das ist wohl mein Job", sagte Sommer.

Anna, die ihm am nächsten saß, gab ihm die Nummer der Gerichtsmedizin, die er unmittelbar in das Handy eingab und speicherte. Es dauerte eine Weile, aber dann wurde tatsächlich auf der anderen Seite abgenommen.

„Gerichtsmedizin, Müller."

„Oh ja! Hier Sommer, Mordkommission Bielefeld. Der Herr Meyer zu Lakefeld ist nicht zufällig in der Nähe?"

„Was? Nein, wo denken Sie hin. Der Chef ist lange zu Hause. Worum geht es denn. Ich bin einer seiner engsten Mitarbeiter."

„Also, es geht um die verkohlte Leiche aus Herford, die heute Morgen zu Ihnen gebracht wurde. Kann man da schon etwas sagen?"

„Ja, die Leiche ist abschließend untersucht worden. Aber warum fragen Sie. Der Bericht ist doch per E-Mail an Sie gesandt worden, genauer gesagt an Pit Schwameyer. Das ist doch Ihr Mitarbeiter!"

„Sie haben den Bericht nach Bielefeld geschickt? Wir sind nämlich in Herford. Dort haben wir unser Hauptquartier."

„Ja, das mag schon sein, aber Sie bzw. Schwameyer können doch auch von Herford auf Ihre Rechner zugreifen. Dann haben Sie unmittelbar alles, was Sie brauchen."

„Ja, das werden wir sofort tun. Allerdings, können Sie uns schon mündlich sagen, ob es irgendetwas Ungewöhnliches oder Überraschendes gibt?"

„Im Grunde nein. Es ist alles so, wie es am Anfang schon aussah. Der Mann wurde erst erschlagen und dann verbrannt. Zwischen dem Tod durch Erschlagen und dem Verbrennen ist eine gewisse Zeit vergangen, vielleicht drei, vier Stunden. Es geschah nicht unmittelbar nacheinander."

„Und die Tatwaffe? Lässt sich darüber irgendwas sagen?"

„Es muss eine dünne, sehr harte Stange gewesen sein. Eher rund als eckig. Eine Eisenstange vielleicht. Und die Schläge wurden mit ungeheurer Wucht ausgeführt. Wie viele es waren, lässt sich nicht genau sagen, sehr viele jedenfalls. Mehr, als nötig gewesen wären, wenn Sie mir die Bemerkung gestatten. Ach ja, und noch etwas: Der Tote hat bei den Schlägen am Boden gelegen. Anders lässt sich die Lage der Treffer auf seinem Hinterkopf nicht erklären."

„Darf ich daraus schließen, dass der Täter sehr kräftig war. Eher ein Mann als eine Frau?"

„Nicht unbedingt. Die Menge der Schläge, wie gesagt, mehr als nötig. Außerdem weist die Anzahl der Schläge daraufhin, dass Wut im Spiel gewesen sein könnte, Wut und Verzweiflung, auf jeden Fall heftige Emotionen."

„Was können Sie uns sagen, dass zur Identifizierung des Toten dienen könnte? Wie sieht es mit dem Zahnstand aus. Der wurde sicher erhoben."

„Natürlich! Entsprechende Bilder haben wir ebenfalls mitgeschickt. Aber jetzt entschuldigen Sie mich. Ich habe nämlich auch Feierabend."

„Ja, selbstverständlich, Herr Müller. Guten Abend." Sommer drückte die Aus-Taste.

Da er das Telefon auf laut gestellt hatte, konnten alle im Raum den Ausführungen des Mitarbeiters der Gerichtsmedizin folgen.

„Der Zahnstand ist vermutlich das wichtigste Ergebnis", erläuterte Sommer. „Wir werden gleich morgen früh damit zu dem Zahnarzt des Vermissten gehen. Dann werden wir sehen. Es muss uns unbedingt gelingen", fuhr er fort, „die Leiche zu identifizieren, damit wir uns hier nicht an einer falschen Stelle festbeißen."

In diesem Moment kam PM Bleikamp durch die Tür, pünktlich auf die Minute zu seinem Dienstbeginn um 18.00 Uhr.

„Hallo, Herr Bleikamp", freute sich Sommer. „Schön, dass Sie so pünktlich sind. Hier auf diesem Rechner können Sie den Film von letzter Nacht betrachten. Achten Sie nur darauf, wann Sie ins Bild kommen. Dann werden Sie hoffentlich den mysteriösen Mann von letzter Nacht auch wieder entdecken. Notieren Sie sich die Stelle und lassen Sie eine Notiz zurück, wenn Sie sich sicher sind."

„Nein, das geht auch anders", entgegnete Bleikamp. „Ich kenne mich mit dem Programm einigermaßen aus. Ich mache eine Standbild-Kopie davon, speichere sie ab und mache einen Ausdruck. Ich hoffe, dass ich ihn ausfindig machen kann, damit wir kein Phantombild zu machen brauchen. Wenn ich ehrlich sein soll, Gesichter zu beschreiben gehört nicht zu meinen starken Seiten. Phantombilder sind eben immer irgendwie Phantome. Aber das geht dann ohnehin erst morgen." Bei der letzten Bemerkung lachte er. Dann machte er sich an die Arbeit.

„O.k.", sagte Sommer. „Für uns andere heißt das Feierabend. Wir treffen uns morgen früh in aller Frische wieder hier, sagen wir um acht Uhr, oder nein, besser um neun, ich will erst noch im Präsidium in Bielefeld vorbeischauen. Ich komme dann mit einem eigenen Wagen nach."

Am nächsten Morgen galt mein erster Blick der Zeitung. Ich besorgte mir beide Lokalblätter. Was würde dort stehen? Wie würde berichtet werden? Beide Zeitungen nahmen sich der Sache in ähnlicher Aufmachung an. Auf der ersten Seite nur ein kurzer, enttäuschender Hinweis und weiter hinten ein größerer Artikel. Aber auch der konnte mich nicht zufriedenstellen. Ein großes Bild und zwei kleinere. Ein knapper sachlicher Bericht, es sei zu einem Brand in der Lise-Meitner-Schule gekommen. Vermutlich Brandstiftung. Der Schaden sei aber geringer als zunächst befürchtet. Und dann: Kein einziges Wort über einen Leichenfund! Der Major a.D. wurde mit keinem Wort erwähnt. Ich sprang auf und rannte durch die Wohnung. Mit einem wütenden Schwung schob ich die Gardinen vor dem Fenster zur Seite und schaute nach draußen. Die Autos und Fußgänger unten auf der Straße nahm ich nur durch einen Schleier wahr, ebenso auch das strahlende Spätsommerwetter. Zurück am Küchentisch las ich die Artikel erneut. Vielleicht hatte ich etwas übersehen. Nein! Der Tote auf dem Direktorenstuhl wurde tatsächlich nicht erwähnt. Nicht einmal der klitzekleinste Hinweis. Ich hätte schreien können vor Wut und Enttäuschung. Mit einer einzigen Bewegung fegte ich die Zeitungen vom Tisch. So ein Mist! So ein elender Mist!

Es war ziemlich früh, als Sommer aufwachte. Angelika neben ihm schlief ruhig und offenbar auch fest. Sie hatte noch ein paar Tage Zeit, bis der Unterricht an ihrer neuen Schule, der Peter-August-Böckstiegel-Schule in Werther, begann. Allerdings war sie schon mehrmals dort gewesen, um das eine oder andere vorzubereiten und sich am neuen Arbeitsplatz ein wenig umzuschauen. Das war nicht ungewöhnlich. In der letzten Woche vor Ende der großen Ferien war immer schon eine Reihe von Kolleginnen und Kollegen da, um Vorbereitungen für das neue Schuljahr zu treffen.

Sommer blickte auf die Uhr. Es war kurz vor sechs. Er beschloss aufzustehen, da seine Gedanken ohnehin anfingen, um die Ereignisse des gestrigen Tages zu kreisen. In der Küche goss er sich ein Glas Orangensaft ein und blickte aus dem Fenster auf den Kamm des Teutoburger Waldes. Es versprach erneut ein schöner Tag zu werden. Die Sonne war zwar noch nicht aufgegangen, aber der Himmel war wolkenlos. Herrlich so ein Morgen. Allerdings drängten sich bald wieder die Gedanken um den Brand in Herford und den Toten nach vorn. Würde es an diesem Tag bereits einen Durchbruch geben? Würde es ihnen gelingen, die Leiche aus dem verbrannten Zimmer des Schulleiters zu identifizieren? War er der vermisste Major aus Senne? Aber selbst wenn sie herausfänden, dass der Tote nicht mit dem Vermissten identisch war, wäre das ein wichtiges Resultat. Wie dem auch sei, die Identifizierung war ihre erste und wichtigste Aufgabe. Darum musste er sich als Erstes kümmern. Er stellte das leere Glas auf die Spüle und ging ins Badezimmer. Nachdem er sich gewaschen und angezogen hatte, bereitete er in der Küche das Frühstück für sich, Angelika und Fabian vor. Auch Fabian hatte gestern seinen ersten Arbeitstag im freiwilligen sozialen Jahr in Bethel gehabt. Daran musste Sommer jetzt denken. Und es gab noch gar keine Gelegenheit, ausführlich mit seinem Sohn darüber zu sprechen. Bethel – in Ostwestfalen eine Institution. Seit über 120 Jahren gab es diese evangelische diakonische Einrichtung, die sich vor allem auf die Betreuung von behinderten Menschen konzentrierte. Sommer erinnerte sich noch gut daran, wie er als Jugendlicher zum ersten Mal Bethel mit seiner Jugendgruppe besucht hatte. Eine Kleinstadt für sich innerhalb der Großstadt Bielefeld, eingebettet, teilweise auch eingezwängt zwischen zwei Höhenzügen des Teutoburger Waldes. Dort in einem der Pflegeheime für Behinderte hatte Fabian gestern seinen Dienst angetreten.

In Gedanken versunken hatte er gerade die Espressomaschine in Gang gesetzt, die lärmend die erste Tasse zu füllen begann, da hörte er hinter sich Angelika noch im Schlafanzug die Küche betreten.

„Ganz schön früh", sagte sie mit einem verschlafenen Gähnen. „Kann mich ja schon mal dran gewöhnen. Mittwoch ist es ohnehin vorbei mit der Herrlichkeit." Das war für sie das schönste an den Ferien, dass kein Wecker sie im Dunkeln aus dem Schlaf riss. Sie war nicht unbedingt eine Frühaufsteherin. Darin waren Sie und ihr Mann sich einig. Erstaunt fragte sie deshalb: „Du hast schon Frühstück vorbereitet? Bist du schon lange auf?" Dann nahm sie sich die erste Tasse Kaffee, die noch unter dem Automaten stand und probierte sie auf der Stelle. Sommer, der sich diese Tasse selbst zugedacht hatte, sah seine Frau nicht wirklich erstaunt an und nahm sich wortlos eine neue Tasse, um sich darin ein zweites Mal Kaffee für sich zu machen. Dann setzten sich beide an den Küchentisch, um zu frühstücken. Wenn es sich irgendwie einrichten ließ, machten sie das jeden Morgen so. Das gemeinsame Frühstück war ihnen wichtig. Bevor sie in ihren Arbeitstag aufbrachen, brauchten sie einen Moment der Ruhe, ein erstes Gespräch und einen ersten Blick in die Tageszeitung.

Angelika hatte sich zuerst an den Tisch gesetzt und hatte demzufolge auch den ersten Blick in die Tageszeitung riskiert. Aufmacher auf Seite eins war zum wiederholten Male die Eurokrise. Auch Italien geriet offenbar zunehmend unter Druck. Bundeskanzlerin Merkel und der französische Staatspräsident Sarkozy verhandelten wieder einmal und kamen wieder einmal zu keinem Durchbruch. Dann aber blieb ihr Blick an einer Notiz am Rand der ersten Seite hängen, die von einem Brand in einer Herforder Schule berichtete und einen längeren Artikel auf der Seite „Ostwestfalen" ankündigte. Als sie ihn gelesen hatte, wandte sie sich sofort an ihren Mann.

„Dein Fall? Gleich am ersten Tag passiert so etwas? Routine oder mehr?"

Sommer wurde sofort neugierig und ließ sich den Artikel geben. Nachdem er ihn überflogen hatte, stellte er zufrieden fest, dass er sehr sachlich gehalten war, und vor allem, dass der Tote mit keinem Wort erwähnt worden war. Bringsmeier hatte sich am Vortag noch darum gekümmert. Er war davon ausgegangen, dass es den Presseleuten bestimmt gelungen war herauszufinden, dass es einen Todesfall gegeben hatte. Aber offenbar konnte er sie davon überzeugen, eben diesen Todesfall noch zurückzuhalten. Das war ganz in Sommers Sinn. Der Tote war noch nicht identifiziert und er wollte die Öffentlichkeit weder beunruhigen noch in Hysterie versetzen. Beides konnte man bei einer Mordermittlung nicht gebrauchen. Aber natürlich konnte das Feuer nicht verheimlicht werden. Es war ja sozusagen ein öffentliches Ereignis, das eine große Zahl von Menschen ohnehin mitbekommen hatte.

„Ja", sagte er dann zu Angelika, „ja, das ist mein Fall und ich fürchte, er wird mich und die ganze Abteilung noch eine Weile beschäftigen. Es gibt Begleitumstände, die mich das befürchten lassen. Vor allem, und das steht glücklicherweise nicht in dem Artikel, vor allem, weil es einen Toten gegeben hat. Kein direktes Brandopfer, sondern ein vorher Ermordeter wurde an den Brandort geschleppt und auf den Stuhl des Schulleiters gesetzt. Er ist dann bei dem Brand weithin verkohlt. Das Ganze ist irgendwie merkwürdig. Da ist irgendetwas im Spiel, was mir Angst macht. Irgendetwas Psychopathisches oder wie ich das sonst nennen soll. Jedenfalls ist das nicht normal."

Angelika sah ihn entsetzt an.

„So eine Sache gleich am Anfang hier in Bielefeld. Du hast recht. Das macht in der Tat einen merkwürdigen Eindruck. Ein Mensch wird ermordet und dann an einen anderen Ort transportiert, um dort verbrannt zu werden, und das bei einem Brand, den jemand in einer Schule gelegt hat. Das hat etwas Krankes. Habt ihr hier eigentlich auch einen Polizeipsychologen? So etwas wird es doch bestimmt auch in OWL geben."

„Ja, daran habe ich auch schon gedacht. Ich werde mich gleich heute Morgen darum kümmern. Ich hab mich nachher um neun mit den Kollegen in Herford verabredet. Vorher will ich aber hier noch ins Präsidium. Da ist noch einiges zu erledigen, war schließlich gestern erst mein erster Arbeitstag. Bei der Gelegenheit werde ich mich auch um den Psychologen kümmern. Bei diesem Fall könnte psychologischer Rat gefragt sein. Da hast du recht. – Und was hast du heute so vor", Sommer sah seine Frau aufmunternd an.

Bevor sie jedoch antworten konnte, machte sich Fabian an der Tür bemerkbar. Auch ihn führte der erste Weg zum Kühlschrank. Er goss sich, genau wie Sommer selbst, zuerst einen Orangensaft ein. Dann kam er verschlafen an den Küchentisch.

„Schon so früh auf?“, fragte er.

„Na ja, die Pflicht ruft“, gab Sommer zurück.

„Und was macht deine Pflicht. Gestern haben wir uns ja gar nicht gesehen. Wie war dein erster Tag in Bethel?“

„Kann ich noch nicht sagen. Schon gar nicht um diese nachtschlafende Uhrzeit. War schließlich auch der erste Tag.“

„Klingt nicht sonderlich begeistert!“

„Ach ja – nein, so nun auch wieder nicht. War halt irgendwie neu. Ich bin da in einem Haus, in dem langjährige Patienten, äh, Bewohner sagen die da, also Menschen, die zum Teil schon ihr ganzes Leben in Bethel leben, in den verschiedensten Pflegeheimen, naja, die verbringen da ihren Lebensabend. Ein Altenheim zuzusagen. Die waren alle ganz nett zu mir. Gingen direkt auf mich zu und taten dabei so, als ob ich schon ewig dort gewesen wäre. Die hauptamtlichen Mitarbeiterinnen, es sind überwiegend Frauen, also, die haben mir gesagt, das sei ganz normal und eben total typisch für Behinderte. Völlig offen und ungezwungen. Einer fragte mich als Erstes, ob ich mit ihnen Bingo spiele. Ich hatte nicht den blassesten Schimmer, was das ist. Zum Glück kam eine Pflegekraft vorbei und klärte die Situation. Bingo gehört wohl zu den beliebtesten Beschäftigungen und sonntagnachmittags ist immer Bingo-Time.“

Dann nahm Fabian einen großen Schluck von seinem O-Saft.

„Wow!“, sagte Sommer, „das ist vermutlich der längste Bericht aus deinem Munde, den wir in der letzten Zeit gehört haben. Und das um diese Uhrzeit!“

„Kannste mal seh'n. Aber apropos Uhrzeit: Ist mir doch noch zu früh. Ich leg mich noch mal hin. Mein Dienst beginnt erst heute Nachmittag."

Angelika sah ihm mit einem ihrer liebevollsten Blicke nach. Dann sagte sie: „Das wird ihm bestimmt guttun. Er wird reifer und selbstständiger werden. Aber jetzt mal was anderes: Kannst du schon überblicken, wie dein Tagesablauf sein wird? Können wir irgendwann zum Essen mit dir rechnen?"

„Ehrlich gesagt: ich weiß es nicht. Ich habe keine Ahnung. Lasst mich bei euren Überlegungen außen vor. Ich hoffe, dass das Wochenende weithin frei sein wird. Aber heute werde ich vermutlich kaum zur Ruhe kommen. Und du, was wirst du heute tun?"

„Nun ja, ich werde mich um die Unterrichtsvorbereitungen kümmern und sicher nachher noch in die neue Schule fahren. Den Schlüssel habe ich zum Glück schon. Und dann werde ich mich um den Haushalt kümmern müssen und ich werde auch ein Auge darauf haben, dass unser Sohn pünktlich aus dem Haus kommt. Er kann ja den Bus und die Straßenbahn nehmen."

„O.k.", sagte Sommer, während er aufstand und das Geschirr abzuräumen begann. „Dann mache ich mich jetzt auf ins Präsidium. Nimm dein Handy mit, dann können wir uns zwischendurch erreichen, wenn etwas Wichtiges sein sollte."

Die letzte Bemerkung quittierte Angelika Sommer mit einer süßsauren Mine. Sie mochte keine Handys. Deshalb nahm sie es viel zu selten mit, oder es war ausgeschaltet oder der Akku war leer. Jedenfalls hatte Frank Sommer sich immer mal wieder vorsichtig darüber bei ihr beschwert, wodurch sie wiederum sich mehr oder weniger genervt fühlte.

„Ja, ich nehm's mit", sagte sie deshalb etwas gequält. Dann trennten sich ihre Wege, und Sommer fuhr die kurze Strecke zum Präsidium.

„Morgen, Inge", strahlte Sommer als er das Gebäude betrat.

Am Empfang saß wieder Inge Dammeier, die Kollegin, die auch schon gestern seine erste Begegnung am neuen Arbeitsplatz gewesen war.

„Morgen, Sommer", strahlte sie zurück. „Sind wir schon beim ‚Du'?"

„Oh, entschuldige, ist mir so rausgerutscht."

„Nein, macht gar nichts. Ist mir vollkommen recht so. Kann ich etwas für dich tun?"

„Ehrlich gesagt, ja, du kannst etwas für mich tun. Zwei Dinge muss ich heute Morgen als Erstes erledigen. Ich muss meine Dienstwaffe in Empfang nehmen und ich brauche einen der Computerexperten, damit ich ein Passwort bekomme für die internen Programme. Und ehrlich gesagt, eine kleine Einführung, wie das hier genau läuft, brauche ich auch. Aber ich hab keine Ahnung, an wen ich mich da wenden muss. Kannst du mir da weiterhelfen?"

„Ja, selbstverständlich. Also die Waffenausgabe ist im Keller. Raum U 23. Dort ist heute Morgen der Kollege" – sie warf einen kurzen Blick auf den Dienstplan im Computer – „POM Sander. Plan etwas Zeit ein, POM Sander ist ein sehr korrekter Beamter. Wir verstehen uns? Und dann die EDV. Die haben ihre Büroräume im Erdgeschoss, Raum 45 bis 47. Versuch es zuerst in Raum 45, dort ist Herr Klausberg. Das sind übrigens Zivilangestellte."

„Gut! Danke! Ich gehe dann zuerst zu diesem Herrn Klausberg. Die Einweisung in die Geheimnisse der

Computerprogramme ist jetzt das Wichtigste. Ich kann ja sonst gar nicht richtig arbeiten. Die Waffe hole ich dann später."

„Mach das. Aber lass POM Sander nicht allzu lange warten. Er seinerseits wartet nämlich garantiert schon auf dich. Und das vermutlich seit gestern Morgen um acht, seit deinem Dienstantritt."

„Alles klar. Tschüss dann."

„Tschüss, Sommer, ach halt, wie heißt du eigentlich mit Vornamen, ‚Sommer' in Kombination mit ‚du' finde ich nicht so toll."

„Frank." Sommer drehte sich noch einmal um.

„Ah, Frankieb..."

„Sag es nicht! Sag es nicht!"

„Na dann, schönen Tag – Frank."

Sommer suchte sich seinen Weg zum Zimmer 45 und fand dort, wie von Inge Dammeier angekündigt, den zivilen Mitarbeiter Klausberg.

„Morgen, Herr Klausberg. Ich bin Frank Sommer, seit gestern Leiter des K11. Ich habe leider nicht sehr viel Zeit. Gleich am ersten Tag habe ich eine Mordermittlung am Hals."

„Die Sache mit dem Brand in Herford. Ich hab davon gehört", sagte Klausberg.

„Ja, schrecklich. Aber ich brauche trotzdem dringend eine Einführung in die EDV. Was funktioniert hier anders, was so, wie überall. E-Mail-Zugang, Passwörter, Zugriff von außerhalb usw."

„Nur keine Aufregung. Das ist alles gar nicht kompliziert. In Köln wird es doch wohl auch Rechner gegeben haben", lachte er. „Im Grunde ist das hier genauso."

Mit wenigen, klaren Worten gab Klausberg Auskunft über alles, was Sommer wissen wollte.

Zum Schluss sagte er: „Und nun zum Passwort. Wenn Sie sich nachher zum ersten Mal anmelden, müssen Sie zuerst ein Benutzerkennwort eingeben. Das könnte Ihr Name sein oder irgendein anderes Wort. Danach werden Sie nach einem Passwort gefragt. Das ist für den Anfang, und nur für den Anfang Ihr Geburtsdatum, Tag und Monat zweistellig, also mit ‚0', falls nötig, das Jahr vierstellig. Dazwischen jeweils ein Punkt. Dies Passwort gilt aber nur einmal. Deshalb werden Sie sofort aufgefordert, ein neues, eigenes Passwort einzugeben, mit dem Sie sich dann immer wieder anmelden. Bitte machen Sie es Schnüfflern nicht zu leicht und wählen keine Namen oder Ähnliches. Am besten zehn oder besser zwölf willkürliche Zeichen, d.h. große und kleine Buchstaben, Ziffern, auch Sonderzeichen. Das müssen Sie dann sofort wiederholen und damit ist das Passwort für Sie registriert. Mit Benutzerkennwort und Passwort melden Sie sich dann jedes Mal wieder an. War das in Köln nicht genauso?"

„Ja, war es. Das ist ja eigentlich immer dieselbe Prozedur."

„Stimmt, die meisten Leute haben im Grunde völlig unnötig Angst vor dem Umgang mit Rechnern. Aber noch etwas: Sie sollten Ihr Passwort regelmäßig wechseln. Haben Sie das in Köln auch gemacht?"

„Erwischt! Da war ich etwas nachlässig."

„Das sollten Sie in der Tat verbessern. Das häufige Wechseln ist der beste Schutz. Moderne Entschlüsselungsprogramme sind so schnell geworden, dass selbst 64-stellige Passwörter in kürzester Zeit geknackt werden. Also versprechen Sie mir, das Passwort am besten wöchentlich zu wechseln. Immer montagmorgens ist das das Erste, was Sie tun."

„In Ordnung, ich versuche mich zu bessern. Und vielen Dank für die gute und beruhigende Einführung. Jetzt muss ich übrigens noch zur Waffenausgabe."

„Oh, na dann. Wer hat heute Dienst?"

„POM Sander."

„Na dann viel Spaß!", gab Klausberg Sommer mit auf den Weg.

„Schönen Tag noch, Herr Klausberg", sagte Sommer und ging hinaus auf den Flur, um seine Dienstwaffe von POM Sander in Empfang zu nehmen. Vor dessen Zimmer hielt er einen Moment inne, dann klopfte er an und ging hinein ohne auf ein Zeichen von innen zu warten. Der Raum U 23 erwies sich als eine Art Vorraum zur Schießhalle. Im Hintergrund durch große Glasscheiben, die den Lärm gut dämmten, sah Sommer einige Kollegen bzw. Kolleginnen beim Schießtraining. Auf den ersten Blick konnte er fünf Schießbahnen erkennen. Für ihn unvermittelt, wurde er von der Seite angesprochen:

„Entschuldigung, darf ich fragen, was Sie hier suchen?"

„Oh, ich hatte gar nicht bemerkt, dass da jemand sitzt. Ich bin Frank Sommer, Erster Kriminalhauptkommissar, neuer Leiter des K11. Und Sie sind, wenn die Information von Inge Dammeier zutreffend ist, Polizeiobermeister Sander?"

„Da sind Sie exakt richtig informiert. Allerdings hatte ich Sie bereits gestern erwartet. Ihr Dienstantritt war doch der 1. September. Sollte die Dienstwaffe nicht sofort bei Dienstantritt in Empfang genommen werden? Na ja, jetzt sind Sie ja da. Ihren Dienstausweis bitte!"

Sommer reichte ihm seinen neuen Ausweis, den Sander eingehend inspizierte. Mehrmals sah er auf, um das Bild mit dem vor ihm stehenden Original zu vergleichen. Dann sagte er: „O.k., Herr Hauptkommissar. Bitte füllen Sie doch schon einmal dieses Formular aus, ich gehe nach hinten und hole Ihre Waffe."

Daraufhin verschwand er in einem hinteren Raum. Sommer hörte, wie mehrere Türen geöffnet und wieder geschlossen wurden. Die Waffen waren sicher in tresorgleichen Schränken gelagert. Nach ein paar Minuten kam Sander zurück und legte eine Walther P99 auf den Tisch nebst Schulterhalfter.

„Das habe ich befürchtet", beklagte sich Sommer halb ironisch. „In Köln konnte ich bis zuletzt meine alte P6 behalten. Da ist wohl nichts zu machen und ich muss mich an die P99 gewöhnen, oder?"

„Sie wissen doch, dass die Polizei in NRW vor einigen Jahren auf die P99 umgestellt hat."

Auf den leicht humorvollen Unterton von Sommers Worten ging Sander nicht ein. Er schien die Ironie gar nicht bemerkt zu haben. ‚Scheint eher etwas humorlos zu sein, dieser Polizeiobermeister', dachte Sommer.

„Wundert mich", fuhr Sander im gleichen geschäftsmäßigen Tonfall fort, „dass Sie noch so lange die P6 hatten. Die Kölner scheinen tatsächlich manchmal irgendwie lascher zu sein. Aber wenn Sie mit dieser Waffe noch nie geschossen haben, dann kann ich Ihnen nur raten, nach hinten auf den Schießstand zu gehen und einige Schüsse abzugeben. Ich sag mal sofort Bescheid. Im Übrigen gibt es für diese Waffe verschiedene Handgriffe, die auf unterschiedliche Handformen angepasst werden können. Im Augenblick ist ein Universalhandgriff montiert. Das geht sicher zunächst. Aber wenn Sie zum nächsten eigentlichen Schießtraining kommen, sollten wir das ändern. Wann ist denn Ihr Training?"

Sommer musste einen Moment überlegen, aber kurz bevor Sander allzu ungeduldig wurde, sagte er: „Am Dienstag – ja Dienstag war es, nach Auskunft von Herrn Wende."

„Kriminaldirektor Wende", verbesserte Sander und griff dann zum Telefonhörer und wählte eine Kurznummer. Unmittelbar darauf sah Sommer, wie hinter der Glasscheibe ein Aufsicht führender Beamter zum Telefonhörer griff.

„Hallo, Heinz, hier ist Lothar." Sie winkten sich durch die Scheibe zu. „Hier ist der neue Leiter des K11. Der hat doch tatsächlich in Köln noch die alte P6 gehabt und noch nie mit der P99 geschossen. Der kommt jetzt rein und macht ein paar Übungsschüsse. Zeig ihm genau die Besonderheiten der neuen Waffe. Ich verlass mich auf dich!"

Bevor Sommer noch irgendetwas sagen konnte, war Sander mit der Waffe durch eine etwas versteckte Tür auf den Schießstand gegangen und bedeutete ihm ungeduldig mitzukommen. Sommer blieb gar nichts anderes übrig, als hinterherzugehen. Dabei sah er sorgenvoll und schon ein wenig ärgerlich auf die Uhr. Er wusste, dass manche Kollegen sich geradezu begeistern konnten für ihre Waffen und die neuesten Entwicklungen auf diesem Gebiet. Er selbst konnte Waffen im Grunde nichts abgewinnen. Eine Waffe war ein notwendiges Übel bei der Dienstausübung der Polizei. Nicht weniger, aber auch nicht mehr. Das Denken von Waffennarren blieb ihm gänzlich verborgen, auch wenn er natürlich in seinem Berufsleben gelegentlich schon mit ihnen zu tun gehabt hatte.

Nach einer Dreiviertelstunde war die Prozedur endlich vorbei. Mit seiner neuen Waffe in der Hand verließ Sommer den Schießstand und grüßte beim

Hinausgehen freundlich POM Sander, der diesen Gruß förmlich erwiderte.

Mit eiligen Schritten lief Sommer die Treppen hinauf zu seinem Arbeitszimmer. Er hatte das Gefühl, Zeit verschwendet zu haben, und setzte sich nun unmittelbar an seinen Rechner und loggte sich, wie Klausberg es ihm erklärt hatte, ein und öffnete das E-Mail-Programm. Zu seiner freudigen Überraschung fand er mehrere Berichte der Kriminaltechnik und des Gerichtsmediziners. Bringsmeier hatte sie von seinem Rechner in Herford aus weitergeleitet, auch den des Gerichtsmediziners, der ja zunächst nur auf Schwameyers Computer gelandet war. Mit besonderer Aufmerksamkeit registrierte er jedoch, dass es von der Kriminaltechnik zwei Berichte gab. Der zweite enthielt die Ergebnisse der Hundesuche auf dem Spazierweg in Senne, auf dem der vermisste Bundeswehroffizier zuletzt gewesen war.

Um die Dateien ordentlich zu speichern, legte er zunächst einen persönlichen Ordner an, den er mit einem Passwort schützte, das allerdings etwas einfacher gehalten war als das, was er von Klausberg bekommen hatte. Einen Augenblick dachte er darüber nach, welchen Namen er diesem Ordner geben sollte, dann entschied er sich aber ganz undramatisch für: „Ermittlung_Mord_und_Brandstiftung_01.09.2011". Dorthinein kopierte er dann die Berichte, die er sofort ausdruckte. Er las solche Texte grundsätzlich lieber in Papierform. Da konnte er sich beim Lesen unmittelbar wichtige Passagen markieren und Randnotizen machen.

Besonders intensiv widmete er sich natürlich dem zweiten Bericht der Kriminaltechnik. Offenbar hatten die Spürhunde tatsächlich etwas gefunden, und zwar den toten Dackel des Vermissten. Er war in ein sehr dichtes Dornengestrüpp geworfen worden, gut zehn Meter vom Weg entfernt. Deshalb hatten die Beamten aus Brackwede das Tier nicht sofort entdeckt. Auch die Spürhunde konnten nicht direkt bis an den Kadaver vordringen, sondern schlugen vor dem Dickicht an. Die Kriminaltechniker brauchten eine Motorsäge, um endlich zu dem toten Hund vorzudringen. Daraufhin hatten sie sich noch einmal, und nun sehr viel genauer als die Streifenbeamten, die Umgebung und den Waldweg selbst angesehen. Tatsächlich waren Blutspuren gefunden wurden, die allerdings jemand ziemlich gut verwischt hatte, sodass auch hier den Leuten von der Brackweder Wache kein Vorwurf zu machen war. Eines aber stand nun eindeutig fest: Der Major a.D. Heinz Klapproth war auf dem Spazierweg in der Nähe seines Hauses überfallen und vermutlich niedergeschlagen worden. Den Hund hatte man mit einer dünnen Stange erschlagen und dann ins Gebüsch geworden. Heinz Klapproth selbst war aber verschwunden.

Sommer dachte einen Moment nach. Irgendetwas war dort in der Senne passiert, und die Senner Puzzleteile passten durchaus zu den Teilchen aus Herford. Das dortige Opfer war schließlich auch mit einer dünnen Eisenstange erschlagen worden. Und Heinz Klapproth war nirgends zu finden. Wenn er nach dem Anschlag noch gelebt hätte, hätte er doch sicher versucht nach Hause zu kommen, und wenn er auf dem Weg dorthin zusammengebrochen wäre, dann hätte man ihn schon gefunden.

Genau in diesem Moment klingelte sein Handy. Er drückte die Annahmetaste und sagte: „Hier Sommer."

„Ja hallo, hier ist Pit Schwameyer. Sag mal. Was ist los bei dir? Wir wollten uns doch um neun hier in Herford treffen. Jetzt ist es schon halb zehn durch und alle sind hier versammelt."

„Oh, ja. Entschuldige, das tut mir unendlich leid. Ich hätte schon anrufen sollen. Aber ich musste doch zunächst noch zu Klausberg in die EDV und dann habe ich den Fehler gemacht und wollte eben noch meine Dienstwaffe abholen. Und das ..."

„... das dauerte!", setzte Schwameyer den Satz selbstständig fort. „Brauchst nicht weiter zu erzählen. Sander hat dich offenbar lange beschäftigt."

„Stimmt! Ich musste sogar noch einige Übungsschüsse abgeben. Vorher wollte er mir die Waffe nicht geben. Jetzt sitze ich in meinem Büro und hab mir eben die Berichte von Claudia Bruning und diesem Meyer zu Lakefeld angeschaut. Da gibt es sehr spannende Neuigkeiten in Bezug auf den Vermissten in Senne, den Major a.D. Klapproth."

„Ich bin ganz Ohr", sagte Pit dazwischen.

„Das Wichtigste ist und bleibt, dass wir die Identität des Toten klären", fuhr Sommer fort. „Ich glaube deshalb, dass wir etwas umdisponieren müssen. Es ist nicht sinnvoll, dass ich erst noch nach Herford fahre und anschließend wieder zurück nach Bielefeld, um in Senne mit den Polizeibeamten und vor allem mit der Frau dieses vermissten Majors zu sprechen. Ich möchte das unbedingt persönlich machen. Deshalb folgende Arbeitsaufteilung für heute:

Du Pit, Anna Tomczyk und ich, wir drei treffen uns auf der Wache Süd in Brackwede und kümmern uns dann um die Identifizierung der Leiche. Ich hab ein starkes Gefühl, dass der vermisste Major unser Toter aus dem Sessel des Schulleiters sein könnte.

Bringsmeier und Linnemann sollen sich noch einmal mit der Schulleitung unterhalten und bei der Kriminaltechnik nachfragen, was mit dem Schulcomputer ist. Darüber stand noch nichts in ihrem Bericht.

Und schließlich Sonja Rosenfeld, sie soll sich um den POM Bleikamp kümmern, ob der auf dem Video die verdächtige Person erkannt hat.

Und, ach ja, bevor ich es vergesse, was hat eigentlich die Befragung aus der Nachbarschaft der Lise-Meitner-Schule ergeben?"

Sommer hörte im Hintergrund deutliches Gemurmel. Die Anwesenden waren offenbar mit der Situation unzufrieden, was Sommer durchaus verstehen konnte. Deshalb fügte er hinzu: „Tut mir wirklich leid, dass das Ganze heute nicht so gut gelaufen ist. Muss mich eben erst eingewöhnen, und wenn ich geahnt hätte, dass es so lange dauert, hätte ich die Waffe heute sicher nicht geholt."

„Ist schon in Ordnung", gab Schwameyer zurück. „Wie gewissenhaft der Sander ist, konntest du ja nicht wissen. Und um auf die Befragung der Nachbarn zu kommen. Wir müssen die sicher noch einmal genauer anschauen, aber auf den ersten Blick scheint sich nichts Besonderes ergeben zu haben. Eigentlich hatte keiner etwas gesehen und keiner etwas gehört. Ein Anwohner hat ausgesagt, dass er mitten in der Nacht ein Auto gehört hätte, das dann offenbar in der Nähe der Schule gehalten hat. Das sei ihm aber nicht besonders verdächtig vorgekommen, weshalb er sich wieder auf die Seite gedreht hätte. Er habe ein gutes und ein schlechtes Ohr, so hat er sich wohl ausgedrückt. Und das gute habe er dann ins Kissen vergraben und deshalb auch nichts mehr gehört. Und seine Frau habe am Abend ein Schlafmittel genommen und dann höre die ohnehin nichts."

„Alles klar", sagte Sommer. „Die Aussagen sind ja sicher protokolliert. Sonja soll sich doch bitte zusätzlich zu PM Bleikamp auch darum kümmern und die Berichte an meine neue E-Mail-Adresse schicken. Die lautet ganz klassisch: sommer.bielefeld@polizei.nrw.de.

Im Übrigen ist mir noch ein anderer Gedanke gekommen. Diese Brandstiftung und diese so auffällig drapierte Leiche - das kann kein Zufall sein. Damit will jemand etwas ausdrücken. Das hat einen sehr merkwürdigen, vielleicht sogar psychotischen Einschlag. Ich möchte unbedingt einen Polizeipsychologen einschalten. Aber dazu brauchen wir die Unterstützung des Chefs. Deshalb gehe ich jetzt als Erstes zu Wende und dann fahre ich nach Brackwede, wo wir uns dann treffen. Alle Klarheiten beseitigt?"

„Ay, Ay, Sir", meldete sich Schwameyer. Danach beendeten sie das Gespräch.

Bevor Sommer sein Büro wieder verließ, um Kriminaldirekter Wende aufzusuchen, warf er noch einen Blick in den nüchternen Raum. ‚Hier muss wirklich etwas geschehen', dachte er. Aber das hatte im Augenblick zu warten. Für solche Gedanken war im Moment absolut keine Zeit. Und das würde sich auch nicht ändern, bevor dieser Fall, mit dem er so abrupt konfrontiert wurde, geklärt war.

Nach wenigen Augenblicken hatte er das Zimmer seines Chefs erreicht. Er klopfte und wartete einen Moment.

Als er von innen „Herein" hörte, trat er ein.

„Ach hallo, Sommer! Kommen Sie rein. Das hat Sie am ersten Tag ja gleich richtig erwischt. Wie ist die Lage?" Wende war genauso freundlich wie am Vortag, verschwendete aber auch jetzt keine Zeit auf irgendwelche Floskeln. Sommer erstattete kurz Bericht, bei dem er nicht von seinem Chef unterbrochen wurde. Am Ende kam er darauf zu sprechen, dass er die Einschaltung eines Psychologen für richtig hielte.

„Sie meinen, dass da noch eine große Sache auf uns zukommt, wenn ich Sie richtig verstehe?“ Sommer nickte. „In Ordnung, dann nehmen Sie Kontakt auf mit unserer Psychologin. Das ist Frau Hülsmeier, Hanna Hülsmeier. Ich geb' Ihnen mal die Nummer. Frau Hülsmeier ist nämlich nicht ständig im Haus. Sie hat auch noch eine eigene psychotherapeutische Praxis, in der sie, ich glaube zwei oder drei Tage in der Woche, Klienten berät.“

Wende nannte die Nummer und Sommer speicherte sie umgehend in seinem Handy. Dann verabschiedeten sie sich.

Auf dem Weg zu seinem Auto rief Sommer Hanna Hülsmeiers Nummer an. Allerdings meldete sich die Mailbox. Eine freundliche, warme Stimme teilte dem Anrufer mit, dass sie zurzeit in einer Therapiesitzung sei und sobald als möglich zurückrufen werde, wenn der Anrufer Name, Nummer und Zweck des Anrufes mitteile. Genau das tat Sommer, dann drückte er die Austaste und ging weiter zu seinem Wagen.

Ruhelos verbrachte ich den Tag. Irgendwann wurde mir meine Wohnung zu eng und ich stieg ins Auto und fuhr zum Werreufer. Am Erlebnisbad H2O parkte ich den Wagen und ging dann an der Werre entlang unter der Eisenbahnbrücke hindurch immer weiter Richtung Bad Salzuflen. Ich merkte nicht, wie weit ich gegangen war. Mein Ärger und meine Wut trieben mich voran. Immer klarer wurde mir, wie unauffällig ich war, wie entsetzlich unauffällig. Selbst wenn ich einen Brand inszeniere, reicht das nur zu einer kleinen Meldung. Und das Wichtigste, die Leiche, wird gänzlich verschwiegen. Andere brauchen nur einen Raum zu betreten und schon werden sie gesehen, werden wahrgenommen, beherrschen den Raum, sind präsent. Ich werde nicht gesehen und ich wurde nicht gesehen und wenn, dann nur, um mich zu verhöhnen. So war es schon in der Schule gewesen.

Einmal hatte ich den Klassenraum nach der Pause betreten und natürlich war es wie immer: niemand bemerkte es. Ich schlängelte mich an der Wand entlang und setzte mich auf meinen Platz. Noch immer nicht nahm irgendjemand Notiz von mir. Aber ich bemerkte sehr genau, was sie allesamt da taten. Jens, der Clown, stand in der Mitte und zog wieder einmal eine Show ab. Die Meute drumherum grölte, die Mädchen kreischten geradezu. Und am meisten hatte Sonja gekreischt. Sie himmelte Jens förmlich an. Widerlich! Doch dann, endlich, begann ich zu begreifen: Jens ahmte mich nach! Er machte sich über mich lustig. Er ahmte mich nach und gab mich dem Gespött der Klasse preis. In mir stieg unaufhaltsam Wut auf. ‚Das kann ich mir nicht gefallen lassen. Das werde ich nicht zulassen', dachte ich. Irgendwann war die Wut in mir so groß, dass ich aufsprang und mich schreiend auf ihn stürzte.

„Hör auf damit! Hör auf mich nachzuäffen und dich über mich lustig zu machen."

Ich hatte Jens in meiner unendlich verletzten Wut umgestoßen. Er war tatsächlich zu Boden gestürzt. Ich konnte es kaum fassen. Aber dann rappelte er sich wieder auf und stürzte sich mit aller Kraft auf mich. Ich hatte keine Chance. Bei mir reichte die Kraft immer nur zu einem ersten Überraschungsangriff. Mit einer solchen Attacke jedoch verschwand fast immer unmittelbar die Wut und stattdessen kam die Angst und setzte sich lähmend in Armen und Beinen fest. So war es auch diesmal. Jens holte ein paar Mal kräftig aus und traf mich am Kopf und im Bauch, dass mir die Luft wegblieb. Ich glaubte zu ersticken. Und um mich herum hörte ich das Grölen und das Gekreische meiner Mitschüler. Plötzlich verstummten sie. Aber das bekam ich nur wie durch einen Nebel mit. Zwei kräftige Hände hoben meine Arme und zogen meinen Oberkörper in die Länge. Langsam, ganz langsam konnte ich wieder atmen. Dann erkannte ich Herrn Ladiges, unseren Geschichts- und Sozialkundelehrer.

Nach einer Weile fragte er: „Geht's wieder?" Und ich nickte stumm und schlich zurück an meinen Platz. An die gesamte Klasse gerichtet fragte er.

„Was ist hier los? Was geht hier vor? Jens, du bist doch Klassensprecher; was ist hier vorgefallen?"

„Oh, Herr Ladiges, gut, dass Sie gekommen sind. Ehrlich gesagt, ich weiß es nicht. Na ja, wir standen so zusammen und haben ein paar Witze erzählt. – Aber zwingen Sie mich nicht, die jetzt zu wiederholen."

Dabei grinste er sein hinterhältiges Grinsen. Und fast alle Mitschüler grinsten mit und tuschelten hinter vorgehaltener Hand.

„Nein, so genau will ich das nicht wissen", lachte auch der Herr Ladiges.

Natürlich, so genau wollte er das nicht wissen. Eigentlich wollte dieser Lehrer gar nichts so genau wissen. Der war immer froh, wenn er in Ruhe seinen Unterricht machen konnte, um dann wieder in die Pause zu verschwinden. Ich lachte deshalb nicht mit, stattdessen stieg in mir schon wieder Wut auf und am liebsten hätte ich mich erneut auf Jens gestürzt. Aber jetzt konnte ich ihm nur stumme Rache schwören.

„Und was ist mit Mike passiert?", fragte Ladiges jetzt.

„Plötzlich stürzte der sich von hinten auf mich und ich fiel hin. Ehrlich, ich habe keine Ahnung, warum. Hat irgendjemand von euch eine Ahnung, was mit dem los war?" Dabei schaute er mit verächtlichem Blick in meine Richtung

und alle um ihn herum schüttelten die Köpfe. Demonstrativ hielt er sich dabei die linke Hand.

„Hast du dich an der Hand verletzt? Ist die gebrochen bei dem Sturz?" Besorgt sah sich dieser glorreiche Sozialkundelehrer Jens' Hand an.

„Nein, so schlimm ist es nicht. Das war ja nur Mike, der mich etwas geschubst hat. Was danach passiert ist, weiß ich ehrlich gesagt nicht so genau."

„Es gab einen kleinen Tumult, Herr Ladiges. Irgendwie ist Mike dann dabei hingefallen und bekam keine Luft mehr. Aber was genau passiert ist, war nicht zu erkennen." Das war Sonja. Klar, dass die wie immer zu Jens hielt. Dabei wollte der von ihr gar nichts wissen. Er hatte ohnehin an jedem Finger eine Freundin. Und dann hatte Ladiges mich angesprochen, tat väterlich, fürsorglich. Aber ich wusste, was ich diesem Moment zu tun hatte, wollte ich nicht noch mehr Prügel einstecken. Ich überlegte mir schon, wie ich nach der Stunde möglichst schnell aus dem Raum käme, um irgendwie heil aus der Sache wieder rauszukommen.

Tage später hatte ich all meinen Mut zusammengenommen und war zum Schulleiter gegangen, um mich zu beschweren. Nein, eigentlich wollte ich mich nicht beschweren, ich wollte Hilfe, Unterstützung, ach was weiß ich, was ich wollte. Jedenfalls nicht das, was dann kam. Es ging eben aus, wie es ausging, und wie ich es schon beschrieben habe. Ich sollte mir nicht alles gefallen lassen! Ha, ha, selten so gelacht. Genau das hatte ich ja getan, mir nicht alles gefallen lassen. Und was war dabei herausgekommen? Eine Tracht Prügel und dass die Mitschüler noch mehr über mich lachten!

Eine Weile war ich inzwischen schon gefangen in meinen Gedanken an der Werre entlanggegangen. An dieser Stelle war die Werre, die eigentlich ein harmloses Flüsschen war, schon lange vor meiner Zeit eingedeicht worden. Manchmal konnte sie nämlich enorm anschwellen und es kam in der Stadt zu Überschwemmungen. Irgendwie wie ich, dachte ich. Eigentlich bin auch ganz harmlos. Aber wenn die Wut mich packt, dann kann ich mich nicht mehr halten.

Ich setzte mich auf eine Bank und schaute auf den Fluss, der mir jetzt fast wie ein Bruder im Geiste vorkam. Die Wut wurde immer stärker. Nachdem ich den Major bestraft und das Feuer in der alten Schule gelegt hatte, war ich zunächst beruhigter gewesen. Ich hatte erschöpft geschlafen. Tief und lange. Doch als ich die Zeitung gelesen hatte, war sie wieder da, die altvertraute, die beunruhigende Wut. Und je länger ich auf der Bank saß und meine Lage überdachte, desto deutlicher wurde es, dass ich das so nicht durchgehen lassen konnte. Ich hatte meine Mission doch noch keineswegs erfüllt. Es gab noch viele offene Rechnungen. Schließlich wurde mir unausweichlich klar, dass ich ein weiteres, klareres, größeres Zeichen setzen musste. Das würde dann niemand mehr ignorieren können, weder bei der Polizei noch bei der Presse. Und je mehr ich darüber nachdachte, wurde mir klar, welches Zeichen das sein würde.

Nachdem Pit das Telefongespräch mit Sommer beendet hatte, sah er in die Runde und sagte: „Ihr habt gehört, was der Chef gesagt hat. Anna und ich treffen uns mit ihm in Brackwede. Er hat unbedingt recht. Die Leiche zu identifizieren ist vordringlich. Aber dafür brauchen wir nicht alle Leute. Drei sind vielleicht ja auch schon viel. Aber wer weiß? Alle anderen haben gehört, was sie zu tun haben. Also: An die Arbeit und einen erfolgreichen Tag."

Zusammen mit Anna und Pit verließ auch Sonja den Raum. Während die beiden anderen jedoch dem Parkplatz zusteuerten, um nach Brackwede zu fahren und sich dort mit Sommer zu treffen, ging Sonja ins Erdgeschoss in die Wache. Dort saß eine Reihe uniformierter Kolleginnen und Kollegen. Sie nannte ihren Namen und Dienstrang und fragte dann nach Hartmut Bleikamp.

„PM Bleikamp hat zurzeit keinen Dienst", kam die schnelle Antwort, „und ich fürchte, dass Sie ihn im Moment auch nicht zu Hause stören können. Wenn er Nachtschicht gehabt hat, wird er jetzt noch schlafen."

„Oh, natürlich", gab Sonja Rosenfeld leicht irritiert zurück. Es war noch gar nicht so lange her, dass sie selbst in Uniform Dienst getan hatte. Sie wusste deshalb nur zu genau, was Nachtschicht bedeutete. Sie war schon 32 gewesen, als sie die Gelegenheit wahrnahm, zur Kriminalpolizei zu wechseln. Also erst vor vier Jahren.

„Können Sie mir trotzdem Anschrift und Telefonnummer des Kollegen geben, ich werde ihn dann später kontaktieren. Gegen Mittag wird ja er wohl wieder auf den Beinen sein."

„Ja, ganz sicher", war die Antwort. „Kollege Bleikamp hat einen anstrengenden Zweitjob." Sonja guckte etwas überrascht. „Ja, er ist junger Familienvater." Alle im Raum lachten fröhlich, auch Sonja Rosenfeld. Unmittelbar erhielt sie auch die gewünschten Auskünfte.

„Ach, und da wäre noch etwas", sagte sie dann. „Ich brauche die Protokolle der Zeugenbefragungen in dem Brandstiftungsfall an der Lise-Meitner-Schule. Da sind die Nachbarn befragt worden. Kann mir jemand sagen, wo ich die finden kann?"

„Im Rechner, wo sonst", war die eine Spur zu patzige Antwort.

„Schön", lächelte Sonja süffisant zurück. „Dann seien Sie doch so gut und schicken die Protokolle an meine E-Mail-Adresse und an die meines Chefs, des ersten Kriminalhauptkommissars Klaus Sommer vom K11 in Bielefeld. Ich gehe jetzt wieder nach oben in den Konferenzraum der Mordkommission. Dort habe ich einen Rechner zur Verfügung. Und wenn ich dann oben bin, kann ich mir da bestimmt schon die Protokolle ansehen." Sie nannte ihre E-Mail-Adresse und wandte sich mit einem Schmunzeln zur Tür.

Als sie wieder oben war, hatten auch Bringsmeier und Linnemann den Konferenzraum schon verlassen. Sonja setzte sich umgehend an einen Rechner und rief ihr E-Mail-Programm auf. Leider waren die Protokolle noch nicht da. Das würde vielleicht auch noch einen Augenblick dauern. In der Zwischenzeit sah sie alle schon eingegangenen Berichte durch. Besonders die Berichte der Kriminaltechnik interessierten sie. Sie stellte sich die örtlichen Gegebenheiten in der Schule vor ihr geistiges Auge. Wie lange war das jetzt her, dass sie selbst Schülerin auf dieser Schule gewesen war. 20 Jahre. War eine wilde Zeit damals. Sie erinnerte sich, dass es ganz in der Nähe einen kleinen Kiosk gab, da gingen sie nach dem Unterricht oft hin, manchmal auch während der Pause, obwohl das verboten war. Vom Schulgelände konnte man den Kiosk nicht einsehen, nur der Weg dahin war etwas gefährlich. Da hieß es schnell sein. Wenn man erwischt wurde, gab es richtig Ärger, weil man ja das Schulgelände verlassen hatte. Aber das war eben doch noch eine andere Zeit. Ganztagsunterricht, Mensa, Schulkiosk – all das war noch völlig unbekannt. Der Hausmeister verkaufte Schulmilch, das wars! Cola und Negerküsse im Kiosk um die Ecke waren da schon erheblich attraktiver. Schade, das Linnemann Bringsmeier zum Schulleiter begleiten sollte. Schulbüro und

Direktorenzimmer schienen noch genau an derselben Stelle zu liegen wie damals. Sie hätte gern ihre alte Schule mal wieder besucht, auch wenn der Anlass etwas ungewöhnlich gewesen wäre. Vielleicht sollte man ein Klassentreffen organisieren. Jetzt nach 20 Jahren, das wäre doch ein guter Zeitpunkt. Die Unterlagen von damals müssten doch noch da sein, oder nicht? Wie lange werden in der Schule Schülerunterlagen eigentlich aufbewahrt? Oder kann man im Internet etwas finden? Sie machte die Probe aufs Exempel. Tatsächlich, da gab es eine Seite, da konnte man Schulnamen und Jahrgang eingeben und dann sollte man eine Liste mit allen Namen des Jahrgangs bekommen. Allerdings musste man sich registrieren, weshalb Sonja das im Augenblick unterließ. Viel wichtiger war jetzt der zweite Bericht der Kriminaltechnik. Der Hund des Vermissten Heinz Klapproth war gefunden worden und Blutspuren, die auf den Tatort hinweisen könnten. War der Vermisste tatsächlich ihr Toter aus der Schule? Alles schien immer mehr in diese Richtung zu weisen.

Im selben Moment meldete ihr Rechner, dass sie eine E-Mail erhalten hatte. Sie öffnete das Programm und sah, dass es tatsächlich die Befragungsprotokolle aus der Nachbarschaft der Schule waren. Ergiebig waren diese Befragungen allerdings durchweg nicht. An der Uhlandstraße schienen die Bewohner einen gesunden Schlaf zu haben. Gesehen und gehört hatten nahezu alle Personen erst etwas, als sie von den Sirenen geweckt wurden. Nur wenige Aussagen sah sie sich deshalb genauer an. An einem der Protokolle blieb sie plötzlich hängen. Die Aussage stammte von Herbert Sandmann, einem Anwohner am Wellbrocker Weg. ‚Ach', dachte sie, ‚dass da auch jemand gefragt hatte, das ist doch die Seitenstraße, in der damals unser Kiosk gelegen hatte. Da hat sich ein Kollege aber richtig Mühe gegeben und ist einfach noch ein paar Häuser weitergegangen.' Herbert Sandmann, 66 Jahre alt, hatte zu Protokoll gegeben, dass er in der besagten Nacht gehört habe, wie kurz vor dem Ausbruch des Brandes, d.h. um etwa 20 nach drei, ein Auto vor seinem Haus anhielt. Er hätte das deshalb bemerkt, weil er um diese Zeit wie fast jede Nacht zur Toilette gegangen sei. Sonja Rosenfeld musste schmunzeln. Manchmal ist es schön, wenn die Leute nicht der Werbung gehorchen und deshalb nicht ihre Arzneikürbistabletten nehmen. Oder vielleicht hatte er sie ja genommen, aber sie halfen nicht. Die Werbung verspricht ja viel, wenn der Tag lang ist. Jedenfalls war Herbert Sandmann auf der Toilette gewesen und hatte gesehen, dass ein Auto vorgefahren war. Dann sei der Fahrer ausgestiegen und um die Ecke Richtung Schule gegangen. Es sei ihm schon ein wenig merkwürdig vorgekommen, aber man solle ja nicht immer gleich Schlechtes denken. Auf die Frage, ob er den Mann wiedererkennen würde, hatte er geantwortet, dass er das nicht versprechen könne. Er habe ihn ja nur von schräg oben gesehen und es sei ja auch stockdunkle Nacht gewesen. Aufgrund von Sparmaßnahmen brenne bei der Straßenbeleuchtung nur noch jede zweite Laterne. Auch die Kleidung sei unauffällig gewesen wie eigentlich auch die gesamte Erscheinung. In Bezug auf das Auto konnte Herbert Sandmann aber eine etwas genauere Aussage machen. Das sei ein alter Opel Omega gewesen. Eine Limousine. Bestimmt 20 Jahre alt, und er sei hell gewesen, eigentlich weiß, wenn er es recht bedenke. Das Kennzeichen konnte er leider nicht erkennen. Mehr war dem Aussageprotokoll nicht zu entnehmen. Schade, dass der Zeuge das Kennzeichen nicht erkannt hatte. Ob das weiterhelfen würde, wusste Sonja natürlich nicht, aber es würde sich vielleicht lohnen nachzuforschen. Sie griff zum Telefon und rief Sommer auf seinem Handy an, um ihn über ihr Vorhaben zu informieren. Er nahm aber das Gespräch nicht an. ‚Merkwürdig', dachte sie, ‚aber vielleicht sitzt er ja gerade im Auto. Ich versuch es später noch einmal.' Das Telefon gar nicht erst aus der Hand legend, rief sie umgehend Herbert Sandmann an. Die Nummer war von dem Beamten, der die Befragung durchgeführt hatte, ordentlich festgehalten worden. Nach kurzem Klingeln meldete sich eine Frauenstimme.

„Sandmann hier."

„Frau Sandmann, hier spricht Sonja Rosenfeld von der Kriminalpolizei. Ich habe soeben das Protokoll der Befragung Ihres Mannes gelesen und würde ihn gern noch einmal eine Sache fragen."

„Entschuldigen Sie, aber Sie möchten sicher meinen Vater sprechen. Ich bin die Tochter von Herbert Sandmann. Meine Mutter ist im letzten Jahr gestorben."

„Oh, das tut mir leid. Entschuldigen Sie. Aber ich möchte wirklich gern noch einmal mit Ihrem Vater sprechen. Ist er im Moment zu Hause?"

„Nein, leider nicht. Er macht seine tägliche Nordic-Walking-Runde. Aber in einer guten halben Stunde ist er sicher wieder zurück. Wenn es Ihnen recht ist, richte ich ihm aus, dass Sie angerufen haben. Wenn Sie mir Ihre Telefonnummer geben würden?"

„Ja, gern, ausgezeichnet. Ich gebe Ihnen die Handynummer, dann kann Ihr Vater mich überall erreichen."

Sonja nannte ihre Nummer und beendete das Gespräch. Solche Verzögerungen mochte sie ganz und gar nicht. Sie waren aber auch nicht zu ändern. Sie versuchte, noch einmal Sommer zu erreichen, allerdings mit demselben Ergebnis wie vorhin. Für PM Bleikamp war es auch noch zu früh, also entschloss sie sich, auch die restlichen Protokolle zu lesen, was aber erwartungsgemäß nicht besonders ergiebig war.

Frank Sommer befand sich auf der Fahrt nach Brackwede, als zweimal sein Handy klingelte. Er ärgerte sich, dass er das Gespräch nicht annehmen konnte, aber als Polizist musste er sich ja wohl am ehesten an die Straßenverkehrsordnung halten. Das war seine Überzeugung. Kurz anhalten konnte er auf dem Ostwestfalendamm, einer innerstädtischen, vierspurigen Schnellstraße, auch nicht. Hier durfte 100 gefahren werden unter Bedingungen wie auf einer Autobahn. In dieses Auto gehörte definitiv eine Freisprechanlage. Er würde sich bei Gelegenheit darum kümmern. Jetzt aber brauchte er seine ganze Aufmerksamkeit für die Fortsetzung der Fahrt. Gerade in dieser Gegend hatte sich in den letzten 20 Jahren, in denen er im Münsterland und dann in Köln gelebt hatte, sehr viel verändert. Am auffälligsten war die Großbaustelle am Ende des Ostwestfalendammes. Dort wurde der „Ossi", wie diese Straße im Volksmund kurz und knapp genannt wurde, als Autobahnzubringer für die neue A 33 fortgeführt. Sommer wurde jedoch von seinem Navi schon eher aufgefordert, den Ostwestfalendamm zu verlassen, und nach einer etwas komplizierten Schleife, zweimal links und einmal rechts, hatte er den Stadtring erreicht und damit auch die Polizeiwache Süd. Er parkte sein Auto in der Nähe der Wache und ging unmittelbar hinein, um nach POM Meiniger zu fragen.

„Frank Sommer", stellte er sich vor, „Leiter des K11, ich möchte Polizeiobermeister Meiniger sprechen"

„Ja, der bin ich. Haben wir nicht gestern miteinander telefoniert wegen der Vermisstensache in Senne?"

„Ja, genau. Die Sache scheint uns ziemlich wichtig zu sein. Ich muss unbedingt wissen, ob der Tote aus Herford mit dem hier vermissten Heinz Klapproth identisch ist. Und deshalb will ich mit Frau Klapproth sprechen. Gleich kommen übrigens noch zwei weitere Kollegen. Ich will das Gespräch nicht allein führen. Sie haben doch sicher Anschrift und Telefonnummer von Frau Klapproth."

„Ja, natürlich. Ich müsste aber eben einmal in den Computer schauen. So genau habe ich die Daten nicht im Kopf. Das war irgendwo in der Nähe des Senner Hellweges. Eigentlich schon mitten im Wald."

Dann widmete sich Meiniger ganz der Tastatur.

„Hier ist es ja", sagte er schließlich. „Senner Waldweg. Warten Sie, ich schreib es Ihnen auf."

„Nein, nein", warf Sommer ein. „Ich notier es mir direkt ins Handy. Wie heißt Frau Klapproth mit Vornamen?"

„Annegret", war die prompte Antwort.

Sommer speicherte alles unter „Klapproth, Annegret" in seinem Handy, dann fragte Meiniger:

„Soll ich Sie begleiten? Es ist etwas schwierig zu finden."

„Nein. Das wird nicht nötig sein. Im Übrigen wird mir das Navi den Weg weisen."

„Ja, sicher", gab Meiniger zurück und Sommer entging nicht der etwas enttäuschte Unterton seiner Antwort.

„Kann ich hier eigentlich irgendwo in Ruhe auf meine Kollegen warten?", fragte Sommer. „Die kommen aus Herford hierher und das wird vielleicht noch ein bisschen dauern."

„Ach, da täuscht man sich, über die A 2 und die Anschlussstelle Sennestadt geht das enorm schnell. Aber das Haus der Klapproths liegt von hier aus auf halbem Weg zur Autobahn. Da wäre es sinnlos, wenn Ihre Kollegen erst hierher kämen und dann wieder ein ganzes Stück zurückfahren müssten. Am besten wäre es, wenn Sie Ihre Kollegen anriefen und Sie träfen sich direkt am Senner Waldweg. Ihre Kollegen werden doch auch ein Navi haben."

„Das ist eine ganz ausgezeichnete Idee", gab Sommer zurück, der sein Handy schon in der Hand hielt und Schwameyers Nummer eingab.

„Tomczyk, Apparat Schwameyer."

Sommer brauchte eine Sekunde, um die Situation zu begreifen.

„Ach Anna, du bist es. Hier ist Frank, Frank Sommer. Wieso geht Pit nicht dran."

„Weil der Herr Schwameyer natürlich wieder am Steuer sitzt. Pit fährt immer und ich nie, wenn wir im selben Auto sitzen. Er fragt gar nicht erst. Er setzt sich gleich hinters Lenkrad."

Im Hintergrund hörte Sommer Pit, der offenbar mithören konnte, irgendetwas murmeln, das er aber nicht verstand.

Das war vielleicht auch besser so.

„Was gibt's?", fragte Anna weiter.

„Habt ihr ein Navi im Auto?"

„Ja."

„Dann gib da mal ‚Senner Waldweg' ein. Dort wohnt Frau Klapproth, die Frau des vermissten Majors. Von der Autobahn bis zur Polizeiwache Brackwede liegt das auf halbem Weg. Es wäre also sinnlos, erst nach Brackwede reinzufahren und dann wieder zurück. Wo seid ihr jetzt?"

„Kurz vor Sennestadt. Wir fahren gerade den Berg runter und – Scheiße, Pit!!!"

„Anna, was ist los? Was ist passiert?"

„Dieser Döskopp von Schwameyer hat sich gerade eben ein Ticket eingefangen. Die Radarfalle hier auf der Autobahn hat ein nettes Foto gemacht. Bin mal gespannt, wie er das wieder hinkriegen will." „Döskopp" hatte Anna gesagt und das mit ihrem leichten polnischen Akzent. Wie lange hatte Sommer diese verniedlichende ostwestfälische Variante für Idiot schon nicht mehr gehört. An Kleinigkeiten merkt man, dass man wieder zu Hause ist.

„Wie schnell war er denn?"

„120 etwa. 100 sind erlaubt", meldete sich jetzt Pit selbst. „Und alles nur, weil du uns hier anrufst und mich ablenkst", schimpfte er. Bis gleich, Sommer. Wir sehen uns im Senner Waldweg."

„Du hast es gehört. Bis gleich", beendete Anna das Gespräch.

Bevor Sommer selbst Richtung Senner Waldweg fuhr, ließ er sich von Meiniger noch die Unterlagen in dem Vermisstenfall Klapproth ausdrucken. Dann setzte er sich in seinen Passat. Gerade als er starten wollte, meldete sich Hanna Hülsmeier, die Psychologin. Sommer dankte ihr für den Rückruf und erklärte ihr knapp die Situation. Dann verabredeten sie sich für den Nachmittag um Viertel nach drei im Präsidium. ‚Gut, dass sie nicht eine Minute später angerufen hat', dachte Sommer, ‚dann wäre ich schon losgefahren und hätte wieder nicht abnehmen können.' Dann gab er Gas. Das Navi lancierte ihn sicher zum Haus der Klapproths, das er nach knapp 10 Minuten erreichte. Als er ankam, waren Schwameyer und Tomczyk schon da. Pit grinste, wohl aus Verlegenheit, aber der Ernst des bevorstehenden Gespräches ließ alle drei jede Albernheit vergessen. Bevor sie zum Haus gingen, setzte Sommer seine beiden Kollegen noch über den zweiten Bericht der Kriminaltechnik in Kenntnis. Dann klingelte er an der Haustür. Einen Moment lang geschah nichts. Sommer schoss es durch den Kopf, dass er vielleicht besser kurz angerufen hätte, um sich zu vergewissern, dass Frau Klapproth auch zu Hause war. Da wurde die Tür geöffnet. Sommer nannte seinen Namen und zeigte seinen Dienstausweis. Er stellte auch seine beiden Kollegen vor. Frau Klapproth machte einen müden und abgespannten Eindruck. Sie schien schlecht, vielleicht auch gar nicht geschlafen zu haben. ‚Kein Wunder, in ihrer Situation', dachte Sommer. Erst jetzt schien sie zu begreifen, wer da vor der Tür stand.

„Haben Sie meinen Man gefunden? Wo ist er? Ist er im Krankenhaus? Kann ich ihn besuchen?"

„Es tut mir leid, Frau Klapproth, wir haben Ihren Mann noch nicht gefunden. Aber wir haben noch ein paar Fragen. Dürfen wir reinkommen", sagte Sommer so ruhig und mitfühlend er konnte.

„Noch mehr Fragen? Ich habe doch schon so viele beantwortet. Aber ja, kommen Sie herein."

Die drei Polizisten betraten das Haus. Es stammte vermutlich aus den fünfziger oder frühen sechziger Jahren. Innen war es recht dunkel, was zum einen an den kleinen Fenstern lag, die typisch waren für den damaligen Baustil, zum anderen aber ganz sicher auch an den hohen Kiefern, die auf dem Grundstück standen, und nicht nur auf dem Grundstück der Klapproths. Die gesamte Siedlung schien mitten im Wald zu liegen. Sehr idyllisch, eigentlich aber auch recht dunkel und schattig, was aber heute wegen des schon seit Tagen anhaltenden schönen Spätsommerwetters keine so große Rolle spielte. ‚Im November', dachte Sommer, ‚möchte ich hier aber nicht wohnen.'

Frau Klapproth bat sie ins Wohnzimmer, in dem sich der allgemeine dunkle Eindruck des Hauses fortsetzte, und bot ihnen Sessel und Couch zum Sitzen an.

„Kann ich Ihnen etwas anbieten?", fragte Frau Klapproth. „Kaffee vielleicht?"

„Ein Wasser wäre schön", sagte Sommer und die beiden anderen stimmten zu. Sommer wollte nicht, dass Frau Klapproth allzu lange in der Küche beschäftigt war. Andererseits erwiesen sich schwierige Gespräche – und dies Gespräch würde schwierig werden – leichter, wenn man etwas zu trinken in der Hand hatte und wenn es auch nur ein Glas Wasser war.

Nach einem kurzen Moment kam Frau Klapproth mit einem Tablett und insgesamt vier Gläsern Mineralwasser zurück und stellte sie jeweils auf einen Untersetzer. Dann sah sie fragend in die Runde.

„Frau Klapproth", begann Sommer jetzt. „Wir können leider immer noch nichts Definitives zu Ihrem Mann sagen. Wir möchten Sie auf keinen Fall unnötig in Sorge versetzen, aber es gibt doch einige beunruhigende neue Informationen."

Frau Klapproth sah die Beamten mit ängstlich unsicherem Blick an.

„Wir haben Ihren Hund gefunden ..."

„Wo, wo ist er? Haben Sie ihn mitgebracht?"

„Nein wir haben ihn nicht mitgebracht, wir müssen Ihnen sagen, dass er tot ist."

Es entstand eine lange, fast quälende Pause. Frau Klapproth schien der Tragweite des eben Gesagten in

Gedanken nachzuspüren. Dann schließlich sagte sie zitternd, kaum hörbar: „Tot? Aber wieso denn?“

Sommer versuchte so sachlich und einfühlsam wie möglich, Frau Klapproth zu erklären, wo sie den Hund gefunden hatten, und dass sie tatsächlich mit dem Schlimmsten rechnen, aber dennoch noch nichts Endgültiges sagen konnten.

„Aber da ist noch etwas. In der vorletzten Nacht gab es in einer Schule in Herford einen Brand. Das stand auch hier in der Zeitung. Vielleicht haben Sie es gelesen.“

Wieder eine Pause, bevor Frau Klapproth antwortete.

„Es tut mir leid, ich hatte keine Kraft zum Zeitunglesen.“

„Jedenfalls, bei diesem Brand haben wir“, Sommer musste schlucken, „haben wir eine Leiche gefunden.“

Frau Klapproths Augen weiteten sich. Der Schreck und das Entsetzen standen ihr buchstäblich ins Gesicht geschrieben. Ihre Haut wurde blass, ja fast grau. In ihre Stimme mischte sich jedoch eine deutliche Aufregung:

„Eine Leiche in Herford, bei einem Brand in einer Schule? Was soll das? Was soll mein Mann denn damit zu tun haben? Mein Mann ist spazieren gegangen mit unserem Hund. Und jetzt ist er verschwunden. Er muss in irgendeinem Krankenhaus liegen. Haben Sie da eigentlich nachgefragt?“

„Ja, haben wir“, meldete sich jetzt Anna in einem ruhigen, ja fast beruhigenden Ton zu Wort. „Und wie wir wissen, haben Sie selbst das auch schon getan. Aber Ihr Mann ist nicht im Krankenhaus. Nicht in der Rosenhöhe, nicht in Bethel, nicht in Mitte, auch nicht in einem der beiden anderen Krankenhäuser in Bielefeld. Wir haben in allen Häusern nachgefragt. Auch bei den niedergelassenen Ärzten hier im Umfeld. Ihr Mann ist tatsächlich nirgendwo aufgetaucht. Wir machen uns wirklich große Sorgen, dass er einem Verbrechen zum Opfer gefallen sein könnten."

„Ja aber wieso in Herford?"

„Das, ehrlich gesagt, ist nichts anderes als eine Vermutung oder Befürchtung, wenn Sie so wollen. Wir können uns das auch nicht recht vorstellen, dass der Tote in Herford Ihr Mann ist und noch weniger könnten wir uns dann erklären, wie er dorthin gekommen sein sollte. Aber nachdem wir Ihren Hund in der Nähe seines Spazierweges gefunden haben, müssen wir unbedingt Klarheit haben, was vorgestern Nacht passiert ist."

„Und wie wollen Sie das machen?", fragte Frau Klapproth jetzt wieder mit zittriger Stimme.

„Wir könnten den Toten anhand der DNA und seines Gebisses identifizieren", mischte sich jetzt Pit Schwameyer in das Gespräch ein. Seine Stimme war deutlich weniger warm als die von Anna Tomczyk, aber in ihrer sachlichen Ruhe ebenfalls angemessen. Sie signalisierte Kompetenz.

„Sie können uns helfen, wenn Sie uns die Zahnbürste Ihres Mannes geben. Daran werden sich hoffentlich Speichelspuren finden lassen. Vielleicht dazu noch eine Haarbürste, die nur Ihr Mann benutzt. Und schließlich geben Sie uns bitte Name und Anschrift des Zahnarztes Ihres Mannes."

„Ja, natürlich, wenn Sie meinen. Sie werden wissen, was Sie zu tun haben." Mit diesen Worten stand Frau Klapproth auf und kam nach ein paar Minuten mit Zahn- und Haarbürste zurück. Gleichzeitig hielt sie einen kleinen Zettel in der Hand mit der Adresse des Zahnarztes bzw. der Zahnärztin um die es sich in diesem Fall handelte.

„Danke, Frau Klapproth", sagte jetzt wieder Sommer. „Das ist uns eine große Hilfe." Danach standen alle auf und gingen zur Tür. Auf der Schwelle drehte sich Sommer noch einmal um und sagte: „Sie können sicher sein, dass wir alles tun, was notwendig ist, und seien sie gewiss, dass wir großen Anteil nehmen an Ihrer Situation. Sie werden natürlich die Erste sein, die das Ergebnis erfährt. Es kann aber durchaus ein paar Tage dauern, wenn wir wirklich auf die DNA-Analyse warten müssen. Sie können mich aber auch anrufen." Bei diesen Worten gab ihr Sommer seine Karte mit der Handynummer. Dann verließen alle drei das Haus. Bevor sie draußen waren, drehte sich Sommer noch einmal um und wandte sich Frau Klapproth zu. „Darf ich fragen, ob Sie jemanden haben, der sich um Sie kümmert? Sie sollten nicht zu viel allein sein. Ihre Kinder vielleicht?"

„Nein. Unsere Kinder wohnen leider recht weit weg von hier. Die Tochter kommt vielleicht am Wochenende, die wohnt in Hannover. Unser Sohn lebt in der Nähe von München. Aber wir telefonieren ständig. Und dann habe ich recht guten Kontakt zu unserer Kirchengemeinde. Ich singe dort im Chor. Heute Morgen habe ich unsere Pfarrerin angerufen. Die kommt nachher vorbei."

„Das ist gut", bemerkte Sommer. „Es ist gut, in einer solchen Situation nicht allein zu sein." Damit wandte auch er sich endgültig zum Gehen.

Wieder bei ihren Autos, teilten sie sich auf. Sommer wollte mit den beiden DNA-Proben zur Gerichtsmedizin. Bei der Gelegenheit konnte er auch Werner Meyer zu Lakefeld kennenlernen. Die beiden anderen hatten daran offenbar nicht das geringste Interesse und waren erleichtert, zu der Zahnärztin fahren zu dürfen. Ein leichtes Leuchten in Schwameyers Augen war Sommer nicht entgangen, und wieder fragte er sich, ob Pit eigentlich verheiratet war. Bei einer passenden Gelegenheit wollte er ihn danach fragen. Er schien wirklich ein Faible für das weibliche Geschlecht zu haben.

Sonja Rosenfeld hatte sich über eine Stunde lang durch die Aussagen von Zeugen gequält, die allesamt in der Brandnacht nichts gesehen und fast nichts gehört hatten. Die Aussage von Herbert Sandmann war tatsächlich die einzige, der es sich überhaupt lohnte nachzugehen. Auf dessen Rückruf wartete sie jedoch noch vergebens. Da es inzwischen schon fast elf war, rief sie POM Bleikamp zu Hause an. Schon nach dem zweiten Klingeln nahm er ab. Offenbar war er inzwischen auf den Beinen.

„Guten Morgen, Kollege Bleikamp, Sonja Rosenfeld hier. Ich hoffe, ich störe nicht zu sehr. Sie wollten sich gestern Abend die Videoaufnahmen von der Brandnacht anschauen, ob Sie den Ihnen verdächtigen Mann wiedererkennen."

„Ja, sicher", sagte Bleikamp, irgendwie abwesend. Als Sonja im Hintergrund ein Kind schreien hörte, wusste sie warum. „Das Ganze war aber nicht sehr erfolgreich. Ich konnte die Person nicht erkennen. Genau in dem Moment, als der Mann ins Bild kam, drehte er sich um und ging weg. Auf dem Film ist nur der Rücken zu erkennen. Ob man damit etwas anfangen kann? Keine Ahnung."

„Sie wollten die entsprechende Stelle herauskopieren und uns zur Verfügung stellen. Haben Sie das gemacht?"

„Ja, hab ich. Eine entsprechende E-Mail habe ich an den Kollegen Schwameyer geschickt. Hat Ihr neuer Chef inzwischen eine eigene Adresse?"

„Hat er", antwortete Rosenfeld und nannte ihm Sommers Adresse sowie ihre eigene.

„Wir sprachen gestern auch über ein Phantombild. Das habe ich noch nicht gemacht", fuhr Bleikamp fort. „Soll ich das heute nachholen. Gestern hat das nicht geklappt. Der Chef unserer Wache meinte, dass ich schon genügend Zeit mit Fernsehgucken verbracht hätte und nun der Streifendienst warte."

„Ja, unbedingt. Und wenn Ihr Chef wieder Schwierigkeiten macht, soll er Sommer anrufen."

„Alles klar. Ich meld mich wieder bzw. ich maile Ihnen das Bild zu, wenn es fertig ist. Ich gebe mir Mühe, aber schon in der Ausbildung war ein Phantombild zu erstellen nicht meine stärkste Seite."

Damit war das Gespräch beendet. ‚Alles nicht sehr ergiebig heute Morgen', dachte Sonja. Eine leichte Lethargie fing an sich breit zu machen. Genau in diesem Moment klingelte das Telefon und riss sie aus ihren etwas melancholischen Gedanken.

„Sandmann", meldete sich eine ältere Männerstimme.

„Herr Sandmann, wie schön, dass Sie anrufen. Ihre Tochter hat Ihnen vermutlich schon berichtet, dass ich noch einmal mit Ihnen über Ihre Beobachtungen sprechen möchte."

„Ja, hat sie. Aber ich habe doch schon alles zu Protokoll gegeben. Ich weiß wirklich nicht mehr."

„Ich möchte trotzdem noch einmal mit Ihnen sprechen. Manchmal fällt einem später doch noch das eine oder andere kleine Detail ein. Wir haben auch die Beschreibung einer verdächtigen Person und ein Foto.

Allerdings ist die Person darauf nur von hinten zu sehen. Wenn Sie jetzt zu Hause sind, würde ich gern unmittelbar vorbeikommen. Ich bin zurzeit im Präsidium. Von hier bis zu Ihrer Wohnung sind es aber nur ein paar Minuten."

„Ja, in Ordnung. Kommen Sie nur vorbei. Ich habe im Moment ohnehin nichts anderes vor."

Damit legte er auf und Sonja Rosenfeld machte sich auf den Weg zum Wellbrocker Weg, den sie nach fünf Minuten bereits erreicht hatte. Herbert Sandmann stand in der Tür, als sie auf das Haus zuging. Offenbar hatte er die Straße schon beobachtet. Der Hausherr bat die Polizistin herein und sie setzten sich an den Esszimmertisch, auf dem bereits zwei Gläser Orangensaft standen.

„Oh, sehr aufmerksam", bedankte sich Rosenfeld. „ich will Sie auch gar nicht lange aufhalten, aber ich möchte Sie doch noch einmal genauer nach dem Fahrzeug fragen, das Sie in der Brandnacht vor Ihrem Haus gesehen haben. Um ehrlich zu sein, wir haben von Ihren Nachbarn keine einzige verwertbare Zeugenaussage erhalten. Keiner hat irgendetwas gesehen, keiner hat irgendetwas gehört. Alle haben tief und fest geschlafen, bis die Sirenen heulten. Für uns ist es, mit Verlaub gesagt, ein echter Glücksfall, dass Sie zur Toilette mussten."

„Na, wenigstens das", sagte Sandmann verschmitzt. „Normalerweise ist das ganz und gar kein Glücksfall, sondern eher störend. Ja, was kann ich zu dem Auto sagen? Es war also ein alter Opel Omega, weiß. Auf das Kennzeichen habe ich nicht geachtet. Und den Mann, der ausstieg, habe ich nur von hinten gesehen."

„War das alles vor dem Brand oder während des Brandes oder gar danach?", fragte Sonja.

„Vor dem Brand natürlich. Die Sirenen heulten erst los, als ich von meinem Toilettengang wieder zurück war und wieder im Bett lag. Ich glaube, ich war sogar schon wieder eingenickt."

„Und was haben Sie gemacht, als Sie die Sirenen hörten?"

„Ich war natürlich ziemlich überrascht. Was da los war, konnte ich aber aus dem Schlafzimmerfenster heraus nicht feststellen. Der Omega stand allerdings noch da. Das habe ich registriert. Aber es war ein enormer Aufruhr, sodass ich neugierig geworden bin und mir etwas überzog, um nach draußen zu gehen. Dort wurde mir dann klar, dass die Lise-Meitner-Schule brannte. Ich ging also um die Ecke herum in die Uhlandstraße und sah das Großaufgebot von Feuerwehr und Polizei. Und natürlich schon einen Riesenauflauf von Menschen. Viele aus der Nachbarschaft konnte ich erkennen."

„Und Sie sind dann die ganze Zeit am Brandort geblieben, bis ...?"

„Nein, nein! Nach kurzer Zeit wurde mir kalt und ich beschloss zurückzugehen, um mir etwas Wärmeres anzuziehen. Außerdem meldete sich bei der Aufregung meine Blase schon wieder. Sie verstehen? Alte Männer eben. Jedenfalls ging ich zurück zum Haus."

„Und danach sind Sie aber wieder nach draußen gegangen? Wie lange waren Sie im Haus?"

„Ja, ja, dann bin ich wieder raus. Wie lange war ich drin? 15, 20 Minuten vielleicht. Und dann – oh, wie konnte ich das vergessen."

„Ja", Sonja wurde jetzt hellwach.

„Als ich gerade mein Haus wieder verlassen wollte, kam der Fahrer des Omegas zurück, stieg in sein Auto und fuhr weg."

Jetzt konfrontierte Sonja Herbert Sandmann mit der Aussage von POM Bleikamp und dem Foto von der Brandacht. Sandmann hörte aufmerksam zu und sah sich dann das Bild an. „Ja, vielleicht, das könnte er gewesen sein. Aber wirklich sicher bin ich nicht", gab er zu Bedenken.

„Das Auto, als es wegfuhr, ist Ihnen da noch etwas an diesem Fahrzeug aufgefallen? Vielleicht doch das Kennzeichen oder wenigstens ein Teil davon? War es ein Herforder Kennzeichen?"

Sandmann antwortete nicht sofort. Er schien ernsthaft nachzudenken. Dann atmete er schwer aus und sagte: „Ja, der Wagen war aus Herford. Das Kennzeichen begann mit HF. Und dann zwei Buchstaben." Er schloss die Augen und suchte offenbar nach den Bildern der Nacht. „Ja, zwei Buchstaben. Einer davon ein H oder ein A? – nein, ein H!"

„An erster oder zweiter Stelle?"

„Wie bitte?"

„Das ‚H', war das der erste oder der zweite Buchstabe des Kennzeichens?"

Nach einer kleinen Pause sagte Sander: „Der zweite Buchstabe glaube ich. Den anderen Buchstaben weiß ich allerdings tatsächlich nicht mehr, nein. Aber Moment, da ist noch etwas. Das Nummernschild, es war noch eins von den alten Schildern. Nicht ein Europa-Schild mit dem blauen Streifen links, sondern so ein Schild, wie sie früher waren. Na ja, das Auto ist ja auch von früher gewesen", lachte er. „Ja, jetzt habe ich das Ganze wieder vor Augen. Als der Wagen wegfuhr, wurde er kurz vom Lichtkegel der nächsten Laterne erreicht. Hier ist ja nach 24 Uhr immer nur noch jede zweite Lampe eingeschaltet, aber die nächste vor dem Nachbarhaus ist nachts immer an. Der Nachbar hat sich sogar schon einmal beschwert, weil „seine“ Lampe die ganze Nacht direkt in sein Schlafzimmer scheint. – Na ja, das gehört wohl jetzt nicht hierher.“ Damit endete Sandmann und es trat eine kurze Stille ein.

Sonja Rosenfeld notierte sich alles, was Sandmann erzählt hatte, genauestens. Dann sagte sie:

„Nach allem, was Sie mir da erzählt haben, scheint es mir sinnvoll, dieser Spur nachzugehen. Ich danke Ihnen. Das waren ja doch noch eine Menge neuer Informationen. Haben Sie ganz herzlichen Dank.“

Danach verabschiedeten sich die beiden voneinander und Sonja fuhr zurück ins Präsidium. Der Fahrer des Omega könnte tatsächlich ihr Mann sein. Sie musste jetzt versuchen, den besagten Omega zu finden und den Halter befragen. Ganz einfach war das nicht, aber es bestand doch eine gewisse Möglichkeit, dass sie erfolgreich war.

Wieder im Konferenzraum der Polizei angekommen, informierte sie zunächst ihren Chef, der ihr in der Beurteilung der Zeugenaussage zustimmte und sie ermunterte, sich Karsten Linnemann zu Hilfe zu nehmen, wenn dieser in der erneuten Befragung der Schulleiter nicht mehr benötigt würde. Dann rief sie Linnemann an.

„Hey, Karsten, wo steckst du im Moment?“

„Kollege Bringsmeier und ich haben mit den beiden Schulleitern noch einmal gesprochen. Aber das hätten wir uns auch sparen können. Denen ist nicht das Geringste eingefallen, was außergewöhnlich gewesen wäre. Also entweder hat der Brand mit der Schule nichts zu tun, was man sich aber irgendwie auch nur schwer vorstellen kann, oder aber das Problem, wenn ich das mal so nennen darf, liegt schon viel länger zurück, sodass sich eben keiner mehr erinnert", gab Karsten Auskunft.

„Und was ist mit den Schulcomputern?"

„Clau Bruning meinte, dass wir uns da nicht allzu große Hoffnungen machen sollten. Sehr viel sei da nicht zu retten gewesen, und das wenige ließe keinerlei Rückschlüsse im Zusammenhang mit dem Brand zu. Ich persönlich glaube, dass wir da ohnehin nichts finden werden, da das ganze, wenn überhaupt, schon einige Jahre, vielleicht Jahrzehnte zurückliegen wird. Also, wir sind hier fertig und kommen jetzt zurück ins Präsidium. Bist du da auch?"

„Ja, ich warte hier auf euch und dann erzähle ich euch, was ich so herausgefunden habe. Da gibt es jedenfalls Arbeit für uns."

„O.k., dann bis gleich."

Sommer fuhr vom Haus der Klapproths mit dem sorgfältig in Plastiktüten verpackten Gen-Material auf direktem Wege in die Gerichtsmedizin, während Pit und Anna Klapproths Zahnärztin aufsuchten. Sie hatten vereinbart, sich in der Gerichtsmedizin zu treffen, um die Röntgenaufnahmen von Heinz Klapproth, wenn es denn welche gab, dorthin zum Vergleich zu bringen. Die Räume der Gerichtsmedizin waren am Städtischen Klinikum Bielefeld Mitte angegliedert. Auf dem Weg dorthin musste Sommer den Höhenzug des Teutoburger Waldes überqueren. Eine kurvige Straße führte durch den Kammwald und er dachte: ‚Diese Stadt hat wirklich auch einen sehr hohen Freizeitwert. Wo gibt es das schon, dass ein vollständig bewaldeter Höhenzug mitten durch die Stadt verläuft.' Man konnte mit Ausnahme des Einschnittes zwischen Johannisberg und Sparrenburg die gesamte Stadt von West nach Ost durchwandern, ohne sozusagen aus der Deckung des Waldes heraustreten zu müssen.

Kurz hinter dem Hauptkamm wies ein Schild nach links in den Stadtteil Bethel. Er musste an seinen Sohn denken, der dort nun seit zwei Tagen seinen Dienst im Rahmen des freiwilligen sozialen Jahres versah. Der Versuchung abzubiegen und quer durch Bethel zu fahren, widerstand Sommer jedoch, da das zu viel Zeit gekostet hätte. Also setzte er seinen Weg fort. Am Knotenpunkt Sieker bog er nach links ab und folgte der neu gestalteten Detmolder Straße ein gutes Stück stadteinwärts, bis er die Teutoburger Straße erreichte, an der das Klinikum lag. Dort parkte Sommer seinen Passat im Parkhaus und fragte sich bis zu den Räumen der Gerichtsmedizin durch. Diese lagen, er hatte kaum etwas anderes erwartet, im Kellerbereich des weithin sichtbaren, 13 Stockwerke hohen Krankenhauses. Vorbei an Nuklearmedizin und Strahlentherapie musste er sich seinen Weg suchen bis ganz ans Ende eines langen Flures. Sommer wurde bereits erwartet, da die Dame am Empfang ihn angemeldet hatte. Dr. Werner Meyer zu Lakefeld persönlich begrüßte ihn.

„Sommer, schön Sie zu sehen, nachdem wir war ja schon telefonisch miteinander zu tun hatten." Dabei grinste er. „Was für ein furioser Start an Ihrem neuen Wirkungskreis. Kommen Sie, kommen Sie. Sie wollen sicher einen Blick auf Ihre Leiche werfen." Ohne abzuwarten, was Sommer zu sagen hatte, stürmte Lakefeld los. Ihm blieb nichts anderes übrig, als dem Gerichtsmediziner zu folgen. Unversehens fand er sich im Obduktionssaal wieder und Lakefeld hatte mit einem Schwung das Tuch von der grässlich entstellten Leiche genommen. Sommer spürte, wie es in ihm rumorte. An den Anblick von Leichen konnte er sich auch nach so vielen Dienstjahren nicht recht gewöhnen, wobei die Leichen, mit denen er es zu tun hatte, oftmals auch noch sehr schlimm zugerichtet waren, so wie diese hier. Völlig unbeeindruckt begann Meyer zu Lakefeld zu dozieren.

„Sie sehen eine bis zur Unkenntlichkeit verkohlte Leiche. Aus der äußeren Gestalt sind daher keine Rückschlüsse über die Identität zu ziehen. Sicher ist: Es handelt sich um einen Mann, ca. 55 bis 65 Jahre alt, Größe 179 cm, insgesamt von eher fülliger Figur. Der Tod trat durch Erschlagen ein. In der Lunge gab es keinerlei Rußpartikel. Das heißt: Er war schon tot, als er verbrannte. Vor allem im Hinterkopfbereich können wir eine Vielzahl von Schlägen erkennen. Hier wurde mit brutaler Gewalt vorgegangen. Ich möchte vermuten, dass reichlich Emotionen im Spiel gewesen sind. Ich vermute auch, dass das Opfer bereits bei den letzten Schlägen des Täters tot gewesen sein wird. Die Tatwaffe dürfte eine relativ dünne Eisenstange gewesen sein. Mit einer Holzstange hätte er nicht diese Kraft entwickeln können. Durchmesser der Stange etwa anderthalb bis zwei Zentimeter."

Unvermittelt schwieg Lakefeld und sah stattdessen Sommer mit einer Mischung aus Neugier und Aufforderung an. Noch bevor Sommer etwas sagen konnte, fuhr er jedoch fort:

„Haben Sie schon daran gedacht, die Psychologin ins Boot zu holen? Ein Täterprofil könnte helfen, und was das Motiv angeht, die emotional wuchtig ausgeführte Tat, die Verfrachtung in die Schule und dann der Brand, also, das Motiv scheint mir doch sehr im Bereich der ‚Soft Skills'" – er malte Gänsefüßchen in die Luft – „zu liegen, wenn ich das mal so ausdrücken darf, mit Skalpell und Lupe nicht erkennbar. Das ist was für die Seelenklempner. Ich könnte Ihnen die Telefonnummer der Hülsmeier geben."

Sommer wusste nicht recht, ob das jetzt ungewollt komisch war, absichtlich satirisch, oder nur irgendwie dämlich. Deshalb sagte er: „Vielen Dank, aber bemühen Sie sich nicht. Ich habe mit Frau Hülsmeier bereits einen Termin heute Nachmittag vereinbart. Im Übrigen bin ich hier, um Ihnen Genmaterial eines Vermissten zu bringen, der eventuell diese bedauernswerte Person sein könnte." Dabei zeigte er auf die Leiche zwischen ihnen beiden. „Hier sind eine Zahnbürste und eine Haarbürste, die nur von dem Vermissten benutzt wurden. Wenn es irgend möglich ist, machen Sie damit einen DNA-Abgleich. Zur Vorsicht sind Schwameyer und Tomczyk aber zu seiner Zahnärztin gefahren und versuchen, Röntgenbilder vom Zahnstand aufzutreiben. Die beiden müssten bald hier sein. Was meinen Sie, wann könnten wir mit Ergebnissen rechnen?"

Lakefeld runzelte die Stirn und Sommer meinte deutlich zwischen den Falten einen Gedanken zu erkennen wie: Schreib mir nicht vor, was ich wann tue und vor allem: Treib mich nicht zur Eile. Diesmal war es aber Sommer, der den Worten des Gerichtsmediziners zuvorkam.

„Ich weiß, dass Sie viel zu tun haben. Aber dieser Fall muss absolute Priorität haben. Erstens sind in diesem Fall, wie Sie selbst sagen, Emotionen im Spiel. Könnte sein - hier will einer Rache nehmen. Ehrlich gesagt, ich habe ein ungutes Gefühl. Wir sollten den Täter schnell finden, damit er nicht noch mehr anrichtet. Und zweitens denken Sie bitte an die Frau des Vermissten, dessen Genmaterial Sie dort in den Tüten in

Ihren Händen halten. Wir haben sie mit unserer Fragerei enorm aufgeschreckt. Sie braucht schnell eine Antwort."

Zu Sommers Überraschung und Freude glätteten sich Lakefelds Gesichtszüge wieder und er versprach, die Sache vordringlich zu behandeln und schnellstmöglich Ergebnisse zu liefern. Allerdings würde der DNA-Abgleich notwendigerweise etwas länger dauern, der Zahnvergleich, wenn Schwameyer und Tomczyk die Röntgenaufnahmen brächten, könnte aber sofort, d.h. noch heute zu Ergebnissen führen.

In diesem Moment meldete sich das Telefon. Lakefeld nahm ab. Er schien gespannt zuzuhören, außer einigen Hmms und Jas ließ er jedoch nichts vernehmen. Dann sagte er:

„Lakefeld@Gerichtsmedizin-Bielefeld.de. – Ja, doch, das können Sie bedenkenlos – Nein, das ist eine gesicherte Verbindung. – Ja, danke. Ihnen auch einen schönen Tag."

Lakefeld legte auf und wandte sich wieder Sommer zu.

„Das war die Zahnärztin Ihres Vermissten. Tomczyk und Schwameyer waren schon da. Sie schickt mir die Röntgenbilder per E-Mail. Scheint eine sehr moderne Praxis zu sein. Technisch auf dem neuesten Stand. Also, dann können Sie sicher heute noch mit Ergebnissen rechnen. Ich rufe Sie umgehend an."

Sommer bedankte sich. Danach trennten sie sich und Sommer war froh, aus dem unterirdischen Gemäuer wieder nach oben steigen zu dürfen.

Als er die Eingangsebene wieder erreicht hatte, fiel sein Blick nach links auf die Cafeteria des Krankenhauses und augenblicklich meldete sich ein deutliches Hungergefühl. Ein Blick auf die Uhr verriet ihm, dass es in der Tat Zeit für eine Mittagsmahlzeit war. Ein zweiter Blick, diesmal auf das Angebot der Cafeteria, zeigte ihm jedoch, dass er seinen Hunger hier nicht stillen wollte. Er entschloss sich, zurück ins Präsidium zu fahren, um die Polizeikantine einer geschmacklichen Überprüfung zu unterziehen. Vorher aber musste er noch Kontakt mit Anna und Pit aufnehmen. Diesmal wählte er sofort die Handynummer von Anna, da die beiden vermutlich schon wieder im Auto waren und Pit am Steuer sitzen würde. Er vermutete richtig und Anna meldete sich sofort.

„Anna hier, was gibt es, Frank?" Anna hatte seine Nummer wohl schon im Telefonbuch gespeichert, weshalb nun sein Name in ihrem Display erschien.

„Wie wars bei der Zahnärztin? Ich war soeben bei Lakefeld und habe mitbekommen, dass sie angerufen hat. Ihr seid sicher schon auf dem Rückweg."

„Ja, stimmt. Das ist hier alles problemlos verlaufen. Zu Lakefeld müssen wir eigentlich nicht."

„Nein, das sehe ich auch so. Kommt am besten gleich ins Präsidium. Ich bin auch auf dem Weg dorthin. Vielleicht sehen wir uns in der Kantine. Ich muss erst mal etwas essen. Ach ja, und, beinahe hätte ich es vergessen. Heute Nachmittag um Viertel nach drei kommt die Psychologin Hülsmeier ins Präsidium."

„Ja, in Ordnung. Dann bis nachher, Frank."

Sonja Rosenfeld und Karsten Linnemann saßen im Konferenzsaal im Herforder Polizeipräsidium und versuchten, etwas über den geheimnisvollen Opel Omega herauszufinden. Weiße bzw. wenigstens helle ca. 20 Jahre alte Fahrzeuge dieses Typs gab es nicht mehr so viele im Kreis Herford, erst recht nicht, wenn man sich auf die konzentrierte, die ein „H" im Kennzeichen führten. Das waren insgesamt 23. Bei acht von ihnen wohnten die Halter im Stadtgebiet Herfords im engen Sinne. Drei weitere wohnten in den Außenbezirken, in Elverdissen, Eickum und Stedefreund. Die restlichen zwölf Omegas verteilten sich auf das gesamte Kreisgebiet, von Spenge über Bünde und Rödinghausen bis Vlotho an der Weser. Das würde nicht leicht sein, all diese Halter mit ihren Fahrzeugen aufzusuchen. Um diese Fleißarbeit aber kamen sie nicht herum, wenn sie feststellen wollten, welche dieser Autos noch mit einem alten Kennzeichen ausgerüstet waren. Es gab allerdings fünf Fahrzeuge, die tatsächlich seit Anfang der neunziger Jahre auf ein- und denselben Halter bzw. Halterin zugelassen waren. Um irgendwie anzufangen, beschlossen sie, sich zunächst um genau diese fünf Autos zu kümmern, aber auch die waren weit über das Kreisgebiet verstreut. Wenn sie allein damit beschäftigt wären, würden sie eine sehr lange Zeit brauchen, um alle zu Hause aufzusuchen, und dann war es natürlich absolut nicht sicher, dass sie die betreffenden Personen auch sofort antreffen würden oder wenigstens einen Blick auf den Omega werfen könnten. Sie brauchten Verstärkung. Daran ging kein Weg vorbei.

Gerade als Sonja und Karsten deswegen zu Bringsmeier gehen wollten, meldete sich Rosenfelds Handy. Es war Sommer.

„Hallo, Sonja", meldete er sich. „Wie sieht es bei euch aus? Seid ihr schon weitergekommen?"

Sonja schilderte ihm die aktuelle Situation und Sommer stimmte zu, dass es sich unbedingt lohne, diese Spur zu verfolgen.

„Aber das können auch die Herforder Kollegen übernehmen. Ich werde gleich mal Bringsmeier anrufen, ob der da was machen kann. Euch beide möchte ich unbedingt heute Nachmittag hier in Bielefeld haben. Wir erwarten noch heute eine Bestätigung, ob unsere Vermutung richtig ist, dass es sich bei der Leiche aus der Schule um den vermissten Major a. D. Heinz Klapproth handelt. Das bekommt ihr dann gleich aus erster Hand mit. Wichtiger aber noch ist, dass ich heute Nachmittag um Viertel nach drei einen Termin mit der Polizeipsychologin ausgemacht habe, hier bei uns im Präsidium in Bielefeld. Es ist unbedingt notwendig, dass wir alle dabei sind. Ich erhoffe mir einen wichtigen Einblick in die Persönlichkeit des Täters. Das könnte uns dann vielleicht auch in Bezug auf eure Fahrzeughalter helfen, vorausgesetzt, dass es tatsächlich der Täter war, den der nächtliche Toilettengänger - wie hieß er doch gleich?"

„Herbert Sandmann."

„Ja, also, dem dieser Herbert Sandmann in der Brandnacht begegnet ist. Das kann sich natürlich als blinde Spur erweisen, aber im Augenblick haben wir nicht viel mehr."

„O.k.", versuchte Rosenfeld das Gespräch zu beenden, „wir kommen also alsbald nach Bielefeld. Aber sollten wir nicht Bringsmeier selbst in Kenntnis setzen, wir waren es ja, die die Sache mit dem Omega recherchiert haben. Wegen der Verstärkungskräfte kannst du ihn dann persönlich anrufen. Aber dann weiß er wenigsten schon Bescheid."

„Ja, genau, so machen wir's. Ihr informiert jetzt Bringsmeier und könnt ihm schon einmal mitteilen, dass ich ihn meinerseits anrufen werde. Und dann kommt ihr umgehend ins Präsidium, d.h. ihr werdet sicher erst noch etwas zu Mittag essen wollen. Ich übrigens auch. Wir treffen uns also nach dem Mittagessen hier in meinem Zimmer.“ Damit war das Gespräch beendet und beide legten auf.

Mit den Ergebnissen des Vormittages war Sommer zufrieden. Es war Bewegung in die Sache gekommen. Es gab Spuren, denen man nachgehen konnte, wenn auch nicht sehr viele, aber immerhin. Mit einer gewissen inneren Ruhe machte er sich auf den Weg in die Kantine. ‚Eine Kantine ist eine Kantine ist eine Kantine', dachte er, als er den großen, etwas tristen Raum betrat. Mit ein paar Hydrokulturpflanzen hatte man versucht, das Gesamtbild aufzulockern. ‚Immerhin', dachte Sommer, ‚mal sehen, wie das Essen ist.' Es gab Vorspeisen, hauptsächlich Salat, und Nachtisch vom Büffet. Bei den Hauptgerichten konnte er wählen zwischen drei Menüs, eines davon vegetarisch, die beiden anderen Hausmannskost. Das vegetarische Essen wurde, wie er beobachten konnte, nur sehr wenig nachgefragt, hauptsächlich von weiblichen Polizeiangehörigen. Er entschied sich für Kohlroulade mit Püree. Dazu ein großes Glas Apfelschorle. Eine Offenbarung war das Essen allerdings nicht. Es schmeckte doch sehr nach Großküche. ‚Kochen die hier eigentlich selbst', dachte er. ‚Wahrscheinlich nicht. Das Essen wird sicher vorgegart von einer Großküche geliefert. Hier wird es dann nur zu Ende gegart und mehr oder weniger nett angerichtet. Das ist ja heute fast immer so. Schade eigentlich. Aber der Sparzwang regiert überall.'

Nach dem Essen ging Sommer in sein Dienstzimmer. Bald würden seine Mitarbeiter eintreffen und dann auch die Psychologin Frau Hülsmeier. Er hatte noch etwas Zeit und deshalb nutzte er sie, um Bringsmeier in Herford anzurufen und ihn zu bitten, einige Mitarbeiter zur Verfügung zu stellen, um die Halter der Omegas und deren Fahrzeuge ausfindig zu machen. Dabei erlebte er jedoch eine Enttäuschung. Das Gespräch verlief ganz und gar nicht nach seinen Vorstellungen. Bringsmeier war nicht bereit, einige seiner Leute für diese Aufgabe abzustellen. So ginge das nicht, hatte er gepoltert. Er brauche seine Mitarbeiter für die eigenen Ermittlungen. Da müsste Sommer schon mit seinen eigenen Kräften auskommen. Resigniert gab Sommer schließlich auf. Er musste einsehen, dass er in dieser Sache mit einer freundlichen Bitte nicht weiter kam. Ohne eine dienstliche Weisung ging hier nichts. Aber war es jetzt schon so weit, eine Sonderkommission zu bilden? Er war unschlüssig und wollte sich deshalb mit seinen Kollegen besprechen. Auch das, was die Psychologin zu sagen hätte, würde dabei eine Rolle spielen. Also beschloss er noch abzuwarten. Dennoch rief er seinen Vorgesetzten Kriminaldirekter Wende an, ohne allerdings von Bringsmeier zu berichten. Er setzte ihn lediglich darüber in Kenntnis, dass die Psychologin Hanna Hülsmeier am Nachmittag ins Präsidium kommen würde. Wende sagte sofort zu, dabei zu sein. Er solle ihm kurz Bescheid geben, wenn sie im Haus sei.

Es klopfte kurz und die Tür seines Büros wurde mit einem Ruck aufgeworfen. Rosenfeld und Linnemann kamen herein.

„Hallo“, begann Linnemann sofort, „hast du schon mit dem Bringsmeier telefoniert? Der Kerl spinnt doch total! Du kannst dir nicht vorstellen, wie dieser – Kollege“, er zögerte bewusst bei diesem Wort, „uns hat abblitzen lassen. Er wäre doch nicht unser Hilfssheriff, der von uns Aufträge entgegennähme. Sie hätten schließlich auch noch anderes zu tun. Wenn wir solche tollen Erkenntnisse, wie die mit dem alten Opel, gewonnen hätten, dann sollten wir doch auch sehen, wie wir damit klar kämen …"

„Hey, Karsten, komm runter! Setz dich doch erst mal. Und vor allem, nimm es nicht persönlich." Sommer versuchte beruhigend auf seinen jungen Kollegen einzugehen. „Ich kenne den Bringsmeier ja noch von früher, von der Schule sogar. Der hat sich schon damals immer gern aufgeregt, wenn andere besser waren als er selbst, und das kam oft vor, vor allem deshalb, weil er selbst einen – wie soll ich sagen – starken Hang zur Faulheit hatte. Scheint, dass diese Bequemlichkeit jetzt wieder zugeschlagen hat. Ich hab' übrigens tatsächlich schon mit ihm telefoniert und mir dabei diegleiche rüde Absage eingefangen wir ihr. Irgendwann habe ich das Gespräch dann einfach beendet. Bei unserer Besprechung heute Nachmittag wird es auch darum gehen, wie wir da weiterkommen. Eins steht fest, wenn wir Unterstützung aus Herford haben wollen, dann bekommen wir die nicht ohne dienstliche Anweisung. Und dazu brauchen wir unseren Chef, Kriminaldirektor Wende. Auch mit ihm habe ich schon gesprochen, wenn auch noch nicht über Bringsmeier. Er wartet auf ein Zeichen von uns, wenn die Psychologin da ist. Dann kommt er rüber. – Aber nun zum Fall: Sonja, das, was du da herausgefunden hast, ist in jedem Fall so wichtig, dass wir da am Ball bleiben müssen. Diese Spur könnte uns vielleicht tatsächlich zum Täter führen oder zumindest in seine Nähe. Ihr beiden, du und Karsten, ihr bleibt da dran. Und ich will sehen, ob das irgendwie doch mit der Verstärkung klappt."

In diesem Moment wurde erneut die Bürotür geöffnet und Tomczyk und Schwameyer kamen herein.

„70 Euro und ein Punkt in Flensburg – elender Mist diese Radarfalle auf der A 2", polterte Pit los. „Die

Tussi bei der Stadt Bielefeld, die das bearbeitet, war völlig unerbittlich. ‚Gerade Sie als Polizeibeamter sollten ein leuchtendes Vorbild sein.' ", äffte er die Sachbearbeiterin nach. „Auch bei einer Dienstfahrt hätte ich mich an die StVO zu halten. Schließlich wären auch Vertreter und Brummifahrer auf Dienstfahrt."

„Na ja, 70 Euro und ein Punkt – das kann man doch verschmerzen", versuchte Sommer zu beruhigen.

„Nicht, wenn das der insgesamt zehnte Punkt ist. Da wird es dann langsam eng", gab Anna zu bedenken.

„Oh!", war alles, was Sommer dazu einfiel.

Das Telefon unterbrach die Diskussion, bevor es unangenehm wurde. Sommer nahm ab:

„Hallo, Herr Lakefeld. Schön, von Ihnen zu hören. Gibt es was Neues?" Danach trat Stille ein. Sommer lauschte offenbar angespannt in den Hörer.

„Das ist ja interessant …, ja in der Tat, … doch, das sehe ich auch so, … doch, doch … Ja, dann danke ich Ihnen für diese Nachricht und vor allem, dass es so schnell ging … Wirklich gute Arbeit … Nein ehrlich! …Vielen Dank."

„Wir kommen voran!", teilte Sommer jetzt den anderen im Raum mit. „Der Tote ist identifiziert, jedenfalls zunächst aufgrund des Zahnstandes. Die DNA-Analyse steht noch aus, aber der Zahnstand ist dennoch als Beweis ausreichend. Unser Toter aus der Schule ist tatsächlich der vermisste Ex-Major aus Senne. Damit können wir jetzt von einer zweiten Seite an die Sache herangehen. Anna und Pit, das wird eure Aufgabe sein. Ich habe eben schon gesagt, dass Sonja und Karsten die Herforder Spur verfolgen. – Ach, das wisst Ihr ja noch gar nicht." Mit kurzen, klaren und präzisen Worten erläuterte er das, was er jetzt die Omega-Spur nannte. Dann fasste er zusammen:

„Also, Anna und Pit, ihr kümmert euch um das Umfeld von Heinz Klapproth. Er war Major bei der Bundeswehr. Vielleicht findet ihr da etwas heraus, was uns zum Täter bringt. Sonja und Karsten machen sich auf die Suche nach dem besagten Omega. Ich sorge für Verstärkung. Aber zuerst muss die Witwe informiert werden. Das übernehme ich. Pit, Anna – Frau Klapproth hatte doch etwas von einer Pfarrerin gesagt. Kann jemand den Namen herausfinden? Das muss eine Kirchengemeinde sein, in deren Bereich der Senner Waldweg liegt."

„Evangelisch oder katholisch?", fragte Anna.

Sommer schaute erstaunt auf. Dann sagte er: „Evangelisch natürlich. Oder habe ich etwas verpasst? Hat die katholische Kirche inzwischen doch Priesterinnen zugelassen?"

„Oh, nein, natürlich." Anna war etwas verlegen, was sich aber im allgemeinen Gelächter sofort wieder legte. Dann ging sie an den Computer und suchte Name und Telefonnummer der Pfarrerin heraus. Nach kurzer Zeit hatte sie beides gefunden: „Das ist Frau Dagmar Giljohann. Die Kirchengemeinde ist die Emmaus-Gemeinde in der Buschkampstraße, Telefonnummer habe ich hier auf dem Zettel notiert."

Sommer bedankte sich und griff unmittelbar zum Hörer. Offenbar hatte er Glück und erreichte die Pfarrerin, allerdings auf ihrem Handy. ‚Anrufweiterschaltung!', dachte Sommer. Er erläuterte ihr kurz die Situation und bat sie, mit ihm zusammen Frau Klapproth aufzusuchen. Als Termin wollte er den späten Nachmittag vorschlagen, doch Frau Giljohann kam ihm zuvor.

„Entschuldigung, Herr Sommer, aber das können wir so nicht machen. Ich bin soeben bei Frau Klapproth gewesen. Die arme Frau ist vollkommen am Ende. Wir machen das anders. Ich kehre auf dem Fuß um und informiere sie. Wenn Sie noch Fragen an Frau Klapproth haben im Zuge Ihrer Ermittlungen, dann können Sie die natürlich noch später stellen. Aber zunächst muss die Frau wissen, was geschehen ist. Übrigens: Könnten Sie sich vorstellen, dass ich bei einer eventuellen Befragung anwesend bin? Ich vermute sehr stark, dass Frau Klapproth das möchte, und bin überzeugt, dass es gut für sie ist. Sie ist ja jetzt ganz allein zu Hause."

Sommer fand das insgesamt eine gute Idee und er versprach, sich bei der Pfarrerin zu melden, die ihm ihrerseits ihre direkte Handynummer nannte.

Während des Telefongespräches hatte Hanna Hülsmeier, die Polizeipsychologin, den Raum betreten. Nun, nachdem Sommer aufgelegt hatte, machte sie sich bemerkbar und stellte sich vor.

„Sie sind Herr Sommer, nehme ich an? Die anderen im Raum sind mir ja z.T. schon bekannt. Ich bin Hanna Hülsmeier, Psychologin. Sie brauchen meine Hilfe?"

Wenn Frank Sommer unbewusst eine große, schon äußerlich Eindruck machende Frau erwartet hatte, dann wurde er jetzt eines Besseren belehrt. Hanna Hülsmeier war eher klein, ja zierlich. Kaum über 1,60 m, sportlich schlank und hatte lange blonde Haare, die sie nach hinten zu einem Pferdeschwanz zusammengebunden hatte. Dazu trug sie eine dunkle Brille. Auch ihre Kleidung – Jeans, flache Schuhe und lockerer Pulli - ließ eher an eine Studentin denken als an eine Psychotherapeutin mit eigener Praxis, die zudem noch Polizeipsychologin war. Dennoch war ihr Auftreten vom ersten Moment an, als sie das Zimmer betrat, klar und selbstbewusst. Sie schien sich dessen, was sie konnte, sicher zu sein.

„Ja, in der Tat", sagte Sommer, nachdem er ungewollt einen kleinen Moment hatte verstreichen lassen. „Ein Mord und eine damit zusammenhängende Brandstiftung beschäftigen uns. Sie haben sicher davon in der Zeitung gelesen. Aber sollten wir nicht in einen anderen Raum wechseln. Hier ist es doch etwas zu eng. Im Übrigen kommt Kriminaldirektor Wende noch dazu. Ich habe ihn vorhin informiert, dass Sie heute Nachmittag kommen. Er wartet auf meinen Anruf, wenn es soweit ist. Drüben im Konferenzraum ist mehr Platz und dort gibt es eine Tafel und eine Pinnwand. Ich finde es immer hilfreich, wenn man mündliche Worte mit grafischen Notizen unterstützt. Dort erzähle ich Ihnen alles, was wir bisher herausgefunden haben. Und dann würde ich Ihnen gern das Wort überlassen, in der Hoffnung, dass Sie sich so schnell ein Bild machen können."

Während die anderen zum Konferenzzimmer hinübergingen, informierte Sommer kurz seinen Chef, der sich sofort in Bewegung setzte. Als er anwesend war, nahm Sommer einen Boardmarker in die Hand und begann mit grafischer Unterstützung alles, was sie bisher wussten, zusammenzufassen. Da es sich um ein magnetisches Whiteboard handelte, heftete er auch noch Fotos dazu, z.B. vom Tatort.

Ein Foto vom ermordeten Heinz Klapproth hatte er auch schon aus der Datenbank des Einwohnermeldeamtes. Es sah sehr nach Passfoto aus. Immerhin hatten sie nun auch ein Gesicht zu dem grausam entstellten Ex-Major.

Als er seinen Vortrag beendet hatte, trat eine gespannte Stille ein, bei der alle Blicke sich auf Hanna Hülsmeier richteten, die nach vorne zur Tafel kam und sich stumm in das vertiefte, was Sommer dort notiert hatte. Eine Weile hielt diese Stille noch an, dann drehte sie sich um und sagte:

„In Ordnung, ich will mal eine erste Bewertung versuchen. Ganz vorläufig natürlich, aber aus dem, was Sie mir erzählt haben, lassen sich doch schon ein paar Rückschlüsse ziehen. Zuerst: Es handelt sich mit ziemlicher Sicherheit um einen männlichen Täter, aber das haben Sie alle sicher auch schon vermutet. Erschlagen, dazu noch so brutal, plus Brandstiftung – das weist auf einen Mann hin. Darüber hinaus ist das wichtigste Merkmal des gesamten Tatherganges, dass alles sehr theatralisch wirkt. Hier will einer ein Zeichen setzen. Und er will, dass es die Öffentlich wahrnimmt. Er bringt die Leiche vermutlich unter großer Mühe von der Senne nach Herford, setzt sie dort auf den Stuhl des Schuldirektors und legt einen Brand. Warum tut er das? Es sieht so aus, als handele es sich um einen privaten Rachefeldzug, aber er soll nicht privat bleiben. Die Öffentlichkeit soll Notiz davon nehmen. Möglicherweise ist dem Täter Unrecht geschehen oder zumindest stellt sich das so aus seiner Sicht dar. Unrecht, das vielleicht schon vor langer Zeit begann, deshalb vielleicht die Brandstiftung in der Schule, vorausgesetzt, es war seine alte Schule – haben Sie da schon Erkenntnisse?"

„Nein, noch nicht."

„ Sie sollten das ins Auge fassen! – Diese Unrechtserfahrungen haben sich danach vermutlich fortgesetzt. Was die Art dieser Unrechtserfahrungen angeht, muss da noch mehr im Spiel sein. Ich vermute, dass er sein gesamtes Leben unter diesem Gesichtspunkt sieht. Es könnte sein, dass sich für ihn eine Erfahrung dieser Art an die andere reiht, dass allerdings jetzt irgendetwas passiert ist, das diese Explosion ausgelöst hat. Irgendetwas, was sozusagen endgültig dem Fass den Boden ausgeschlagen hat. Das war dann letztendlich zu viel. Da hat er beschlossen: ‚Jetzt reicht's! Jetzt zeig ich's ihnen! Jetzt ist Schluss!' Zumindest legt sich mir diese Vermutung nahe."

„Und nun zum Opfer." Hanna Hülsmeier zeigte auf das Foto des Toten. „Er war Major bei der Bundeswehr. Vielleicht war unser Täter auch Soldat und hatte mit Heinz Klapproth zu tun. Das sollten Sie recherchieren. Es gibt eine Verbindung.

Ich komme noch einmal auf die Schule zurück: Bei Schule könnte man an Versagen denken. Er könnte eine Randfigur gewesen sein, die nicht wirklich ernst genommen wurde. Ein Mobbing-Opfer vielleicht. Er legt den Brand im Direktorenzimmer und setzt den Major auf dessen Stuhl. Vielleicht hat er sich zu einem bestimmten Zeitpunkt auch von dem Schulleiter enttäuscht gefühlt oder - auch möglich - irgendwie diffus von allen Lehrkräften, und der Chef steht symbolisch für die gesamte Schule. Etwas Ähnliches kann man vielleicht auch bei der Bundeswehr vermuten. Auch dort könnte er ein Mobbing-Opfer gewesen sein und Klapproth als sein Vorgesetzter hat ihn nicht genügend geschützt? Könnte sein - muss aber nicht. Hängt davon ab, ob er als Wehrpflichtiger zur Bundeswehr kam oder ob er Freiwilliger war, Zeitsoldat zum Beispiel."

„Kann man sich bei einem solchen - wie soll ich sagen - armen Würstchen vorstellen, dass er freiwillig zum Bund geht?" Pit hatte diesen Einwand vorgebracht.

„Ja, durchaus, das würde dann bedeuten, dass er sich mit der Uniform sozusagen Macht ausleiht, Macht, die er bisher nicht gehabt hatte. Aber das ist nun wirklich reine Spekulation. Dafür wissen wir noch zu wenig. Dennoch: Rache und ‚Ich zeig's allen', das wäre eine Machtdemonstration, und es scheinen die verbindenden Motive dieser Tat zu sein. Brandstiftung z.B. hat immer wieder mit Machtausübung zu tun. Der Brandstifter ist es, der sozusagen die Puppen tanzen lässt. Er beordert mit seiner Tat Rettungskräfte zum Tatort. Um sich an diesem Gefühl der Machtausübung zu weiden, bleibt er dann gern in der Nähe des Brandes oder hilft sogar beim Löschen mit, wenn er nicht ohnehin selbst Feuerwehrmann ist, wie wir es ja gerade erst in zwei Fällen hier in Ostwestfalen erlebt haben."

„Meinen Sie, unser Mann ist Feuerwehrmann?"

„Nein, das glaube ich in diesem Fall nicht. Der Mord an Heinz Klapproth passt nicht ins Bild. Feuerwehrleute legen gern Brände, die ein großes Löschaufgebot erfordern, aber sie haben keine Menschenopfer im Sinn. Schon gar nicht vorsätzlich durch einen vorher gezielt durchgeführten Mord. Nein, hier geht es um etwas anderes. Hier ist über Jahre, vielleicht Jahrzehnte aufgestaute Wut und Enttäuschung im Spiel. Wir haben es mit einem zutiefst gekränkten und in seiner Seele verletzten Menschen zu tun, der nun unkontrolliert um sich schlägt. Da ist etwas in Gang gekommen, das er selbst vermutlich gar nicht mehr beherrscht. Wenn ich ehrlich sein soll: Ich würde an Ihrer Stelle sehr schnell versuchen, ihn zu finden, unter Aufbietung aller Kräfte. Die Sache ist noch nicht vorbei!"

Die letzten Worte hallten wie Donner durch den Raum. Die Sache ist noch nicht vorbei! In den Gesichtern der Ermittlergruppe stand Betroffenheit und Ratlosigkeit, in manchen Gesichtern war auch echte Angst zu erkennen.

„Warum ist eigentlich in der Presse nichts über den Mord und den Toten geschrieben worden, sondern nur über den Brand, und das eher als eine Art Randnotiz?", fragte Hanna Hülsmeier.

„Ich hielt das für klüger", antwortete Sommer. „Ich wollte nicht, dass die Bevölkerung unnötig in Panik versetzt wird."

„Kann ich verstehen, könnte aber sein, dass es in diesem Fall falsch war."

Sommer und die Kollegen wurden erneut bleich bei diesen Worten.

„Wie meinen Sie das?", fragte er deshalb zögerlich.

„Nun, vorausgesetzt, das, was ich bisher gesagt habe, stimmt, dann könnte der Täter sich durch das Zurückhalten der Meldung provoziert fühlen. Er könnte das Gefühl haben, dass er wieder einmal nicht ernst genommen wird und dass er deshalb ein weiteres, vielleicht noch stärkeres Signal setzen muss. Wie gesagt: ich würde sagen, lassen Sie alles andere liegen. Kümmern Sie sich nur noch um diesen Fall, und zwar mit Hochdruck."

Die Stille, die nach dem Vortrag der Psychologin eingetreten war, war bedrückend. Alle sahen sich betroffen an und mussten erst einmal tief Luft holen. Vor allem Sommer war überaus irritiert. Er war enorm froh gewesen, dass die Presse den Brandanschlag nicht aufgebauscht hatte. Von Köln her war er da Schlimmes gewohnt, wenn die sensationslüsterne Boulevardpresse sich eines Falles bemächtigte. Aber sollte das hier genau falsch gewesen sein? Sollte sich der Täter vielleicht genau dadurch zu weiteren Taten animiert fühlen?

„Frau Hülsmeier, eine Frage", meldete er sich deshalb zu Worte. „Sie haben gesagt, dass der Täter sich durch die Zurückhaltung der Presse zusätzlich provoziert fühlen könnte. Angenommen, die Presse hätte über den Toten berichtet, wären dann weitere Aktionen des Täters ausgeschlossen?" Sommer musste das einfach fragen.

„Nein, in dieser Eindeutigkeit lässt sich weder das eine noch das andere sagen. Wenn das so bei Ihnen angekommen ist, dann ist das in dieser Form nicht zutreffend. Es könnte auch sein, dass unser Täter seine Tat nie ausreichend gewürdigt sieht, egal was und wie auch immer die Presse berichtet. Subjektiv ist ihm Schlimmes geschehen und das über einen vermutlich langen Zeitraum. Das bricht jetzt nach außen. Äußere Einflüsse spielen dabei höchstens eine Randrolle."

Sommer war erleichtert über diesen Hinweis, und den anderen im Raum ging es nicht anders. Die Vorstellung, durch einen taktischen Fehler den Täter zu neuen Taten zu provozieren, war zu bitter. Dennoch blieb die eindeutige Botschaft: Dieser Täter darf auf keinen Fall unterschätzt werden! Wieder trat eine kurze Stille ein. Es war Wende, der sie unterbrach:

„Meine Damen und Herren, wir haben es mit einem offenbar gestörten und äußerst gefährlichen Täter zu tun. Frau Hülsmeier hat recht: Dieser Fall muss äußerste Priorität haben. Aus diesem Grunde muss eine Sonderkommission gebildet werden, die mit genügend Personal ausgestattet ist, damit möglichst viele Dinge gleichzeitig getan werden können. Die Verfolgung der Omega-Spur mag dafür als Beispiel stehen. Herr Sommer, Sie sind der Leiter dieser SOKO, bei Ihnen laufen alle Fäden zusammen und Sie sind es, der mir Bericht erstattet. Sie und ich, wir sind es auch, die gemeinsam den Kontakt zur Presse halten. Frau Hülsmeier, ich möchte Sie bitten, unbedingt und jederzeit

Herrn Sommer zur Seite zu stehen. Die darüber hinausgehende Arbeitsaufteilung innerhalb der SOKO übernimmt natürlich Herr Sommer. Ich meinerseits werde Weisung an die verschiedenen Abteilungen im Haus erteilen, Fahnder für die SOKO zur Verfügung zu stellen."

„Werden in dieser SOKO auch Kollegen aus Herford beteiligt sein?", fragte Sommer jetzt.

„Ja, sicher. Die Omega-Spur kann viel besser von da aus verfolgt werden. Im Übrigen hat der Brand doch dort stattgefunden. Also geht das auch die Herforder an." Wende legte eine erstaunliche Entschlussfreudigkeit an den Tag sowie eine hilfreiche und angemessene Klarheit in seinen Anweisungen.

„Herr Wende", gab Sommer erneut zu bedenken. „Die Kollegen Rosenfeld und Linnemann sowie auch ich selbst haben bereits versucht, auf dem ‚kleinen Dienstweg' den Kollegen Bringsmeier in Herford zur Zusammenarbeit zu bewegen. Er hat es abgelehnt und zwar in einem so rüden Ton, dass ich den hier nicht wiederholen möchte."

„Der Kollege Bringsmeier wird in diesem Fall gar nicht mehr gefragt. Ich werde persönlich mit dem Chef der Herforder Kripo reden. Kriminaldirektor Franzen wird da sicher kooperativ sein. Dann kann der Bringsmeier soviel zetern wie er will."

‚Manchmal haben Hierarchien auch etwas Hilfreiches', dachten die meisten im Raum. ‚Zumindest, wenn man in der Hierarchie oben steht', fügte Linnemann innerlich hinzu.

„O.k., Leute. Ihr habt es gehört", übernahm Sommer jetzt wieder das Wort. „Wir sind der Kern der neuen SOKO. Vorläufig sind zwei Untergruppen sinnvoll. Hoffentlich bleibt das auch so. Wir alle hätten sicher nichts dagegen, wenn die Psychologin Unrecht hätte. Die erste Gruppe verfolgt die Omega-Spur: Sonja und Karsten sind da zuständig. Die zweite Gruppe verfolgt die Klapproth-Spur. Eine Frage wird sein: Hat die Bundeswehrzeit des Opfers etwas mit der Sache zu tun? Das machen natürlich Anna und Pit. Die Befragung der Witwe übernehme ich selbst. Die dort zuständige Pastorin wird dabei sein. Frau Klapproth könnte dann offener für meine Fragen sein. Im Übrigen werde ich koordinieren und hier und da eingreifen, wenn es notwendig und sinnvoll ist. Alle Informationen, die ihr sammelt, bitte per E-Mail an mich und an Kriminaldirektor Wende. Ich werde mit dem – wie hieß doch noch der EDV-Mensch? – Klausberg, richtig, ich werde also mit Herrn Klausberg dafür sorgen, dass die Informationen über ein eigenes Intranet allen SOKO-Mitgliedern zur Verfügung stehen. Der Arbeitstag beginnt hier morgens um acht mit einer Lagebesprechung. Das gilt auch morgen am Sonnabend. Daran führt leider kein Weg vorbei. Am Sonntag ist ein Tag Ruhe, wenn nichts dazwischenkommt. Nehmt euch aber nichts weiter vor, sondern seid abrufbereit. Das wars für heute. An die Arbeit. Morgen früh sehen wir uns hier wieder."

Während Sonja, Karsten, Anna und Pit damit begannen, ihre jeweiligen Aufgaben in Angriff zu nehmen, rief Sommer unmittelbar nach der Besprechung die Pastorin Giljohann an, um sich mit ihr bei Frau Klapproth zu treffen. Für Pastoren gibt es ja eine sehr strenge dienstliche Schweigepflicht bis hin zum absolut unverbrüchlichen Beichtgeheimnis; deshalb sah Sommer kein Problem darin, sie bei dem Gespräch dabeizuhaben, zumal Frau Klapproth dadurch vielleicht dies Gespräch etwas leichter fiele und damit mehr Informationen gewonnen werden könnten. Sommer erreichte Dagmar Giljohann auf dem Handy während eines Geburtstagsbesuches bei einem 80-jährigen Gemeindemitglied. Sie sagte zu, in einer guten Stunde bei Frau Klapproth zu sein.

Eine Stunde – das war gut. Wenn man eine halbe Stunde Fahrtzeit berücksichtigte, hatte er noch Zeit, kurz zu Hause vorbeizuschauen und eine Kleinigkeit zu essen. Außerdem hoffte er, auch seine Frau sehen zu können. Es war wirklich ganz wunderbar, dass zwischen ihrem neuen Haus in Dornberg und dem Präsidium nur fünf Minuten Fahrzeit lagen. Und in diesem Fall war es nicht einmal ein Umweg. Er fuhr sofort los.

Richtung Senne führte Sommers Weg durch das wichtigste Naherholungsgebiet für Bielefeld und Umgebung. Im Zentrum lag der Tierpark Olderdissen. Er musste schmunzeln, als er daran dachte, dass die Bielefelder den Namen dieses Tierparks immer „Ollerdissen" aussprachen – ohne „d" aber dafür mit zwei „l". Das Ostwestfälische war schon eine für Fremde oft irritierende Sprache mit vielen eigenen Idiomen und merkwürdigen Satzkonstruktionen. An einen besonders schönen Satz erinnerte er sich jetzt. Er hatte ihn vor ein paar Tagen von seinem Nachbarn gehört, der mit seiner Frau im Garten sprach: „Leech den Poahl hier ma anne Seite, da fällt man ssich ja über, wenn der hier in'n Weech liecht!" (*Leg diesen Pfahl mal zur Seite. Wenn der hier im Weg liegt, fällt man ja darüber.*) Als Sommer jetzt am Tierpark vorbeifuhr, staunte er, wie gut besucht der Park offenbar auch an einem späten Freitagnachmittag war, der Parkplatz war jedenfalls zu weit mehr als die Hälfte gefüllt. An Wochenenden war hier oft kein Bein an die Erde zu bekommen. ‚Wieder so eine ostwestfälische Redewendung', dachte er, oder sagte man das anderswo auch?

Nach einer halben Stunde hatte er wie erwartet den Senner Waldweg erreicht. Ein Golf parkte bereits vor der Tür, vermutlich die Pastorin. Sommer ging deshalb unmittelbar zum Haus und klingelte an der Haustür. Es dauerte einen Moment, dann öffnete eine Frau im mittleren Alter. Sie war knapp 1,70 m groß und trug eine sommerliche Bluse sowie einen modischen Jeansrock über schwarzen Leggings und dazu flache Ballerina-Schuhe. Wer auch immer geglaubt hätte, Pastorinnen wären modisch eher nicht auf dem neusten Stand, der konnte sich hier vom Gegenteil überzeugen.

„Ah, Herr Sommer, nehme ich an", sagte sie. „Ich bin Dagmar Giljohann. Wir hatten miteinander telefoniert. Die Pastorin."

„Ja, sicher", antwortete Sommer, „ich dachte mir schon, dass Sie bereits da sind. Der Golf vor der Tür … Wie geht es Frau Klapproth? Kann ich mit ihr sprechen?"

„Nun ja, sie ist ziemlich am Ende, das können Sie sich vermutlich denken. Aber sie weiß, dass Sie kommen, und ist bereit, Ihre Fragen zu beantworten. Kommen Sie herein."

Sommer folgte Giljohann in das ihm schon vom Vormittag bekannte Wohnzimmer. Dort saß Frau Klapproth tief in einen Sessel gesunken. Sie bot ein vollkommen anderes Bild als am Morgen. Bei Sommers erstem Besuch wirkte sie besorgt, aufgeregt, ängstlich, aber auch aktiv, ja hektisch. Getrieben von einer noch vorhandenen Hoffnung, ihren Mann bald lebend zu finden, verletzt vielleicht oder nach einem Herzinfarkt an Schläuchen in einem Krankenhaus liegend, aber eben lebend. All das war jetzt vorbei, die letzte Hoffnung zerplatzt. Es gab nichts mehr zu tun, keine Aktivität mehr, keine Hektik, nur noch Trauer, Verzweiflung, Müdigkeit und Schwärze der Seele. Sommer hatte solche Situationen schon oft in seinem Beruf erlebt. Gewöhnen konnte er sich nicht daran. Es war und blieb eine Extremsituation. Vor einigen Jahren sah er sich deshalb genötigt, in eine psychologische Beratung zu gehen, weil das Mitgefühl mit den Opfern überhand nahm und er seine Arbeit nicht mehr distanziert genug ausüben konnte. Einen Satz seines Therapeuten von damals hatte er besonders in Erinnerung behalten: Einfühlen ja, aber nicht mitfühlen. Wer mitfühlt, begibt sich in diegleiche verzweifelte Lage wie das trauernde Opfer und damit in dieselbe Müdigkeit und Hoffnungslosigkeit. Aber genau das darf ihm als Polizist nicht passieren. Er muss agieren, muss aktiv nach dem Täter suchen. Das ist es, was die Opfer von ihm erwarten und nicht sozusagen solidarische Müdigkeit und Trauer. Die Beratung hatte ihm geholfen, diese Zusammenhänge zu erkennen, und er profitierte davon in seinem Beruf. Auch jetzt in diesem Gespräch.

„Frau Klapproth", begann er, „fühlen Sie sich in der Lage, schon einige Fragen zu beantworten?"

„Was ist denn nur passiert? Wie ist mein Mann nach Herford gekommen? Was wollte er dort? Und wo ist unser Hund? Ich verstehe das alles nicht!"

„Ehrlich gesagt, wir verstehen auch noch nicht sehr viel. Aber es steht leider fest, dass der Tote, den wir bei dem Brand der Schule in Herford gefunden haben, Ihr Mann ist."

„Wo ist mein Mann denn jetzt? Ich möchte zu ihm. Ich möchte mich verabschieden von ihm. Können Sie das veranlassen?"

„Annegret", brachte sich die Pastorin Giljohann jetzt ein, „das ist leider nicht möglich. Dein Mann ist durch den Brand furchtbar entstellt, wenn ich die Polizei richtig verstanden habe. Deshalb mussten sie ihn doch auch mit Hilfe des Zahnstandes identifizieren."

„Ja, sicher, ich weiß das, aber ich habe das Gefühl, mich irgendwie verabschieden zu müssen. Was ist mit seinen Sachen? Sind die auch … verbrannt?" Bei den letzten Worten begann sie herzzerreißend zu schluchzen.

Sommer wartete einen Moment, dann antwortete er: „Ich fürchte, das meiste ja. Ich kann aber in der Gerichtsmedizin nachfragen. Etwaige Wertsachen erhalten Sie ohnehin, eine Armbanduhr vielleicht oder den Ehering z.B. Ich verspreche Ihnen, dass Sie diese Gegenstände in jedem Fall erhalten, egal wie sehr sie in Mitleidenschaft gezogen sind."

Sommer machte eine Pause. Frau Klapproth nickte und wurde etwas ruhiger. Sie schien mit dieser Antwort zufrieden zu sein. Das ermutigte Sommer, weiter zu fragen.

„Frau Klapproth. Ihr Mann war bis zu seiner Pensionierung Major bei der Bundeswehr?" Sie nickte. „Wo war er zuletzt stationiert und seit wann ist er eigentlich im Ruhestand gewesen?"

Annegret Klapproth richtete sich etwas auf und beantwortete die Fragen so gut sie konnte: „Die letzten sieben Jahre war er in Augustdorf stationiert. Vorher sind wir viel herumgekommen, vor allem am Anfang waren wir mal hier, mal dort. Das ist bei Soldaten so. Zuletzt wurde das aber besser und wir konnten hier dieses Häuschen kaufen. In den Ruhestand ging er vor zwei Jahren. Der 30. April vor zwei Jahren war sein letzter Arbeitstag. Das war eine sehr bewegende Abschiedsfeier damals. Mein Mann war sehr korrekt in seinem Beruf, müssen Sie wissen - und nicht nur dort", fügte sie nach einer winzigen Pause mit Nachdruck hinzu. „Gesetze und Vorschriften sind nicht erlassen worden, um sie zu brechen, sondern um sie einzuhalten, hat er immer gesagt. Manchmal konnte er auch ein Prinzipienreiter sein - nun ja, jeder hat seine Schwächen. Aber man konnte sich 100% auf ihn verlassen. Das war die positive Seite seiner Korrektheit. Deshalb glaube ich, war er bei Kameraden und Untergebenen auch beliebt, in jedem Fall aber geachtet."

„Hat Ihr Mann des Öfteren von seinem Berufsalltag erzählt? Gab es irgendwelche negativen und belastenden Vorfälle, an die Sie sich erinnern, sagen wir in den letzten fünf, sechs Jahren?"

Annegret Klapproth zögerte eine Weile mit der Antwort. Sie dachte offensichtlich nach. „Nein, da fällt mir jetzt nichts ein", sagte sie schließlich. „Wissen Sie, sehr viel hat er über seinen Alltag in der Kaserne nie erzählt."

„Natürlich, ich verstehe. Gab es sonst irgendetwas, außerhalb der Bundeswehr?"

Frau Klapproth sah Sommer an. Ihr Blick signalisierte Unverständnis für diese Frage. Dann schüttelte sie energisch den Kopf.

„Wir machen das so", schloss Sommer das Gespräch. „Ich gebe Ihnen meine Karte mit meiner Telefonnummer, auch die Handynummer. Wenn Ihnen irgendetwas einfällt, beruflich oder privat, dann lassen Sie es mich wissen, auch am Wochenende, jederzeit. Überlegen Sie nicht, ob das, woran Sie sich erinnern, wichtig sein könnte. Häufig führt uns gerade das, was nebensächlich erscheint, auf die richtige Spur. Zögern Sie nicht, rufen Sie mich einfach an. Sie können es aber auch Ihrer Pastorin sagen, die informiert mich dann.“ Ein Blick hinüber zu Dagmar Giljohann zeigte ihm, dass das in Ordnung war. Dann stand er auf und verabschiedete sich sowohl von Frau Klapproth als auch von der Pastorin Giljohann, die offenbar noch etwas bei ihrem Gemeindemitglied bleiben wollte. Draußen im Wagen musste Sommer erst einmal tief Luft holen. Dann startete er den Wagen und fuhr nach Hause.

Neumond, die Nacht war dunkel, so dunkel wie ich es mir gewünscht hatte. Langsam fuhr ich mit meinem Omega an den Tierpark Olderdissen heran. Die Lichter hatte ich ausgeschaltet. Ich wusste zwar, dass hier am Tierpark niemand wohnte, aber man kann nie wissen. Obwohl – um zwei Uhr nachts war bestimmt niemand da, der mich hätte stören können.

Hinten im Kofferraum lag der Polier der Baufirma, Dieter Rabe von der Westfalen-Bau GmbH. Inzwischen war er sogar in die Geschäftsleitung aufgerückt, dieses elende Arschloch. Das hätte er sich nicht träumen lassen, mich noch einmal wiederzusehen. Diese Augen, als er bemerkte, was mit ihm geschehen würde. Überraschung, Angst, flehentliches Wimmern um Gnade – ich konnte kaum genug bekommen von diesem Anblick. Deshalb ließ ich ihn noch eine Weile jammern und flehen. Als er zu laut wurde, musste ich ihm den Mund verkleben. Das steigerte noch die Angst in seinen Augen. Ich genoss es. „Ja, wimmere nur, aber deine Reue kommt zu spät", zischte ich. „Das hättest du dir überlegen sollen, als du mich wie einen räudigen Hund vom Hof hast jagen lassen. Du hattest deine Chance, aber nun ist es zu spät."

Rabe hatte mich damals zusammen mit dem Chef fristlos entlassen. Ich könnte mich nicht einfügen, hatten sie mir vorgeworfen. Ich hätte eigenmächtig gehandelt und dadurch sei dem Unternehmen beträchtlicher finanzieller Schaden entstanden. So ein Unsinn! Wenn sie mich gelassen hätten, wäre alles wunderbar geworden, aber sie mussten sich ja unbedingt einmischen und dadurch ging dann alles schief. Am nächsten Tag nach der Entlassung war ich noch einmal zu ihm gegangen. Hatte ihn angefleht, angebettelt, fast vor ihm auf den Knien gelegen. Alles wäre nicht passiert, wenn sie sich nicht eingemischt hätten. Aber in Zukunft würde ich keine Alleingänge mehr machen. Ich könne mich ändern, ich brauche den Job, die Familie, die Kinder. Alles umsonst. Er hatte nur verächtlich gegrinst und dann hatte er mich mit Hilfe von Kollegen vor die Tür gesetzt; regelrecht vom Hof geprügelt haben die mich. Die blauen Flecke, die ich bekam, als sie mich vor sich herschubsten, schmerzen noch immer, wenn ich daran denke. Und nun wand sich dieser Großkotz von einem Polier vor mir im Dreck wie ein elendes Häufchen. Die Eisenstange hatte ich nicht dabei. Diesmal nahm ich ein Kampfmesser. Wie man damit umging - auch das wusste ich vom Bund. Im Internet hatte ich mir das Messer vor langer Zeit besorgt, ohne damals zu wissen, was ich damit tun könnte. Nun wusste ich es. Ich hatte es eigens noch einmal nachgeschärft.

Dann stach ich zu. Genau zwischen den Rippen hindurch direkt ins Herz. So hatte ich es gelernt, wenn wenig Blut fließen sollte. Und es sollte nur wenig Blut fließen. Nicht wie bei dem Ex-Major. Gut, dass ich da die Müllsäcke dabeihatte. Bei Rabe konnte ich mir aber nicht so viel Zeit für die Vorbereitung lassen. Deshalb: Stich ins Herz, wenig Blut und wenig Schmutz im Auto.

Die Leiche in das Gehege der Wildschweine zu verfrachten, war dann weniger schwierig, als ich befürchtet hatte. Man konnte mit dem Auto bis direkt heranfahren und eingezäunt war das gesamte Gelände ohnehin nicht. Im Tierpark gab es freien Eintritt. Ein wenig Kraft kostete es mich noch, den 90-Kilo-Mann über die niedrige Einfriedung zu wuchten. Auf einen hohen Zaun war verzichten worden, weil das eigentliche Gehege etwas abgesenkt war. Wie praktisch für mich. Kurz bevor ich ihn hineinstieß, schob ich dem Polier noch einen Zettel in den Mund.

Darauf hatte ich seinen Namen geschrieben, und dass er ein Schwein war. Ich wollte, dass die Öffentlichkeit wusste, was er für ein Mensch war und warum er es verdient hatte, hier bei den Schweinen zu landen. Bei dem Major hatte ich darauf verzichtet. Vielleicht war das der Grund, warum nichts in der Zeitung gestanden hatte. Sie erkannten die Zusammenhänge nicht.

Samstagmorgen um acht Uhr war die gesamte Ermittlungsgruppe im Konferenzraum versammelt. Auch einige neue Fahnder waren dazugekommen, sogar Kollegen aus Herford. Sommer erklärte allen die Lage, dann machten sie sich an die Arbeit. Die Gruppe um Sonja Rosenfeld und Karsten Linnemann teilten die Adressen der Opel-Halter untereinander auf, allerdings nicht ohne darauf verwiesen zu haben, dass sie vorsichtig sein sollten und unbedingt auch auf ihren Eigenschutz achten müssten. Wenn der gesuchte Täter unter den Angesprochenen sein sollte, dann sei dieser äußerst gefährlich. Anna Tomczyk und Pit Schwameyer fiel die Aufgabe zu, der Bundeswehr in Augustdorf einen Besuch abzustatten, um dort etwas über die Dienstzeit des Majors a. D. Heinz Klapproth herauszufinden. Sommer selbst als Ermittlungsleiter rief deshalb in der Kaserne an, um mit dem Nachfolger von Heinz Klapproth einen Termin für seine beiden Mitarbeiter auszumachen. Das verlief ganz problemlos.

Der Notruf ging um 07:53 Uhr ein.

„Ist da Polizei?“, meldete sich ein Mann mit russischem Akzent.

„Ja, Sie sind mit der Polizeinotrufzentrale verbunden. Bitte sagen Sie Ihren Namen und Ihr Anliegen.“

„Ich bin Klassen, Tier-", er musste durchatmen, „Tierpfleger in Olderdissen. Hier liegt Toter."

„Bitte nennen Sie Ihren vollständigen Namen, wo Sie sind und was passiert ist. Versuchen Sie sich zu beruhigen. Wir werden Ihnen helfen."

„Waldemar Klassen. Ich bin im Tierpark, in Olderdissen, bei den Wildschweinen. Ich bin Tierpfleger." Er sprach nicht weiter.

„Und Sie haben dort einen Toten gefunden? Habe ich das richtig verstanden? Sind Sie sicher, dass die Person tot ist?"

„Ja, ein Toter. Liegt im Gehege von den Wildschweinen. Sieht ganz schrecklich aus. Gesicht noch von Angst verzerrt. Er hat Stichwunde. Ich weiß, wie Tote aussehen. War als junger Mann in Afghanistan mit russischer Armee. Mann bei Schweinen ist tot!"

„O.k. Ich habe das verstanden. Ich schicke Ihnen Hilfe. Bleiben Sie beim Gehege. Wir kommen."

Waldemar Klassen war bleich vor Schrecken geworden. Das, was er hier erlebte, erinnerte ihn schmerzhaft an seine Erlebnisse während des russischen Afghanistankrieges in den Achtzigerjahren. Der Tote hatte eine tiefe, klaffende Wunde im Brustkorb. Um ihn herum war aber nur wenig Blut. ‚Erstochen worden, direkt ins Herz', dachte Klassen. Aber schlimmer als das jedoch war es, wie er dort im Wildschweingehege lag. Weggeworfen, verachtet, ein Stück Müll. ‚Das sollte keinem Menschen passieren. So würdelos sollte mit niemandem umgegangen werden', das waren Klassens Gedanken, als er sich daran machte, den Ort des Geschehens weiträumig abzusperren. Dem Geschundenen sollten wenigstens neugierige, voyeuristische Blicke erspart bleiben. Dann informierte er die Tierparkleitung. Mehr konnte er nicht tun. Im Johannistal hörte er bereits die Sirenen.

Es war 09:26 Uhr, als Frank Sommer am Telefon von dem grausigen Fund im Tierpark Olderdissen hörte. Die Polizeistreife, die als Erstes vor Ort war, hatte umgehend den Kriminaldauerdienst alarmiert, der dann alles Weitere veranlasste und Sommer informierte. Es war auch noch ein Rettungswagen gekommen. Der Notarzt konnte aber nichts anderes tun, als den Tod des Opfers festzustellen. Als Sommer im Tierpark eintraf, war schon ein großes Aufgebot der Polizei vorhanden. Vor allem die Kriminaltechniker beherrschten die Szenerie. Sommer warf zuerst einen Blick auf den Toten, der dort im Schlamm des Wildschweingeheges lag. Jämmerlich, wie weggeworfen. Dann suchte er Clau Bruning.

„Morgen, Frank“, tönte es von hinten. „So schnell sieht man sich wieder. Vorgestern der Brand in Herford mit dem Toten aus Senne und jetzt das hier.“

„Morgen Clau“, antwortete Sommer. „Was für eine elende Sauerei ...“ Er erkannte den unfreiwilligen, aber vollkommen unangebrachten Sarkasmus in seinen Worten und brach mitten im Satz ab. „Wie lange seid ihr schon hier?“

„Eigentlich gerade erst gekommen. Erwarte noch keine besonderen Erkenntnisse. Wir können uns bei dem Tierpfleger bedanken, dass er den gesamten Bereich schon abgesperrt hatte, als wir kamen. So sind uns unnötige Zerstörungen der Spuren erspart geblieben. Er wartet übrigens dort hinten bei der Absperrung.“

„Guter Mann“, bemerkte Sommer. „Kannst du überhaupt schon irgendetwas sagen? Ist er hier ermordet worden? Es war doch Mord, wenn ich die Verletzung dort in der linken Brusthälfte sehe. Offenbar eine Stichverletzung.“

„Ja. Das siehst du ganz richtig. Eine Stichverletzung. Aber es gibt gar kein Blut."

„Also ist das hier eher nicht der Tatort."

„Nein, vermutlich nicht."

„Dann muss er irgendwie hierher transportiert worden sein."

„Sehr richtig! Sehr scharf geschlussfolgert. Allein ist der nicht hierhergekommen", fügte Clau Bruning süffisant an. ‚Unangemessen, dieser Sarkasmus', dachte Sommer. Aber vielleicht wird man auf Dauer so, wenn man immer wieder mit diesen schrecklichen Dingen zu tun hat. Vermutlich ist das ihre Art, mit dem Schrecken umzugehen.

Ungerührt fuhr die Kriminaltechnikerin fort: „Wir suchen intensiv nach Reifenspuren. Der Täter wird sein Opfer bestimmt nicht vom allgemeinen Parkplatz am Haupteingang bis hierher geschleppt haben. Da dürfte er übermenschliche Kräfte gehabt haben. Der Tote ist nicht gerade ein Leichtgewicht. Aber wenn du dich umschaust: Es ist kein Problem, mit einem Auto bis hier vors Gehege zu fahren, und zwar oben vom Parkplatz aus vorbei am Hockeyfeld des DSC Arminia. Von unten, vom Johannistal, geht es nicht, weil dort der Zuweg für Autos gesperrt ist. Und ob du es nun glaubst oder nicht, bei der Hockeyanlage sind wir fündig geworden. Der Weg dort ist nicht besonders befestigt und deshalb konnten wir Reifenspuren finden, die vielleicht zum Fahrzeug des Täters gehören. Wir machen gerade einen Abguss."

„Wunderbar. Hat der Tierpfleger hier eigentlich irgendwas verändert? Den Toten bewegt, zum Beispiel?"

„Glaub ich nicht. Die ersten Streifenbeamten vor Ort trafen ihn außerhalb seiner von ihm vorgenommenen Absperrung an. Dahinter wirkte alles unberührt."

„Habt ihr Fotos von der noch unberührten Szenerie gemacht?"

„Ja, haben wir. Du kannst sie dir später ansehen. Darauf ist der Eindruck festgehalten, bevor wir loslegten."

„Ausgezeichnet. Ich liebe es, wenn die Zusammenarbeit funktioniert." Damit wandte sich Sommer von Clau Bruning ab und ging hinüber zu dem wartenden Tierpfleger.

„Guten Morgen, Herr …?" sagte Sommer.

„Klassen."

„Guten Morgen, Herr Klassen. Sie sind der Tierpfleger, der den Toten heute Morgen im Wildschweingehege gefunden hat?"

„Ja, hab ich gefunden Toten. War ganz schrecklich. War wie in Afghanistan. Damals haben Mujaheddin Kameraden auch oft hinterrücks ermordet und dann weggeworfen, ganz in unserer Nähe. Daran musste ich heute wieder sofort denken."

„Können Sie mir die Szenerie heute Morgen einmal genau schildern? Wie sah es hier aus, als Sie kamen?"

„Zunächst war gar nichts zu erkennen. Ich bin hier für den ganzen unteren Bereich zuständig. Für die Vielfraße, die Hirsche, die Wölfe und eben auch für die Wildscheine. Ich kam her, um ihnen Futter zu geben, und natürlich mache ich immer am Morgen erst einen Kontrollgang, ob alles in Ordnung ist. Schon von Weitem bemerkte ich jedoch eine große Unruhe bei den Tieren. Und dann sah ich den Toten. Offenbar hatte ihn jemand über die Abgrenzung geworfen, so sah es jedenfalls aus. Der Körper lag direkt unter der kleinen Mauer. Genau da, wo er jetzt immer noch ist."

„Sie haben also nichts verändert oder angerührt?"

„Nein, habe ich nicht. Zuerst wollte ich den armen Mann sofort aus dem Gehege holen. So jämmerlich sah er aus. Aber dann habe ich mir gedacht, dass das für die Polizei nicht gut wäre. Spuren und so. Ich hab dann lieber abgesperrt und aufgepasst, dass die Wildschweine zurückbleiben. Die blieben aber auf Distanz."

„Das haben Sie genau richtig gemacht. Haben Sie vielleicht irgendjemanden gesehen?"

„Nein, Weit und breit kein Mensch. Es war noch ziemlich früh. Die ersten Besucher kamen erst, da war die Polizei schon da."

„Gut, das war ja auch nicht zu erwarten. Sagen Sie, kann hier eigentlich jeder bei Tag und Nacht einfach so hereinspazieren? Muss man keinen Eintritt bezahlen, und ist hier nachts nicht geschlossen?"

„Kein Eintritt. Und nachts ist nicht geschlossen. Ist immer alles offen nach allen Seiten. Der Tierpark ist öffentliche Einrichtung der Stadt Bielefeld und kostet tatsächlich keinen Eintritt und ist rund um die Uhr geöffnet. Kein Zaun. Viele Besucher kommen vor allem im Sommer gern auch abends, wenn es dunkel wird. Dann sind z.B. die Waschbären besonders aktiv. Der einzige Eintrittspreis, den wir nehmen, ist die Parkplatzgebühr von zwei Euro."

Sommer erinnerte sich jetzt, dass das früher auch schon so gewesen war, als er mit seiner Frau, die damals noch seine Freundin war, hier oft spazieren gegangen war. ‚Wie lange sich die Stadt Bielefeld diesen Luxus wohl noch leisten kann', dachte Sommer. ‚Aber vielleicht helfen die Einnahmen von der Blitzanlage an der A 2 ja dabei mit. Dann wären auch Pits 70 Euro gut angelegt.'

„Danke", sagte Sommer, „das wärs fürs Erste." Dann wandte er sich wieder an Clau Bruning. „Gibt es eigentlich irgendwelche Hinweise auf die Identität des Toten?"

„Oh ja, gut, dass du fragst. Das ist nämlich der Hammer. Es gibt tatsächlich einen völlig unerwarteten Hinweis. Ob du es glaubst oder nicht: In seinem Mund steckte ein zusammengeknüllter Zettel mit einer handschriftlichen Notiz."

„Wie bitte? Das ist ja wohl völlig krank!" Sommer war ehrlich überrascht. „Und was – was steht da drauf?"

„Moment, ich zeig dir den Zettel sofort." Clau übergab Sommer einen inzwischen schon sorgfältig in Klarsichtfolie verpackten DIN A5 großen Zettel, offenbar aus einer Kladde ausgerissen. In plakativen Buchstaben stand dort:

Ich bin Dieter Rabe und ich bin ein Schwein,
deshalb ende ich bei den Schweinen.

Sommer gab Clau den Zettel zurück. Er musste noch genauer im Labor untersucht werden.

„Habt ihr sonst noch etwas gefunden?"

„Ja, der Tote hatte noch seinen Personalausweis in seiner Brieftasche. Er wohnt, wohnte, in Bielefeld, Am Balgenstück 39, das ist in Schildesche in der Nähe vom Obersee. Und dann ist noch etwas", fuhr Clau Bruning fort. „Der Tote hat offenbar bei einer Baugesellschaft gearbeitet, und zwar Westfalen-Bau. Es befand sich noch eine Gehaltsabrechnung vom letzten Monat in der Brieftasche. Die hatte er noch nicht herausgenommen. Der neue Monat ist ja auch erst ein paar Tage alt. Der Höhe des Gehaltes nach zu urteilen gehörte Dieter Rabe eher zu den wichtigeren Leuten in dem Unternehmen."

Sommer notierte sich alle Informationen. Die Brieftasche samt Inhalt blieb aber bei der Kriminaltechnik zur weiteren Untersuchung.

„O.k.", sagte er schließlich, „ihr meldet euch, wenn ihr etwas wisst. Und dann kann die Leiche zu Lakefeld. Ich muss jetzt erst einmal zurück ins Präsidium und mich mit den anderen absprechen, wie es nun weitergehen soll. Ein zweiter Mordfall in so kurzer Zeit. Mal sehn, wie wir das organisiert bekommen. Tschüss, Clau."

„Tschüss, Frank."

Sein erstes Telefongespräch galt seinem Vorgesetzten Joachim Wende. Er traf ihn beim Einkaufen an, schließlich war Samstag. Sommer erinnerte sich in der Kantine gehört zu haben, dass er und seine Frau immer samstags gemeinsam einkaufen gingen, oft auch zum Markt. Kurz und präzise informierte er ihn. Sie verabredeten sich umgehend im Präsidium.

„Was für ein verdammter Mist ist das denn", polterte Wende sofort los, als Sommer zu ihm in sein Dienstzimmer kam. „Da passiert lange Zeit gar nichts in unserer schönen und vor allem sicheren Stadt und dann gleich zwei Sachen dieses Ausmaßes auf einmal. Was machen wir denn nun?"

„Wir müssen versuchen, die Kräfte zu bündeln." Sommer versuchte, einen kühlen Kopf zu behalten, obwohl ihm das in dieser schwierigen Situation, und nachdem, was er eben erst erlebt und gesehen hatte, nicht gerade leichtfiel. Aber solche außergewöhnlichen Situationen verlangten nach klar geordneter Polizeiarbeit, um nicht gänzlich den Faden zu verlieren.

„Ich schlage vor", sagte er dann, „Sonja Rosenfeld und Karsten Linnemann in Herford abzuziehen, damit sie sich um den Mord an Dieter Rabe kümmern. Die Suche nach dem Opel Omega können die Herforder allein durchführen. Schwameyer und Tomczyk bleiben an der Majorssache. Ich versuche in beiden Fällen den Überblick zu behalten"

„Dieter Rabe?", warf Wende ein.

„Ja, Dieter Rabe, wir haben einen Hinweis auf seine Identität."

Sommer erläuterte seinem Chef, was er zu diesem Zeitpunkt schon wusste. Als er von dem Zettel im Mund des Opfers erzählte, konnte er Entsetzen und Ekel in den Augen seines Chefs sehen, als könne er nicht glauben, was ihm eben berichtet wurde.

„Ein Zettel in seinem Mund?", versuchte Wende sich schließlich zu vergewissern.

„Ja, so ist es! Ein Zettel mit dem Namen Dieter Rabe und dem irgendwie krank wirkenden Hinweis, dass er ein Schwein sei und es deshalb verdient habe, bei den Schweinen zu enden." Bei dem Wort „verdient" zuckte Sommer deutlich mit den Achseln und malte Gänsefüßchen in die Luft.

„In Ordnung", sagte Wende schließlich. „Wir machen es so, wie Sie gesagt haben. Wenn Sie noch mehr Leute brauchen, will ich sehen, was sich machen lässt. Es wird jedoch schwierig. – Aber etwas anderes ist viel entscheidender. Was machen wir mit der Presse? Das, was da in Olderdissen passiert ist, kann nicht verheimlicht werden. Waren eigentlich im Tierpark noch keine Journalisten?"

„Doch, es waren schon einige da. Es wurden auch Fotos gemacht, wenn auch von Weitem. Sie haben recht. Wir müssen uns überlegen, was wir denen erzählen, und wir müssen eine Pressekonferenz abhalten. Es ist jetzt kurz nach elf. Als Termin für die Pressekonferenz könnte ich mir 15.00 Uhr vorstellen. Was ist Ihre Auffassung, denn Sie müssen diese Konferenz natürlich leiten. Ich bin dabei nur der Berichterstatter."

Wenn Sommer vielleicht Zurückhaltung bei Wende erwartet haben mochte, sein Vorgesetzter in Köln ging nie gern vor die Presse, so wurde er hier eines Besseren belehrt.

„Selbstverständlich werde ich die Pressekonferenz einberufen und leiten. Sie müssen mir dabei allerdings zur Verfügung stehen, um über die Details zu berichten. Wie viele davon wollen wir nennen?"

„Die Auffindesituation und die begleitenden Umstände können wir bestätigen, z. B. die Reifenspuren, und natürlich auch, dass wir von einem Gewaltverbrechen ausgehen. Der Messerstich war ja eindeutig. Zur Identität des Opfers sagen wir nur etwas, wenn wir bis dahin schon Klarheit haben. Das müssen wir noch genauer aufklären und dann sollten auch zuerst die Angehörigen informiert werden, wenn es welche gibt. Aber da ist noch etwas: Ich finde, dass wir bei der Gelegenheit auch über den anderen Mordfall berichten sollten. Diese Presseleute werden bestimmt danach fragen. Da können wir z. B. jetzt deutlich sagen, dass es ein Opfer gegeben hat, dessen Identität wir klären konnten, und wir können und sollten auch preisgeben, was wir sonst noch wissen, mit Ausnahme der Omega-Spur, um den Täter nicht zu verschrecken. Der türmt sonst vielleicht und wir haben das Nachsehen."

„Ja, so machen wir das, aber nicht um 15:00 Uhr, sondern erst um 16:00 Uhr. Vielleicht gibt es bis dahin schon Erkenntnisse über die Reifenspuren im Tierpark. Reifengröße, Fahrzeugtyp usw. und auch in der Frage der Klärung der Identität des heutigen Opfers. Ich werde alles in die Wege leiten und wir sehen uns eine halbe Stunde vorher, um letzte Absprachen zu treffen. Ist das für Sie in Ordnung?" Wende sah Sommer herausfordernd und zufrieden zugleich an.

„Ja, sicher, vollkommen in Ordnung. Dann bis halb vier. Wo findet die Pressekonferenz statt?“

„Wir haben einen großen Raum im Erdgeschoss, der genug Platz bietet. Den benutzen wir auch für größere Konferenzen unter uns. Zimmer 5. Aber wir sehen uns um halb vier zuerst hier in meinem Zimmer.“ Damit wurde Sommer von Wende mit einer deutlichen Handbewegung entlassen.

In seinem Dienstzimmer angekommen, musste Sommer erst einmal durchatmen. Das war doch nicht zu fassen, dass innerhalb so kurzer Zeit zwei Gewaltverbrechen dieses Ausmaßes regelrecht über ihn und sein Team hereingebrochen waren. Mit der Brandstiftung und dem Mord an dem Ex-Major Heinz Klapproth hatten sie schon Arbeit und Aufregung genug. Und nun auch noch diese scheußliche Geschichte im Tierpark Olderdissen. Aber es gab keinen Ausweg. Sie mussten parallel beide Fälle gleichrangig behandeln, und zwar mit Hochdruck. Dabei machte Sommer der erste Fall zurzeit immer noch mehr Sorgen als der zweite. Deutlich hatte er noch die Warnungen der Polizeipsychologin im Ohr.

„Ich würde an Ihrer Stelle sehr schnell versuchen, ihn zu finden, unter Aufbietung aller Kräfte. Die Sache ist noch nicht vorbei! Er könnte das Gefühl haben, ein noch stärkeres Signal setzen zu müssen.“

Das waren ihre Worte gewesen. Die Sache ist noch nicht vorbei!

Nicht vorbei!

Plötzlich wurde er von einem Gedanken getroffen, der wie ein Blitz in ihn hineinfuhr. Der Schreck lähmte ihn und wollte ihn veranlassen, nicht mehr weiter zu denken. Sein Magen verkrampfte und sein Herz schien aus dem Takt zu geraten. Sollte dieser verrückte Mörder und Brandstifter schon wieder zugeschlagen haben, so schnell nach seinem ersten Mal? Nein, das konnte nicht sein – oder doch? Auszuschließen war das nicht, andererseits aber auch nicht zwingend. Dennoch stand nach einiger Zeit des Abwägens und Nachdenkens für ihn fest: Er würde als derjenige, bei dem alle Fäden zusammenliefen, diese Möglichkeit im Auge behalten müssen, ohne seine Ermittler und Ermittlerinnen mit dem Gedanken zu sehr in eine bestimmte Richtung zu lenken. Sie sollten weiter offen und unvoreingenommen ermitteln können. Fleißige Polizeiarbeit war und blieb die Grundlage allen Erfolges, wenn auch manchmal ein gewisses Gespür für das, was in den Fakten verborgen lag, nicht schaden konnte.

Mit diesem Gedanken griff er zum Telefon, um zunächst Rosenfeld und Linnemann anzurufen und danach Schwameyer und Tomczyk.

Sonja meldete sich nach kurzem Klingeln ihres Handys. „Hallo, Frank, du willst sicher wissen, wie wir hier bei der Suche nach dem Omega weiterkommen. Um es kurz zu sagen: Wir kämpfen uns weiter durch, aber es gibt noch keinen Erfolg. Drei Gruppen sind unterwegs, um die Halter der Omegas ausfindig zu machen. Bisher war aber noch kein Treffer darunter. Ach ja, und wir haben ein Phantombild von dem Typen, der PM Bleikamp in der Brandnacht aufgefallen war. Müsste schon bei dir per E-Mail angekommen sein. Alle Ermittlungsgruppen haben das Bild dabei. Vielleicht bringt's ja was."

Sonja war voller Elan und offenbar voll in ihrem Element. Sommer konnte sie gar nicht stoppen, wollte es auch gar nicht, weil ihre Informationen von Bedeutung waren, vor allem die Tatsache, dass es nun ein Phantombild gab, obwohl damit keineswegs feststand, dass der Verdächtige auch tatsächlich der Brandstifter war. Es war eine Vermutung, eine Spur, mehr nicht. Als Sonja eine Pause einlegte, schaltete sich Sommer ein:

„Schön! Es geht voran, auch wenn man nicht genau weiß, wie weit. Ist mit dem Phantombild etwas anzufangen? PM Bleikamp war von seinen eigenen Fähigkeiten, Gesichter zu beschreiben, ja nicht sonderlich überzeugt."

„Schwer zu sagen. Es ist halt ein Phantombild. Insgesamt mehr eine Art Allerweltsgesicht. Ich hab sogar selbst das Gefühl, dass es mich an irgendjemanden erinnert. Ganz entfernt irgendwie. Aber so ist das vielleicht bei Allerweltsgesichtern. Also, wie gesagt, ob wir damit weiter kommen? – Keine Ahnung."

„Was soll's", meldete sich wieder Sommer. „eine Spur ist eine Spur und Polizeiarbeit ist mühsam. Das Problem ist allerdings, dass ihr beiden, also du und Karsten, diese Spur zumindest zunächst nicht weiter verfolgen könnt."

„Was, wieso das denn?"

„Wir haben hier in Bielefeld einen zweiten Mord."

Auf der anderen Seite der Leitung trat augenblicklich Funkstille ein. Sommer konnte Sonjas Verblüffung geradezu durchs Telefon hören. Dann fand sie ihre Sprache wieder.

„Wie bitte? Was sagst du da? Das kann doch wohl nicht … Scheiße!"

„Doch leider, so ist es", bestätigte Sommer und erläuterte seiner Kollegin alles, was sich an diesem Morgen an grausigen Neuigkeiten ergeben hatte. „Es hilft nichts", endete er, „Karsten und du müsst die Sache hier in Bielefeld übernehmen. Die Suche nach dem

Omega müssen die Herforder allein erledigen. Ich brauche euch hier. Auch heute Nachmittag um 16:00 Uhr bei der Pressekonferenz. Ich möchte, dass ihr dabei seid. Ach, und noch etwas, das fällt mir gerade ein. Dieses Phantombild - die Herforder sollen das doch mal deinem Zeugen aus der Nähe der Schule zeigen, wie hieß er doch noch?"

„Herbert Sandmann."

„Genau, also irgendeiner aus Herford soll noch einmal zu diesem Sandmann fahren und ihm das Phantombild zeigen, vielleicht erkennt er den ominösen Omegafahrer wieder. Man kann ja nie wissen. Also, bevor ihr hierher kommt, kümmert ihr euch noch darum, aber dann kommt ihr. Treffen bei mir im Zimmer."

Anna Tomczyk und Pit Schwameyer kamen mit ihrem Auto gut voran an diesem Samstagvormittag. Die Straßen waren nur mäßig belebt, auch wenn es eine Reihe von Möbelhäusern und Baumärkten auf ihrer Strecke nach Augustdorf gab. Vielleicht hatten die meisten bei dem nun schon seit Tagen anhaltenden wunderbaren Spätsommerwetter Besseres zu tun, als Möbelhäuser, Elektronik-Discounter oder Baumärkte zu besuchen. Dennoch dauerte die Fahrt fast eine Stunde. In Sennestadt überlegten sie kurz, ob sie ein kurzes Stück Autobahn fahren sollten, entschieden sich aber dann doch dagegen, weil es umständlicher gewesen wäre, als einfach auf der alten B 68 zu bleiben, die nach dem Bau der A 33 zur Landesstraße herabgestuft worden war.

An der Einfahrt zum Kasernengelände meldeten sich die beiden Polizeibeamten bei dem Wachhabenden und trugen ihr Anliegen vor. Zur Registrierung mussten sie ihre Dienstausweise vorlegen. „Herr

Hauptkommissar, Frau Oberkommissarin", sagte der Wachhabende förmlich, als die Prozedur beendet war. „Sie werden von Major Kallart erwartet. Der Obergefreite Bohnhorst wird Ihnen vorausfahren. Sie können Ihr Fahrzeug dann vor dem Verwaltungsgebäude parken und nachher selbstständig zurückfahren. Bevor Sie das Kasernengelände verlassen, melden Sie sich hier wieder ab."

Das Gelände war sehr weitläufig. Augustdorf war mit 4.000 Dienstposten einer der größten deutschen Standorte. Eine Verkleinerung auf die Hälfte war aber im Rahmen der allgemeinen Verringerung der Sollstärke der Bundeswehr beschlossene Sache. Schließlich hielt der vorausfahrende Obergefreite vor einem zweistöckigen Verwaltungsgebäude aus den siebziger Jahren. Anna und Pit gingen hinein und betraten eine Wache, in der mehrere Soldaten Dienst taten. Fast fühlten sie sich an eine Polizeiwache erinnert, nur die Uniformen waren anders. Kaum hatte Pit seinen Dienstausweis gezeigt und das Anliegen vorgebracht, da öffnete sich bereits links hinter ihnen eine Tür und ein offensichtlich Ranghöherer als die übrigen im Raum trat heraus.

„Guten Morgen. Ich bin Major Kallart. Hauptkommissar Schwameyer und Oberkommissarin Tomczyk, vermute ich." Er gab beiden freundlich die Hand. „Kommen Sie doch in mein Büro." Kallart ging voraus. Die beiden Polizisten folgten unmittelbar. Drinnen wurden ihnen freundlich zwei Stühle angeboten. Der Major setzte sich hinter seinen Schreibtisch. Er war hier zu Hause. Das spürte man in jeder seiner Bewegung. Und noch etwas war zu spüren, über das sich Pit und Anna später austauschten, weil beide ein ähnliches Empfinden gehabt hatten. Major Kallart war unsicher im Umgang mit ihnen. Vielleicht war er es nicht gewohnt, hier auf dem Kasernengelände Menschen von „draußen" zu empfangen, Menschen, die nicht seiner Befehlsgewalt unterlagen, Menschen, die eher eine Art Fremdkörper darstellten im täglich geübten Dienstbetrieb. Er schien darauf mit gesteigerter, dienstlicher Höflichkeit und formaler Korrektheit zu reagieren. Jede persönliche Regung unterblieb. Das Beste, was man über das Gespräch sagen konnte, war, dass es sachlich war. Es führte zum Ziel, sie konnten ihre Fragen stellen und bekamen Auskunft, aber Pit und noch mehr Anna war nicht wirklich wohl in ihrer Haut, wie sie dort im Dienstzimmer des Major Kallart saßen.

Pit fühlte sich an seine eigene Wehrpflichtzeit erinnert, die in den achtziger Jahren noch 15 Monate gedauert hatte. Seine Erinnerungen waren nicht immer die besten. Anna bezichtigte ihn oft, ein Macho zu sein, aber wenn er ehrlich war, dann hasste er reine Männergesellschaften und das dort oft großspurige Machogehabe. Die Großmäuler gaben allzu oft den Ton an. Ob das heute mit den vielen voll integrierten Frauen anders war? Für Anna war es das erste Mal, dass sie ein Kasernengelände der Bundeswehr betrat. Sie war jetzt 40 und vor etwa zwanzig Jahren, als die jungen Männer ihres Jahrganges zum Wehrdienst gerufen wurden, waren Frauen bei der Bundeswehr noch nicht zugelassen. Auch bei der Polizei war das noch nicht durchgängig die Regel. Sie hatte sich damals durchaus mit der Frage beschäftigt, ob sie sich selbst als Soldatin hätte vorstellen können. Viele ihrer Altersgenossinnen, gerade auch bei der Polizei, waren der Meinung, dass es ein Zeichen von Emanzipation wäre, wenn auch Frauen Soldatinnen werden könnten. In Bezug auf Frauen bei der Polizei war sie genau dieser Meinung, und sie war auch der Meinung, dass in vielen Situationen sich Frauen und Männer bei der Polizei mit ihren jeweiligen Stärken sehr gut ergänzten. Sie und Pit waren im Grunde ein solches Team, das sich, obgleich sehr verschieden, immer wieder gut ergänzte. Erst gestern Morgen bei der Befragung der Witwe des ermordeten Majors hatte sich das gezeigt.

„Was führt Sie zu mir?", fragte der Major in sehr direktem Ton.

„Nun, Herr Major", begann Pit, „wie Sie von unserem Chef, dem Ersten Kriminalhauptkommissar Sommer, heute Morgen am Telefon schön gehört haben, ermitteln wir im Fall Ihres ermordeten Vorgängers Klapproth."

„Ja, ganz entsetzliche Sache das."

„Wir vermuten nun, zumindest müssen wir in diese Richtung ermitteln, dass es einen Zusammenhang geben könnte zwischen seiner Dienstzeit bei der Bundeswehr und dem Mord an ihm."

„Mit Verlaub. Das kann ich mir nicht vorstellen. Für meine Leute lege ich meine Hand ins Feuer."

„Das ehrt Sie. Aber wir denken dabei nicht unbedingt an Personen, die zurzeit noch Dienst in Ihren Reihen tun, obwohl das natürlich nicht ausgeschlossen werden kann. Wir müssen aber besonders Personen ins Visier nehmen, die ihren Dienst bei der Truppe schon beendet haben, insbesondere solche, die durch schwierige Persönlichkeiten aufgefallen sind, vielleicht sogar unehrenhaft entlassen wurden."

„Wissen Sie", mischte sich jetzt Anna ein, „in jeder größeren Gruppe von Menschen, in einem Industriebetrieb genauso wie bei der Polizei und sicher auch bei der Bundeswehr, gibt es immer wieder Personen, die einen Störfaktor im Getriebe darstellen und, wie soll ich sagen, besondere Aufmerksamkeit verlangen, die quasi wartungsintensiv sind, wenn ich das mal etwas locker sagen darf. Unsere Polizeipsychologin hat vor unseren Augen gestern ein erstes, aber sehr eindrückliches Bild der Täterpersönlichkeit entstehen lassen. Sie geht davon aus, dass es sich um einen tief gekränkten Menschen handelt, der vom Leben frustriert ist, und dessen über viele Jahre, vielleicht sogar Jahrzehnte anhaltende Kränkungen ihn nun quasi explodieren ließen, vermutlich aufgrund eines konkreten aktuellen Anlasses, der sozusagen das Fass zum Überlaufen gebracht hat."

„Nun, einen solchen aktuellen Anlass können wir für Major Klapproth wohl ausschließen. Der ist ja schon, ... war ja schon eine Weile pensioniert", wendete Kallart ein.

„Richtig! Aber Täter dieses Typs arbeiten nicht nach unserer Logik. Vielleicht fand dieser aktuelle Anlass im engsten Familienkreis statt und der Täter hat dort eine, wie soll ich sagen, eine Art Beißhemmung. Überhaupt sollten Sie nicht davon ausgehen, dass es sich zwangsläufig um objektive, sozusagen für alle unmittelbar ersichtliche Kränkungen handeln muss. Es reicht völlig, dass der Täter seine Erlebnisse subjektiv als kränkend empfunden und keinen Weg gefunden hat, damit umzugehen, dass seine Hilferufe nicht gehört wurden, vielleicht auch deshalb, weil sie für Außenstehende nicht zu hören waren, weil sie eher leise vorgetragen wurde. Ins Bild würde zudem passen, dass er vermutlich gerade im Umgang mit Autoritäten Schwierigkeiten gehabt hat. So jedenfalls sieht das unsere Psychologin, die im Übrigen darauf hinweist, dass der Täter schnellsten gefasst werden muss, da er nach wie vor gefährlich sei. Sie befürchtet weiteres Unheil."

„Genau das ist unser Problem", übernahm nun wieder Pit – ‚Wir sind tatsächlich ein gutes Team', dachte Anna – „Wir müssen schnell sein und wir müssen ihn finden. Und deshalb bitten wir Sie um Ihre Hilfe. Kennen Sie irgendwelche Auffälligkeiten im Verantwortungsbereich Ihres ermordeten Kameraden? Wenn ja, dann sollten Sie uns das so schnell wie möglich sagen, damit wir tätig werden können." Pit machte jetzt absichtlich eine Pause, um seinem Gegenüber die Gelegenheit zur Äußerung zu geben.

„Ich verstehe Ihre Situation. Selbstverständlich werde ich Ihnen helfen. Nicht zuletzt geht es um einen verdienstvollen ehemaligen Offizier, der Opfer eines miesen, hinterhältigen Verbrechens wurde."

‚Und was wäre, wenn er nicht so verdienstvoll gewesen wäre? Wärst du dann weniger hilfreich, weil der Ermordete eben keine Leuchte der Bundeswehr war', dachte Pit, behielt diesen Gedanken aber wohlweislich zurück.

„Ich selbst kann Ihnen dazu allerdings keine Auskunft geben", fuhr Major Kallart jetzt fort. „Ich bin erst nach der Pensionierung von Major Klapproth hierher versetzt worden. Wie Sie vielleicht wissen, müssen Offiziere alle zwei Jahre mit einer Versetzung rechnen. Wir müssten also die Unterlagen durchsehen, ob uns da etwas auffällt. Über welchen Zeitraum reden wir eigentlich?"

„Wenn wir das so genau wüssten. Herr Klapproth ist, so hat uns seine Frau mitgeteilt, die letzten sieben Jahre vor seiner Pensionierung hier in Augustdorf stationiert gewesen. Ich fürchte, das ist genau der Zeitrahmen, innerhalb dessen wir suchen müssen. Ein langer Zeitraum."

„Da haben Sie recht. Die Akten eines so langen Zeitraumes durchzusehen, dürfte sehr schwer sein."

„Nun ja. Sieben Leute, sieben Jahre. Stellen Sie uns die Akten zur Verfügung, dann erledigen wir diese Aufgabe", stellte Pit trocken fest. Er wusste, was kam.

„Wie bitte? Nein, niemals! Das sind doch interne Bundeswehrakten, die kann ich Ihnen nicht einfach so herausgeben", entrüstete sich Kallart wie erwartet.

„Vielleicht eine richterliche Verfügung?", stellte Schwameyer in den Raum.

„Ja, ja, schon gut. Aber vielleicht geht das auch anders, schneller und unkomplizierter. Es gab da einen Hauptfeldwebel, Klapproths rechte Hand in den letzten Jahren. Dessen zwölfjährige Dienstzeit war ungefähr nach Klapproths Pensionierung beendet. Hab' ihn selbst noch kennengelernt. Allerdings müsste er natürlich auch von seiner Dienstverschwiegenheit entbunden werden. Das ist ja bei Ihnen nicht anders als bei uns. Die Verschwiegenheit gilt auch nach Ausscheiden aus der Bundeswehr. Aber ich könnte veranlassen, dass er mit Ihnen sprechen kann. Sein Name ist Uwe Vennjakob." Kallart suchte eine Weile in seinen Unterlagen und nannte dann seine Anschrift.

„Sie haben Glück, er wohnt gar nicht weit von hier entfernt. Vennjakob ist ja auch ein ziemlich westfälischer Name. Seine Adresse ist Beethovenstraße 12 in Verl. Das ist jedenfalls die Anschrift, die hier genannt wird. Dorthin ist er nach seinem Dienstende gezogen", sagte Kallart. Und er fügte hinzu: „Da haben Sie aber wirklich Glück gehabt. Als Zeit- und Berufssoldat kommt man viel rum in der Republik. Es hätte ja auch jemand aus Bayern sein können." Damit war das Gespräch beendet.

Kurze Zeit später hatten Tomczyk und Schwameyer das Kasernengelände wieder verlassen und saßen im

Auto. Pit fuhr – natürlich –, während Anna ihr Mobiltelefon zur Hand nahm, um Sommer anzurufen und ihm mitzuteilen, was sich bei ihnen ergeben hatte. Genau in diesem Moment meldete sich das Telefon von sich aus lautstark. Das Display verkündete, dass Sommer sie zu sprechen wünschte.

„Hallo, Frank. Schön, dass du anrufst. Wir sind bei der Bundeswehr ein Stückchen weitergekommen, aber vor uns liegt eine ziemliche Fleißar ..."

„Stopp, Anna!", rief Sommer dazwischen. „Bevor du weiter ausholst. Ihr müsst beide sofort zurückkommen ins Präsidium. Es gibt eine völlig neue Lage." Anna hatte sofort auf „laut" gestellt und so konnten beide mithören, was Sommer ihnen von dem Mord an Dieter Rabe zu berichten hatte. „Also, es hilft nichts. Ihr müsst sofort herkommen. Sonja und Karsten kommen auch. Und dann noch etwas, heute Nachmittag um 16:00 Uhr wird Wende eine Pressekonferenz einberufen. Auch da sollt ihr dabei sein." Damit schloss Sommer. Anna und Pit fuhren schweigend auf schnellstem Wege zum Präsidium. Was war nur los in dieser Stadt, die eigentlich als sicherste Großstadt Deutschlands galt?

Während Sommer darauf wartete, dass seine Mitarbeiter bei ihm eintrafen, sortierte er seine Unterlagen und Notizen vom Vormittag im Tierpark. Der Tote war also Dieter Rabe, wohnhaft Am Balgenstück 39 im Bielefelder Stadtteil Schildesche, und er hatte bei der Westfalen-Bau gearbeitet in irgendeiner, vermutlich leitenden Position. Dann wählte er die Nummer des Arbeitgebers von Dieter Rabe. Heute an einem Samstag hatte er nicht viel Hoffnung, dort jemanden zu erreichen, aber man konnte ja nie wissen. Vielleicht gab es einen fleißigen Mitarbeiter oder wenigstens eine Anrufweiterschaltung. Sommer ließ es viermal klingeln, dann wurde tatsächlich das Gespräch angenommen.

„Grützmeier, guten Morgen, was kann ich für Sie tun“, meldete sich eine leicht gereizte Männerstimme an anderen Ende.

„Entschuldigen Sie die Störung, Herr Grützmeier“, erklärte Sommer, „spreche ich mit einem Mitarbeiter der Westfalen-Bau?“

„Sie sprechen mit dem Geschäftsführer. Und mit wem spreche ich?“

„Ja, natürlich, Entschuldigung. Mein Name ist Sommer. Ich bin von der Polizei. Sagt Ihnen der Name Dieter Rabe etwas?“

„Ja, aber bevor ich weiterrede. Woher weiß ich, dass das stimmt, was Sie sagen? Einen Dienstausweis kann ich durchs Telefon ja nicht sehen. Entschuldigen Sie mein Misstrauen, aber das hat seinen Grund.“

„In Ordnung“, antwortete Sommer, „wir machen das so: Mein Name ist Frank Sommer, Erster Kriminalhauptkommissar, Leiter der Mordkommission Bielefeld. Ich lege jetzt auf und Sie rufen die Zentrale des Polizeipräsidiums an und lassen sich zu mir durchstellen. Die Nummer entnehmen Sie selbst bitte dem Telefonbuch.“

„Ja, das klingt vernünftig. Wie war noch mal der Name?“

„Frank Sommer, Leiter des K11.“

Dann legten beide auf. Es dauerte eine, höchstens zwei Minuten, als Sommers Telefon klingelte. Als er abnahm, war der Geschäftsführer Grützmeier am Apparat. „Sie fragten nach Dieter Rabe. Ja, Herr Rabe gehört mit mir zusammen zur Geschäftsleitung unseres Unternehmens. Herr Rabe ist früher Polier bei uns gewesen, aber vor – drei Jahre ist es glaube ich her – ja, drei Jahren, also, da ist er in die Geschäftsleitung aufgestiegen. Er hatte sich schon vorher übergreifend um die Bauaufsicht auf unseren Baustellen gekümmert, aber dann haben wir ihn in die Geschäftsleitung aufgenommen und ihn zusätzlich mit der Personalführung beauftragt. Ich selbst kümmere mich ausschließlich um den kaufmännischen Bereich."

„Gab es einen besonderen Grund für die Entscheidung?"

„Ja, in der Tat. Wir hatten damals eine sehr unangenehme Personalentscheidung zu treffen und dabei hat sich Herr Rabe als enorm hilfreich erwiesen. Und mir kam der Gedanke, ihm ganz die Personalabteilung anzuvertrauen. Das hatte ich bis dahin selbst erledigt. Seit damals ist Dieter Rabe also mein Stellvertreter in der Geschäftsleitung. Aber sagen Sie: Warum interessiert Sie das alles?"

„Ja, der Grund meines Anrufes", Sommer musste schlucken, bevor er weitersprach, „ich fürchte, ich muss Ihnen eine sehr schlechte Mitteilung machen. Wir haben Ihren Kollegen Dieter Rabe heute Morgen ermordet aufgefunden."

„Was? Was sagen Sie da? Dieter ermordet? Wie … wer, wer macht denn so was? Wieso? Ich verstehe das nicht? Sind Sie sicher, dass es sich um meinen Kollegen Dieter Rabe handelt? Es gibt vielleicht noch andere Dieter Rabes in dieser Stadt." Wolfgang Grützmeier wirkte hörbar schockiert über die Todesnachricht.

„Wir sind ziemlich sicher. Bei dem Toten haben wir einen Personalausweis gefunden, auf Dieter Rabe lautend, wohnhaft Am Balgenstück 39, und eine Gehaltsabrechnung für August von Ihrer Firma, ebenfalls an Dieter Rabe adressiert. Zur förmlichen Bestätigung wäre es aber gut, wenn jemand den Toten direkt identifizieren könnte. Hat Herr Rabe Familie?“

„Nein, nicht, dass ich wüsste. Nicht mehr jedenfalls. Er ist seit ein paar Jahren geschieden. Seine Ex-Frau lebt mit den Kindern nicht mehr in Bielefeld. Irgendwo in Norddeutschland, glaube ich. Nein, er lebt allein. – Lebte allein.“

„O.k. Könnten Sie vielleicht seine Leiche identifizieren?“, fragte Sommer daraufhin. „Es wäre wirklich sehr wichtig, wenn Sie das tun könnten. Und dann müssen wir uns unbedingt noch einmal genauer über Dieter Rabe unterhalten. Ich melde mich bei Ihnen, wann Sie die Leiche in der Gerichtsmedizin sehen können. Das ist übrigens im Klinikum Bielefeld-Mitte, im ersten Untergeschoss, ganz hinten durch. Am besten Sie fragen am Haupteingang danach.“

„Ja, natürlich. Ich gebe Ihnen mal meine direkte Handynummer, dann können Sie mich jederzeit erreichen.“

„In Ordnung, so machen wir es.“ Sommer notierte sich die Nummer, dann legten beide auf.

Es war inzwischen Mittag geworden, als seine Kollegen sich im Konferenzzimmer einfanden. Wie immer polterte Pit Schwameyer am lautesten. „Was ist das für ein elender Mist!“, schnaubte er. „Was bilden sich diese Scheiß-Mörder eigentlich ein, hier gleichzeitig rummachen zu können!“

„Ja, ist ja schon gut, Pit“, beruhigte Anna ihren Kollegen. „Lasst uns in Ruhe nachdenken, wie wir jetzt vorgehen sollen. Hast du schon eine Idee, Frank?“

„Als Erstes steht fest: heute Nachmittag um 16:00 Uhr ist Pressekonferenz. Wie gesagt, Wende organisiert das. Er wird auch die Konferenz leiten. Aber am meisten reden werde vermutlich ich. Dabei brauche ich eure Unterstützung. Wir werden, anders als vorgestern, alles, was wir wissen, vor der Presse ausbreiten. Das heißt nicht nur Presse, das Fernsehen wird auch da sein. Der WDR schickt ein Team, habe ich gehört. Ob andere auch schon Wind von der Sache bekommen haben, weiß ich nicht. Würd' mich aber nicht wundern. Das wird also nachher ein ziemlich großes Aufgebot von Journalisten werden. Inhaltlich wollen wir beide Fälle ansprechen, d. h. eben nicht nur den Fall von heute, sondern ganz bewusst auch die Brandstiftung einschließlich des toten Ex-Majors. Zum derzeitigen Stand der Dinge in Sachen Tierparkmord werde ich selbst Auskunft geben, alles, was wir zurzeit wissen. In Bezug auf die Sache in Herford kommt ihr ins Spiel. Sonja und Karsten geben Auskunft über die Brandstiftung. Die Omega-Sache wird aber ausgenommen. Falls da was dran ist, soll der Täter nicht gewarnt sein. Der haut uns sonst vielleicht ab oder lässt den Omega verschwinden, bevor wir ihn aufsuchen konnten. Also, kein Wort über den Opel und über Herrn Sandmann. Bei der Gelegenheit: Sonja, hat sich dieser Herr Sandmann das Phantomfoto inzwischen angesehen?"

„Ja, hat er. Es brauchte nicht einmal jemand zu ihm zu fahren. Herr Sandmann ist ein moderner Rentner. Er hat eine eigene E-Mail-Adresse. An die haben wir das Bild geschickt und er hat dann per E-Mail geantwortet. Leider hat es nicht viel gebracht. Er habe das Gesicht des Mannes ja nicht wirklich erkennen können. An diesem Umstand ändere auch nicht die Tatsache, dass er nun ein Bild zu sehen bekommen hätte."

„Schade", nahm Sommer den Faden wieder auf. „Ein Versuch war es wert. Nun zu euch, Anna und Pit, ihr berichtet von der Identität des Majors a. D. Klapproth und vom Tatort im Senne-Wald. Das könnt ihr ausführlich tun. Es gibt inzwischen ja auch Bilder, die ihr zeigen könnt. Die Spur Vennjakob ist aber wohl noch zu ungewiss, als dass man sie schon ausbreiten könnte. Und jetzt lasst uns alle Ergebnisse noch einmal genau zusammenfassen."

Auf der bereits bestehenden Tafel wurde die Omega-Spur ergänzt sowie der Hinweis auf den ehemaligen Hauptfeldwebel Vennjakob. Daneben wurde eine neue Tafel gestellt mit dem Bild des ermordeten Dieter Rabe und einigen Fotos von der Auffindesituation im Tierpark. Ganz wichtig war auch eine Abschrift des Zettels, der in seinem Mund steckte.

„Ich wär mal gespannt, was die Psychologin zu diesem Zettel sagt", bemerkte Karsten Linnemann. „Sieht doch irgendwie durchgeknallt aus. Wer steckt denn einem Menschen, den er soeben erstochen hat, einen solchen Zettel in den Mund?"

„Du hast recht, Karsten", antwortete Sommer. „Würdest du Frau Hülsmeier bitte informieren, sie solle so schnell wie möglich herkommen. Und dann sind da noch die Ergebnisse der Spurensicherung. Vielleicht kann Clau schon was sagen, z. B. die Reifenspuren betreffend, die auf dem Weg im Tierpark entdeckt wurden, und eventuell gibt es ja auch noch weitere interessante Einzelheiten. Ich ruf da gleich mal an." Er griff sofort zum Hörer.

„Hallo Clau, hier ist Frank. Kannst du schon erste Erkenntnisse nennen? … Ach ja? … Hmm, hmm. … Moment, ich notiere: 195er Sommerreifen, Profil passt wohl zu einem chinesischen Billigimport. Sag mal, das fällt mir spontan ein: Könnten diese Reifen zu einem älteren Opel Omega passen? … Wie ich darauf komme? Na ja, ist so eine Eingebung … Ja, ich warte.

… Aha, typische Reifengröße für Mittelklassewagen aus den 90er Jahren, passt auch z. B. zum Passat … auch zu einem Opel Omega? … Ach, das ist wirklich interessant. Melde dich sofort, wenn du das genau weißt, aber bitte wirklich sofort. … Ja, danke, Clau. Wie immer ein Vergnügen."

Alle im Raum hatten gespannt dem Gespräch ihres Chefs gelauscht und versucht sich einen Reim darauf zu machen. Anna sprach als Erste aus, was alle gedacht hatten. „Hat dein Telefon eigentlich keine Laut-Taste? Dann hätten wir mithören können. Oder hast du dich hier heimlich in unserer Gegenwart mit Clau privat verabredet?"

„Was, wie? Nein, Entschuldigung", antwortete der sichtlich irritierte Sommer. „Beim nächsten Mal denk ich dran. Clau hat die Reifengröße und das Profil identifiziert. Das habt ihr ja mitbekommen. Aber dann war da noch etwas: Die Spurensicherer haben an einem Holzpfahl eine frische Abschabung gefunden. Es scheint so, als ob jemand diesen Pfahl leicht touchiert hätte. Und dafür kommt in der Nacht wohl nur der Täter in Frage. Und noch besser: Sie haben einen kleinen, weißen Lackrest gefunden. Sie versuchen jetzt herauszufinden, zu welcher Automarke dieser Rest gehört, das kann aber etwas dauern, weil der Splitter nicht besonders groß ist. Aber sie werden es schon schaffen, meinte Clau."

„So weit, so schön", sagte Pit, „aber wie kommst du darauf, nach einem alten Opel Omega zu fragen? Gehst du von einem Zusammenhang zwischen den beiden Fällen aus? Hast du Erkenntnisse, die wir noch nicht haben, die du uns vorenthalten hast?"

„Nein, habe ich nicht. Es war wirklich eine Eingebung, ein plötzliches mieses Gefühl. Das kam auf, als ich heute Morgen noch einmal die Aussagen der Psychologin Hülsmeier Revue passieren ließ. Was wäre, wenn es tatsächlich eine Verbindung gäbe? Wenn der Brandstifter auch der Tierparkmörder wäre?"

„Dann würde manches erklärlich und dann wäre das ein verdammter Mist." Das war Karsten, der sich einbrachte.

„Und was wäre, wenn das alles Unsinn ist?", fragte jetzt Pit.

„Dann wüssten wir das und könnten diesen Gedanken ad acta legen. Aber wenn nicht, dann würden wir uns selbst durch voreilige Schlüsse die Augen vor der Wahrheit verbinden", stellte Sommer klar. „Fest steht: Mein Bauchgefühl darf euch nicht weiter irritieren. Ihr geht weiter davon aus, dass es zwei Fälle sind, und ich werde derjenige sein, bei dem die Fäden zusammenlaufen und der den Überblick zu behalten versucht. Andererseits bleibt aufmerksam, wenn ihr in euren Arbeitsbereich auf ein Detail stößt, das zu der jeweils anderen Ermittlung passt. Haltet euch deshalb über die Arbeit der anderen auf dem Laufenden. Jeder schickt jeden Ermittlungsfortschritt per E-Mail an alle anderen. – Und nun zur Arbeitsaufteilung: Sie soll wie folgt sein. Anna und Pit arbeiten weiter am Mordfall Major Klapproth. Ihr werdet euch also alsbald mit diesem Hauptfeldwebel Vennjakob treffen, um herauszufinden, ob es in seiner Dienstzeit in Bielefeld irgendwelche Vorkommnisse gegeben hat, die uns auf die Spur seines Mörders bringen könnten. Sonja und Karsten, auf euch kommt die Aufgabe zu, den Tierparkmord zu bearbeiten. Keine leichte Aufgabe, aber ich bin sicher, dass ihr der gewachsen seid. Also Mut. Ihr sammelt unschätzbare Erfahrungen für euer Berufsleben. Ach ja, und Sonja, da du in die Omega-Sache so gut eingearbeitet bist, solltest du das auch zu Ende bringen. Im Übrigen gibt es hier vielleicht eine Verbindung zum Tierparkmord, dann ist es gut, wenn das in einer Hand liegt. Und ich selbst bin, wie gesagt, Ansprechpartner für alle und versuche, zu koordinieren und den Überblick zu behalten. Und mit diesem Überblick halten werde ich jetzt gleich mal anfangen: Es ist 13:07 Uhr und damit Zeit für das Mittagessen. Wie sagt der Lateiner: Plenus venter non studet libenter. Ein voller Bauch studiert nicht gern. Bei einer Ermittlung ist das anders. Ein leerer Bauch ermittelt nicht gern. Also, liebe Kollegen, wer kommt mit in die Kantine?"

Wenn Sommer gedacht hatte, dass sich nun alle fröhlich lachend mit ihm auf den Weg zur Kantine machten, so sah er sich getäuscht. Niemand regte sich. Pit ergriff als Erster das Wort: „Chef, essen ist ein guter Gedanke, Kantine nicht. Heute ist Samstag und da hat die Kantine geschlossen. Aber deine Lateinkenntnisse, beeindruckend. Wusste gar nicht, dass du Latein kannst."

„Na ja, ein wenig ist noch hängengeblieben vom Lateinunterricht beim alten Frentrup am Ravensberger Gymnasium. Aber wirklich Ahnung von der Sprache hatte ich nicht. Damals hat es irgendwie gereicht, aber heute wohl nicht mehr. Nun gut. Keine Kantine. Dann also Pizza-Service. Pit, kannst du das mal in die Hand nehmen. Für mich bitte eine Quattro Stagioni."

Ich war sehr zufrieden mit mir. Ich hatte es dem Polier, der inzwischen sogar Geschäftsführer geworden war, so richtig gezeigt. Und ich hatte einen sensationellen Ort gefunden, an dem ich ihn abgelegt hatte. Alles war ganz wunderbar. Meine künstlerisch gestaltete Installation bekam höchste Aufmerksamkeit. Sogar das Fernsehen war da und filmte die gesamte Szenerie. Ein Team vom WDR. Natürlich war ich in der Nähe unter den Zuschauern im Tierpark. Ich genoss es in vollen Zügen. Neben mir standen zwei ältere Damen, die sich lauthals entrüsteten. „Wie kann ein Mensch nur so etwas tun?", sagte die eine immer wieder und die andere: „Was ist das nur für ein Mensch! Ist das überhaupt ein Mensch, der so etwas tut?" Nur mit Mühe konnte ich mein Lachen unterdrücken. Die hatten wirklich gar keine Ahnung.

Ich war enorm gespannt auf die Berichterstattung im Fernsehen und in der Zeitung. Ich fieberte dem Abend entgegen, wenn in der Sendung OWL-aktuell des WDR sicher die Bilder gezeigt würden, die gerade eben gemacht wurden. Schade eigentlich, dass ich nicht nach vorn gehen konnte, um mich den Reportern als Interviewpartner anzubieten. Ich war schließlich der Künstler, der das alles verantwortete, und Künstler werden doch immer zu ihren Kunstwerken befragt; und dann würde das Interview in einer der Kultursendungen gezeigt, vielleicht sogar in „aspekte" oder „Titel Thesen Temperamente". Schade, dass ich auf diesen weitreichenden Ruhm verzichten musste. Wirklich schade.

Jetzt konnte ich beobachten, wie irgendeine Frau, die einen grauen Overall trug, einem zivil gekleideten Mann einen kleinen Zettel zeigte. Ich jubelte innerlich. Das war wirklich mein genialster Einfall, diesem Schwein von Polier auf diese Weise das Maul zu stopfen. Bei dem verkohlten Major war ich mir noch immer nicht sicher, ob die Polizei überhaupt schon herausgefunden hatte, wer er war. Offenbar hatte ich die Intelligenz der Bullen überschätzt. Man musste ihnen wohl etwas auf die Sprünge helfen. Schließlich war ich berufen, der Welt zu zeigen, um welche Mieslinge es sich bei diesen Typen handelte. Die Welt sollte wissen, was mir angetan wurde, und wer das getan hatte, und ich wollte endlich den Ruhm für mich haben, den ich ver-

diente. Deswegen war der Zettel notwendig und deswegen hatte ich auch die Brieftasche des Poliers nicht mitgenommen oder geleert.

Ich war noch ganz in meine Gedanken über meine Installation vertieft, als ich plötzlich merkte, wie das Fernsehteam ausgeschwirrt war, um Passanten zu befragen. Die Versuchung, mich als Gesprächspartner anzubieten, war riesengroß. Dennoch konnte ich mich beherrschen und zog mich zurück. Schade, ich hätte das Ganze noch gern länger beobachtet, aber so leicht wollte ich es den Bullen nicht machen. Unauffällig wie immer ging ich zurück zu meinem unauffälligen Opel Omega, den ich allerdings nicht in unmittelbarer Nähe zum Tierpark abgestellt hatte. Ich musste etwa 15 Minuten in Richtung Botanischer Garten laufen. Dort stand mein Wagen in der Freilichgrathstraße. Aber meine Schritte waren wie beflügelt. Ein Pärchen, das mir entgegenkam, sah mich etwas merkwürdig an. Hatte es auf mein Lächeln reagiert? War ich vielleicht ein einziges Mal nicht unauffällig gewesen? Unsinn! Ich war unauffällig, immer schon, auch heute.

Während sie auf den Pizzaservice warteten, ließen Sommer und Schwameyer die Ereignisse der letzten Tage noch einmal Revue passieren, wobei sie vor allem auch die Möglichkeit erörterten, dass beide Mordfälle zusammengehören könnten. Die Gedanken verliefen sich aber zunehmend in sinnlosen Kreisen und sie waren froh, als endlich die Pizzas gebracht wurden.

Sommer nutzte außerdem die Gelegenheit, kurz seine Frau anzurufen, um ihr mitzuteilen, dass er erst am Abend nach Hause käme. Wenn nichts dazwischenkäme, wollten sie alle nach der Pressekonferenz ins Wochenende gehen. Der Sonntag sollte frei bleiben. Wenigstens war das die Planung.

Angelika Sommer seufzte schwer. Es war ihr letztes Ferienwochenende und sie hatte gehofft, es mit ihrem Mann verbringen zu können. Bald schon würden ihre Wochenenden oft genug mit Korrekturen verplant sein. Außerhalb der Ferienzeit lag es oft an ihr, wenn sie nur wenig gemeinsame Zeiten finden konnten. Ihre beiden Berufe waren zeitlich nicht immer kompatibel, wie man heute gern sagt.

Karsten, Anna und Sonja versuchten, keine unnötige Zeit zu verschwenden, und erledigten die notwendigen Telefonate.

Hanna Hülsmeier z.B. hatte sich von Karsten Linnemann sehr interessiert die neuen Vorkommnisse erläutern lassen. Vor allem der zerknüllte Zettel im Mund von Dieter Rabe ließ sie aufhorchen.

„Der Tierpark-Mörder ist nicht irgendein gewöhnlicher Totschläger. Das dürfte auch Ihnen schon aufgefallen sein", sagte sie nach einer Weile.

„Das Ganze wirkt irgendwie installiert, wenn ich das, was Sie berichten, richtig verstehe. Ich würde mir aber gern die Bilder, die gemacht worden sind, genau anschauen. War das Fernsehen eigentlich auch da? Wenn ja, brauchen wir unbedingt das gesamte Material, das gedreht wurde. Ich bin gerade beim Mittagessen. Wenn ich fertig bin, komme ich zu Ihnen ins Präsidium."

„Ja, das wird wohl das Beste sein", antwortete Linnemann.

„ Ich kümmere mich umgehend um die Bilder und Filmaufnahmen. Übrigens, heute Nachmittag um vier ist eine Pressekonferenz angesetzt. Bis dahin sind wir wie gestern in unserem Konferenzraum. Bis nachher dann."

Sonja hatte derweil auf der Wache in Herford angerufen, um herauszufinden, wie weit die Kollegen mit der Befragung der Omega-Halter gekommen waren. Dem Leiter der Wache, der etwas grantig war wegen der vielen Arbeit, die ihm und seinen Kollegen, wie er sich ausdrückte, die Bielefelder gemacht hätten, musste sie tatsächlich den Ernst der Lage erklären, was sie mit allem Nachdruck tat. Dann gab er bereitwillig Auskunft und verwies auf die schon erstellten Berichte, die er umgehend an Sonjas E-Mail-Adresse zu schicken versprach. Im Übrigen hatten die uniformierten Kollegen, die diese Arbeit verrichteten, inzwischen etwas mehr als die Hälfte der Halter aufgesucht, aber nicht alle erreicht. Auffälliges war aber nicht dabei. Auf Nachfrage bestätigte er, dass alle Kollegen bei diesen Befragungen auch das Phantombild von PM Bleikamp hätten, um eventuell sofort reagieren zu können. Aber wie er schon gesagt habe, bis jetzt Fehlanzeige.

Besonders unerfreulich aus Sicht einer reibungslosen Ermittlungsarbeit verlief Annas Versuch, den ehemaligen Hauptfeldwebel Uwe Vennjakob bei der von Major Kallart genannten Adresse zu erreichen. Dort meldete sich zwar eine Frau, die sich mit dem Namen Vennjakob vorstellte, aber diese war nicht die Ehefrau des Ex-Soldaten, sondern seine Mutter.

„Nein, mein Sohn wohnt hier nicht mehr. Ich kann Ihnen aber eine Telefonnummer geben, unter der Sie ihn erreichen können, und auch seine Adresse.“

Schon als sich Anna die Nummer notierte, war ihr klar, dass hier ein Problem auf sie zukam.

Es handelte sich um eine süddeutsche Nummer, deren Vorwahl mit einer 09 begann. Umgehend wurde ihr Verdacht bestätigt, als die Mutter die Adresse ihres

Sohne nannte: Hersbruck bei Nürnberg, also in Franken.

„Mein Sohn hat im Urlaub eine Krankenschwester aus diesem Ort Hersbruck kennengelernt. Wir wussten bis dahin noch gar nicht, dass es eine Stadt dieses Namens überhaupt gab." ‚Ich auch nicht', dachte Anna. „Und dann hat er geheiratet, als ein Kind unterwegs war, und ist dorthin nach Franken gezogen und hat dort auch eine Arbeit in seinem Beruf als Heizungsbauer gefunden. Schön ist das nicht, dass die Kinder so weit weg sind, aber was will man machen?" Damit war das Gespräch beendet und Anna überlegte schon, wie sie am besten diesen Uwe Vennjakob im fränkischen Hersbruck kontaktieren würde. Natürlich erst einmal am Telefon. Eine offizielle Aussage würden die Kollegen der bayerischen Polizei aufnehmen müssen.

Inzwischen war auch die Psychologin im Präsidium erschienen. Obwohl Sommer Hanna Hülsmeier nun schon kannte, überraschte ihn dennoch erneut ihre Jugendlichkeit. Ein bisschen erinnerte ihn das daran, dass seine eigene jugendliche Frische immer mehr eine Erinnerung an die Vergangenheit war, auch wenn der Volksmund für sein Alter und die kommenden zehn Jahre die Bezeichnung „die besten Jahre" erfunden hatte. Noch schlimmer fand er es allerdings, dass dann, wenn dieser Begriff ins Englische übersetzt wurde, eine noch ältere Generation gemeint war. Nach Menschen in den „besten Jahren" um die 50 bis 60 kamen die „Best Agers" und die waren zwischen 60 und 70! Der Jugendkult hatte durchaus satirische Züge.

„Hallo, Herr Sommer", begrüßte ihn Hanna Hülsmeier, und Sommer dachte erneut: ‚Jugendlich!' „Da hält uns wohl jemand ziemlich auf Trab."

„So kann man es auch nennen“, antwortete Sommer. „Aber wieso jemand? Meinen Sie damit *ein* Jemand?“

„In der Tat. Der Gedanke kann einem kommen.“

„Mir war er auch schon gekommen. Aber es fehlen noch klare Beweise dafür, dass es so ist. Es gibt jedoch Hinweise, die über mein Bauchgefühl hinausgehen. In beiden Fällen könnte ein älterer Opel Omega eine Rolle spielen. Das ist allerdings noch sehr vage. Aber ganz ehrlich: Am meisten sind mir Ihre gestrigen Bemerkungen in Erinnerung geblieben, dass es noch nicht vorbei sei. Daran musste ich heute Morgen unwillkürlich denken. Sie scheinen diesen Gedanken wohl auch schon gehabt zu haben.“

„Allerdings, mir drängte sich dieser Gedanke ebenfalls auf, als Herr Linnemann mir von dieser schrecklichen Sache in Olderdissen erzählt hatte. Aber bevor ich weiter darüber spekuliere, muss ich mir die Bilder von der Situation im Wildschweingehege eingehend ansehen. Sie haben die Bilder doch schon da?“

„Ja, die Polizeifotos der Spurensicherung sind alle schon im Rechner. Die können Sie sich sofort ansehen.“

„Und die Bilder des WDR? Karsten Linnemann wollte sich darum kümmern.“

„So, wollte er das? Dann will ich ihn doch mal fragen.“ Mit diesen Worten nahm Sommer das Telefon in die Hand und rief im Nachbarzimmer an. „Karsten, Frau Hülsmeier ist hier. Kannst du mal eben rüberkommen?“

Sekunden später kam Karsten durch die Tür.

Sommer ließ ihn kaum zur Ruhe kommen. „Hallo, Karsten, Frau Hülsmeier fragt nach den Bildern vom Tatort im Tierpark und vor allem nach dem Material des WDR.“

„Unsere eigenen Fotos sind allesamt schon im Rechner. Aber mit dem WDR ist das etwas schwieriger. Ich hab erst vor 10 bis 15 Minuten einen Verantwortlichen erreichen können. Der hat aber zugesagt, uns eine Kopie des gesamten Materials zu schicken. Nachher bei der Pressekonferenz will das der Redakteur mitbringen. Schneller ginge das nicht."

„Na gut. Dann haben wir das ja bald", sagte jetzt Hanna Hülsmeier. „Bis dahin kann ich ja schon mal die Fotos studieren. Ich setzte mich am besten ins Konferenzzimmer an den Rechner dort." In der Tür drehte sie sich noch einmal um und fragte: „Der Kaffeeautomat - ist der noch im selben Raum wie immer? Ich könnte jetzt eine Tasse gebrauchen."

„Becher", sagte Sommer.

„Wie bitte?"

„Becher. Eine Tasse Kaffee gibt es nicht, nur einen Becher. Aus diesem Kaffeemonstrum auf unserer Etage kommen keine Tassen, sondern Becher - Becher mit brauner Brühe, die ich nur ungern Kaffee nennen mag. Wenn das hier alles vorbei ist, muss ich mir unbedingt einen Espressoautomaten für mein Büro zulegen. Karsten, sei so gut und begleite Frau Hülsmeier. Du kennst dich mit diesem Kaffee-„Ding" doch aus. Wir sehen uns dann alle nachher um 15:30 Uhr im Konferenzraum zur Vorbesprechung der Pressekonferenz um vier."

Um Viertel vor vier war der große Besprechungsraum im Erdgeschoss des Polizeipräsidiums schon gut gefüllt mit einer großen Zahl von Journalisten und Fernsehteams. Die eigentliche Organisation der Pressekonferenz hatte Kriminaldirektor Wende natürlich nicht selbst übernommen. Dafür gab es einen Pressesprecher, der zurzeit versuchte, ein wenig Ordnung in diesen journalistischen Hühnerhaufen zu bekommen. Wie üblich rangelten vor allem die Bildberichterstatter um die besten Plätze. Aber der Pressesprecher schien die Sache gut im Griff zu haben.

Pünktlich um vier betrat Kriminaldirektor Wende den Raum, gefolgt von Frank Sommer und seinen Mitarbeitern und Mitarbeiterinnen. An der Frontseite des Raumes nahmen sie an einem Podium Platz, direkt unter einer großen Leinwand. Der unter der Decke fest installierte Beamer warf bereits ein Begrüßungsbild an die Wand, gesteuert durch einen Laptop, den eine Mitarbeiterin der Pressestelle bediente. Direkt neben Wende nahm Sommer Platz. Die anderen verteilten sich nach links und rechts an den Podiumstischen. Nach freundlicher Begrüßung und Vorstellung der Podiumsteilnehmer durch den Pressesprecher ergriff Wende das Wort und gab einen ersten allgemeinen Überblick über die beiden Fälle, die die Mordkommission zurzeit beschäftigten, wobei er mit dem Tierparkmord begann. Für die Einzelheiten waren dann neben Frank Sommer die Ermittler zuständig, die sich dieser Aufgabe allesamt mit Bravour entledigten. Zu guter Letzt meldete sich Sommer noch einmal zu Wort:

„Diese beiden uns zeitgleich beschäftigenden Fälle geben uns insgesamt noch eine Reihe von Rätseln auf. Deshalb bitten wir hier an dieser Stelle auch die Öffentlichkeit um Mithilfe. Wir sind sehr daran interessiert, Einzelheiten im Umfeld der jeweiligen Taten zu erhalten, d.h. erstens zu dem Brand in der Schule in Herford. Falls noch irgendjemand etwas gesehen oder gehört hat, was er oder sie bis jetzt der Polizei noch nicht mitgeteilt hat, weil es eventuell unbedeutend erschien, möge er oder sie dies unbedingt melden. Noch wichtiger aber ist der vermutliche Zeitpunkt der Ermordung des Majors a. D. Heinz Klapproth und, in dem anderen Fall, dem Tierparkmord, der Zeitraum, an dem vermutlich die Leiche des Geschäftsführers von Westfalen-Bau, Dieter Rabe, in den Tierpark Olderdissen verbracht wurde. Im ersten Fall geht es um den späten Abend des 31. August. Herr Klapproth hat sein Haus wie gewohnt um circa 21.30 Uhr verlassen, um eine letzte Runde mit seinem Hund zu drehen. Hier die konkrete Frage: Hat jemand im Bereich des Senner Waldweges und Umgebung z.B. ein Fahrzeug beobachtet oder sonst eine Beobachtung gemacht, die auf etwas Ungewöhnliches schließen könnte."

Sommer machte eine kleine Pause. Dann fuhr er fort:

„In Bezug auf den Tierparkmord ist es die letzte Nacht, die uns interessiert, also die Nacht von gestern, 2. September, auf heute, 3. September. Hat jemand im Bereich des Parkplatzes am Tierpark Olderdissen oder gar innerhalb des Tierparkgeländes ein Fahrzeug oder irgendetwas Verdächtiges bemerkt?"

Wieder hielt Sommer einen Moment inne.

„Für beide Fälle haben wir eine Hotline eingerichtet. Die Nummer steht hinter mir an der Leinwand. Im Übrigen nimmt jede Polizeidienststelle Hinweise entgegen."

Damit endete Sommer, und der Pressesprecher übernahm wieder die Regie, indem er dazu aufforderte, Fragen zu stellen.

Die entscheidende Frage, mit der Wende, Sommer und die anderen schon gerechnet hatten, ließ dann auch nicht lange auf sich warten.

Es war die Vertreterin einer der großen Regionalzeitungen. „Herr Sommer, Sie und Ihre Mitarbeiter haben uns ausführlich über zwei nahezu zeitgleiche

Mordfälle berichtet. Ist diese zeitliche Übereinstimmung Zufall oder hängen die Fälle miteinander zusammen? Haben wir es mit einem Serientäter zu tun?"

„Wenn ich ehrlich sein will, ist das eins der größten Rätsel, das wir im Moment haben. Wir können aber leider zum jetzigen Zeitpunkt einen Zusammenhang weder ausschließen noch bestätigen", antwortete Sommer.

„Müller, vom Tagesexpress", meldete sich ein geschniegelter Typ aus der zweiten Reihe. „Heißt das, dass wir in der nächsten Zeit mit weiteren Morden rechnen müssen, Herr Sommer? Wie wollen Sie das verhindern? Haben Sie eine Strategie in dieser Richtung oder tappt die Polizei mal wieder im Dunkeln?" Unverkennbar ein Vertreter der Boulevardpresse, der diese Fragen gestellt hatte, die eigentlich gar keine waren, sondern eher Unterstellungen oder Meinungsäußerungen in Frageform gekleidet.

Sommer versuchte gelassen zu antworten: „Das sind ja gleich drei Wünsche auf einmal", probierte er es mit einem Scherz. Tatsächlich breitete sich eine leichte Heiterkeit aus. „Aber im Ernst: Sie können sicher sein, dass wir unsere Arbeit tun. Wir nehmen die beiden Mordtaten zusammen und jede für sich sehr ernst. Wie bereits von Herrn Kriminaldirektor Wende erläutert, bestehen zwei Sonderkommissionen, die jede für sich einen der beiden Fälle bearbeitet. Beide Ermittlungslinien laufen bei mir zusammen, sodass ich den Überblick habe und so auch reagieren kann, wenn eine Verbindung zwischen den beiden Fällen deutlicher zu Tage tritt. Im Augenblick müssen wir aber beide Optionen offenhalten, also dass es sich um einen Täter oder zwei Täter und zwei Taten handelt. Wenn wir uns auf eine Option festlegen, könnte es sein, dass wir dadurch für die zweite Option blind werden. Und das wäre bestimmt nicht im Sinne einer sinnvollen Aufklärung der Fälle. Ich betone aber noch einmal, dass wir die Option - ein Täter und zwei zusammenhängende Fälle - unbedingt im Blick haben. Belastbare Erkenntnisse haben wir in dieser Hinsicht aber noch nicht."

„Mit anderen Worten, Sie tappen im Dunkeln und Sie haben noch keine Ahnung, was eigentlich los ist", meldete sich erneut der Boulevardjournalist zu Worte.

„Wenn Sie es so ausdrücken wollen. Das Dunkel liegt am Anfang einer Ermittlung sozusagen in der Natur der Sache. Am Anfang ist das Dunkel. Aber seien Sie gewiss, dass wir bereits erste Lichter entzündet haben, auch solche, die hier aus ermittlungstaktischen Gründen noch nicht genannt werden können. Und dass wir in kürzester Zeit weitere Lichter hinzufügen werden."

„Schön, dieser Ausflug in quasi philosophische Sphären", konterte Müller, „aber es bleibt dabei: die Polizei tappt im Dunkeln." Zufrieden mit sich lehnte er sich zurück.

„Gibt es noch weitere Fragen?" Der Pressesprecher versuchte die Sache wieder in die Hand zu bekommen. Als sich niemand mehr zu Wort meldete, schloss er die Konferenz und wünschte allen einen guten Heimweg. Um kurz vor fünf war damit die Pressekonferenz beendet.

Zehn Minuten später waren alle, einschließlich KD Wende, wieder in ihrem Besprechungsraum im ersten Stock versammelt. Auch der Pressesprecher war dazugekommen und brachte eine DVD des WDR mit, die alle Anwesenden sofort anschauten. Ein langer und langsamer Schwenk über die Schaulustigen erregte ihre besondere Aufmerksamkeit. Sommer hatte die

Idee, nach einem Gesicht Ausschau zu halten, das dem Phantombild von PM Bleikamp ähnlich war. Wenn es sich bei beiden Fällen um ein und denselben Täter handelte, dann wäre es doch gut möglich, dass diese Person auch hier wieder unter den Schaulustigen war. Auf der großen Leinwand zogen immer mehr Gesichter vorbei. Immer wieder bat jemand, den Film kurz anzuhalten oder noch einmal zurückzufahren. Karsten, der dafür zuständig war, erfüllte treu alle Wünsche. Er hatte es so eingerichtet, dass rechts das Phantom zu sehen war und gleichzeitig daneben der WDR-Film ablief. So konnten sie immer unmittelbar Gesichter und Phantombild vergleichen. Plötzlich war es Sonja, die die gespannte Stille unterbrach.

„Da, stopp! Dieser Typ im grauen Pullover in einer hinteren Reihe. Geh noch mal zurück. Ja genau, der da, den meine ich. Das könnte er doch sein, oder? Karsten, mach doch mal größer."

Karsten vergrößerte das Gesicht aus dem Film, sodass Film- und Phantombild nun in gleicher Größe nebeneinander auf der Leinwand zu sehen waren. Tatsächlich, eine gewisse Ähnlichkeit war nicht zu übersehen.

„Das könnte ein Durchbruch sein", sagte Sommer. Wenn der Typ im Tierpark mit dem Phantombild identisch ist, dann ist das ein ziemlich belastbarer Hinweis auf eine Verbindung beider Fälle, und dann könnte das vielleicht genau unser Mann sein. PM Bleikamp soll sich das Bild aus dem Film gleich ansehen. Während Karsten das Foto aus dem Film auskoppelte und sofort nach Herford mailte, rief Sommer Bleikamp an, den er tatsächlich sofort zu Hause erreichte. Er versprach unmittelbar auf die Wache zu fahren, um sich das Bild anzusehen. An die private E-Mail-Adresse wollte Sommer das Foto nicht geschickt wissen. Pit mischte sich ein und wies darauf hin, dass sie doch auch Miss Polizei NRW benachrichtigen könnten, ob das Bild dem Mann entsprach, den sie in der Brandnacht durch die Gärten hinter der Schule huschen sah. Nachdem alle außer Sommer ihn entgeistert ansahen, ergänzte er, „Polizeimeisterin Melanie Hagedorn. Ich hab mit ihr über die mysteriöse Person hinter der Schule gesprochen. Eine äußerst attraktive Kollegin, nebenbei bemerkt."

„Pit, du bist unverbesserlich", sagte Anna, „aber du hast recht. Ruf sie an. Sie soll auch zur Wache fahren und sich das Bild ansehen."

Interessanterweise war PM Hagedorn nicht zu Hause, sondern hatte ohnehin Dienst und konnte so unmittelbar ein Blick auf das Bild werfen.

„Ich hab ihn nur von der Seite gesehen", sagte sie, als sie zurückrief. „Aber es ist nicht ausgeschlossen, dass er es war. Aber wie gesagt, es war dunkel und ich konnte ihn nicht von vorn sehen."

Kurze Zeit später meldete sich Helmut Bleikamp. „Ja, ich glaube, er ist es. Ja, doch. Ich bin mir ziemlich sicher. Das ist der Mann, mit dem ich in der Nacht gesprochen habe und der mich nach eventuellen menschlichen Opfern des Brandes gefragt hat. Ja, das ist er."

„Ja, liebe Kolleginnen und Kollegen", meldete sich Wende zu Wort. „Damit dürfte wohl klar sein, dass es sich um einen Täter und einen Fall handelt. Natürlich kann es auch Zufall sein, oder es handelt sich um Zwillingsbrüder. Aber ich denke, das können wir ausschließen. Oder was meinen Sie, Sommer?"

„Ich bin ganz Ihrer Meinung", antworte der. „Frau Hülsmeier, würden Sie aus Ihrer Warte dem auch zustimmen?"

„Sagen wir mal so, ich kann dem nicht widersprechen. Die theatralische Art und Weise, wie der Täter in beiden Fällen vorgegangen ist, diese Inszenierungen, das spricht in der Tat für eine Verbindung zwischen beiden Fällen. Ja, ich stimme Ihnen zu: Ein Fall, ein Täter."

„Frank, warte mal", rief Sonja dazwischen, „da ist noch etwas. Dieser Typ, den wir jetzt suchen. Irgendwie kommt der mir bekannt vor. Schon beim Phantombild hatte ich das Gefühl und jetzt erst recht. Ich komme aber nicht drauf, warum oder woher ich das Gesicht kenne."

„Versuch dich zu erinnern. Das ist sehr wichtig."

„Ja, natürlich. Ich nehme das Bild in jedem Fall mit nach Hause und kann dann weiter darüber grübeln. Und dann möchte ich mich wieder intensiv um die Omega-Spur kümmern. Wenn dieser Typ auch der Omega-Fahrer sein sollte, dann bin ich genau diejenige, die sich um diese Spur kümmern sollte. O.k., Frank?"

„O.k. Aber mach bitte nichts allein. Hörst du: Keine Alleingänge!"

Sie hatten vereinbart, an diesem Sonntag eine Pause zu machen. Aber natürlich waren alle Mitglieder der Sonderkommission in Rufbereitschaft. Gestern Abend war wie erwartet der Bericht über die Mordfälle und die Pressekonferenz in der Aktuellen Stunde des WDR zu sehen gewesen. Er wurde kurz darauf in der Regionalsendung OWL aktuell ebenfalls im WDR wiederholt. Ein inhaltlich ausführlicher aber sachlicher Bericht, wie Sommer ihn vom WDR gewohnt war. Allerdings war zu erwarten, dass nach dem Aufruf zur Mitwirkung eine Vielzahl von Hinweisen aus der Bevölkerung eingehen würde, darunter leider sicher auch viele, die die Anrufer für einen Spaß hielten. Die entsprechende Hotline war mit mehreren Kolleginnen und Kollegen rund um die Uhr besetzt, und Sommer würde sofort informiert werden, wenn irgendetwas wirklich Interessantes darunter wäre. In der Ermittlungsgruppe hatten sie jedoch vereinbart, sich auf jeden Fall am Montag intensiv mit den Hinweisen zu beschäftigen, jedenfalls mit den Hinweisen, die wenigstens einen Anschein von Seriosität erkennen ließen. Bislang war Sommer aber noch nicht angerufen worden. Deshalb war er jetzt mit relativer Gelassenheit dabei, das Frühstück für sich und seine Frau vorzubereiten. Sein Sohn würde vermutlich nur eine Stippvisite am Frühstückstisch machen, wenn überhaupt. Der Wecker war heute Morgen ausgestellt gewesen, dennoch war Sommer um kurz nach sieben wach geworden. Schließlich, nach einer kurzen Phase zwischen Wachen und Träumen, war er aufgestanden und in die Küche gegangen. Kaffee, frisch aufgebackene Brötchen, Quark, Honig, Marmelade und ein Ei, das war ihr normales Frühstück. Wurst und Käse eher selten. Sonntags, wenn sie mehr Zeit hatten, gern auch frisches Obst. Alles war vorbereitet und Sommer stand am Fenster und sah hinüber auf den Kamm des Teutoburger Waldes, als ihn zwei Arme von hinten umschlangen und seine Frau ihren Kopf sanft an seinen Rücken lehnte.

„Morgen, Schatz", sagte sie. „Schon auf und auch schon alles vorbereitet?"

„Ach ja. So richtig lässt mich dieser vertrackte Fall nicht los. Die Nacht über habe ich zwar gut geschlafen, fast wie ein Toter, aber als ich wach wurde, war an weiterschlummern nicht mehr zu denken. Die Gedanken kreisten schnell um den Fall und es war besser, aufzustehen und schon einmal das Frühstück vorzubereiten."

Von seiner Frau bekam er einen liebevollen Kuss, dann setzten sich beide an den schön gedeckten Tisch. Sommer hatte sogar ein paar Blumen aus dem Garten geholt und in einer kleinen Vase auf den Tisch gestellt.

„Wie sieht deine Planung aus für heute?", fragte Angelika ihn. „Wirst du den ganzen Tag Zeit haben? Können wir irgendetwas gemeinsam unternehmen?"

„Wir haben uns heute nicht innerhalb der Sonderkommission verabredet, aber es kann natürlich sein, dass ich angerufen werde, wenn bei der Hotline irgendein wichtiger Hinweis eingeht. Größere Aktivitäten als ein gemeinsamer Spaziergang z. B. an der Sparrenburg, im Botanischen Garten oder in der Innenstadt sind da wohl nicht drin. Heute Morgen würde ich allerdings gern einen Gottesdienst besuchen."

Einen Gottesdienst? Angelika sah ihren Mann etwas verwundert aber im Grunde nicht wirklich überrascht an. Beide hatten nicht unbedingt eine besonders enge Beziehung zur evangelischen Kirche, in die hinein sie getauft und konfirmiert waren. Beide waren aber immer in einer, wenn auch lockeren, Beziehung zur Kirche geblieben. In seiner Jugend hatte Frank Sommer intensiven Kontakt zur kirchlichen Jugend gehabt und er hatte eine Reihe von Jahren sogar im Posaunenchor seiner Heimatgemeinde mitgespielt. Durch Ausbildung und Berufstätigkeit war das alles jedoch immer mehr in den Hintergrund getreten. Aber gelegentlich, vor allem in Situationen, die ihm nahegingen, hatte er immer wieder den Wunsch gehabt, einen Gottesdienst zu besuchen.

Die Welt sozusagen mit anderen, neuen Augen sehen, das war es, worum es ging. Einen Augenblick innehalten, zur Ruhe kommen, das konnte er im Gottesdienst. Gerade in Situationen wie zurzeit war ihm das wichtig. Dann wurde der Besuch des Gottesdienstes zu einer Meditation. Nicht immer, aber meistens, nahm er wenigstens eine Kleinigkeit mit, einen Gedanken aus der Predigt z. B. oder eine Liedzeile, die ihn noch eine Weile beschäftigte. Heute war wieder so ein Tag, an dem er das Gefühl hatte, kurz innehalten zu sollen von der Hektik der Ermittlung und den schlimmen Dingen, die er zu sehen gezwungen war.

„Hast du dich schon erkundigt, wohin du hier gehen kannst?“, fragte ihn jetzt seine Frau.

„Ja, im Internet erfährst du alles. Wir gehören zur Kirchengemeinde Dornberg, und in der alten Dorfkirche ist heute um zehn Uhr Gottesdienst. Vielleicht kommst du ja mit? Und anschließend vielleicht ins Restaurant Rosenhof, das ist auch gleich hier in Dornberg. Ein guter Italiener, hab ich von meinen Kollegen gehört.“

„Könnten wir eigentlich machen. Aber was machst du, wenn dein Handy mitten im Gottesdienst klingelt und du schnell ins Präsidium musst?“

„Ich schalte es auf stumm, behalte es aber im Auge, und dann setzen wir uns am besten nach hinten, sodass ich dann mehr oder weniger unbemerkt nach draußen gehen kann. Doch, das wird schon gehen.“

Sonja Rosenfeld hatte einige Mühe gehabt, ihrem Lebensgefährten Niklas Reiter klarzumachen, dass dieser Sonntag nur bedingt für Freizeitvergnügungen zur Verfügung stand. Niklas stand zunehmend mit Sonjas Beruf auf Kriegsfuß. Er fühlte sich zurückgesetzt und mehr als einmal war es über Arbeitszeiten und Arbeitsbelastung zu heftigen Auseinandersetzungen gekommen. Auch heute braute sich ein schweres Beziehungsgewitter drohend über dem sonntäglichen Frühstückstisch zusammen. Aber Sonja hatte gar keine andere Wahl. Es war ihr Beruf und sie musste auf Abruf erreichbar sein, besonders heute. Im Übrigen wollte sie sich auch noch einmal intensiv mit dem beschäftigen, was in der Ermittlungsgruppe nun schon seit einiger Zeit die Omega-Spur genannt wurde. Die drei Fahndungsteams waren auch gestern am Samstag bis zum Abend hin aktiv gewesen, und sie musste einfach am Ball bleiben, um zu erfahren, was der letzte Stand der Dinge war. Der Teil der Fälle, der mit ihrer alten Schule in Herford zu tun hatte, lag ihr besonders am Herzen. Das alles ging ihr näher, als sie vermutet hatte. Warum hat der Täter sich eigentlich genau diese Schule ausgesucht? Das fragte sie sich immer wieder. Es gab doch so viele Schulen, warum also die Lise-Meitner-Schule? Und dann schafft er auch noch von weit her aus Bielefeld-Senne den toten Heinz Klapproth herbei, um ihn genau in diese Schule zu bringen, in ihre Schule. Warum? Das musste einen Sinn haben, was bedeutete, dass der Täter zu dieser Schule eine persönliche Beziehung haben musste. Am Anfang der Ermittlung hatte sich ihr neuer Chef Frank Sommer schon einmal dieser Spur im Gespräch mit den Schulleitern angenommen, war aber wieder davon abgekommen, als zumindest in der näheren Vergangenheit keine Zusammenhänge erkennbar waren. Aber es musste diesen Zusammenhang geben. Er lag eben nur länger zurück. Aber wie lange? Wie alt mochte die verdächtige Person sein, das fragte sie sich jetzt, die Person, die sie aus den Zuschauern in der Brandnacht und im Tierpark herausgefiltert hatten, vorausgesetzt, diese Person war ihr gesuchter Täter, wofür einiges zu sprechen schien. Wie alt mochte er also sein? Vielleicht 40 plus/minus fünf Jahre. Diese Angabe hatte auch PM Bleikamp gemacht. Sonja stutzte bei dem Alter. Das würde ja bedeuten, dass dieser Mann in etwa so alt war wie sie selbst. Kam ihr deshalb das Gesicht so bekannt vor? Handelte es sich bei der gesuchten Person vielleicht um jemanden, den sie von der Schule her kennen konnte? Aus ihrer Klasse wird es doch wohl niemand gewesen sein. Oder doch? Sie hatte Witterung aufgenommen und sie musste diese Spur verfolgen, aber wie? Die Erinnerung an ihre eigene Klasse und erst recht an die Parallelklassen war im Laufe der Zeit immer mehr verblasst. Das eine oder andere Gesicht stand noch deutlich vor ihr, auch die eine oder andere Situation. Vieles aber war nur noch schemenhaft in ihrer Erinnerung und dazu noch emotional unterlegt. So war es wohl immer mit Erinnerungen. Besonders gut sind uns Dinge gegenwärtig, bei denen Emotionen im Spiel waren, bei denen wir uns gefreut haben oder geärgert, was uns innerlich jubeln ließ oder uns tief gekränkt hat. Bei der Bewertung der Erinnerungen von Zeugen hatte sie als Polizistin bei Vernehmungen darauf besonders zu achten. Deshalb wurde ein und dasselbe Ereignis oft ganz verschieden erinnert.

So sehr Sonja in ihren Erinnerungen wühlte, vieles war und blieb schemenhaft. Jetzt wäre es hilfreich gewesen, wenn es schon einmal ein Klassentreffen gegeben hätte, bei der diese Erinnerungen aufgefrischt worden wären. Aber das gab es nicht. Eigentlich auch kein Wunder, denn einen besonderen Klassenzusammenhalt hatte es damals nicht gegeben. Dennoch, es half nichts: Die Namen der Schülerinnen und Schüler, die vor 15 bis 20 Jahren in den Abschlussklassen der damaligen Realschule Uhlandstraße waren, müssten sich doch herausfinden lassen. Und um überhaupt irgendwo zu beginnen, beschloss sie zuerst ihre eigene Klasse unter die Lupe zu nehmen. Vielleicht war es dafür auch hilfreich, sich mit dem einen oder anderen Mitschüler zu treffen. Einige werden mit Sicherheit noch in der Nähe wohnen. Zusammen kamen sie dem unauffälligen Mann aus der Menge der Zuschauer dann vielleicht auf die Spur.

Also, wer aus ihrer alten Klasse konnte ihr helfen? Das DIN-A4-Blatt, das sie vor sich hinlegte, um die Namen zu notieren, blieb jedoch weithin weiß. Nur an wenige der alten Namen konnte sie sich erinnern, und das waren im Grunde nur Vornamen oder Spitznamen. Offenbar hatte sie mit ihrer Schulzeit gründlich abgeschlossen, sodass sie die Erinnerungen daran ebenso gründlich in tiefen Regionen ihres Gedächtnisses abgelegt hatte. Da kam ihr ein plötzlicher Einfall. Gab es nicht im Internet eine Seite, mit deren Hilfe man die Namen ehemaliger Klassenkameraden herausfinden konnte, z. B. wenn man ein Klassentreffen organisieren wollte? Irgendwann war sie zufällig einmal darauf gestoßen. Diesen Weg würde sie gehen.

Unter den eher missliebigen Blicken ihres Freundes klappte sie ihren Laptop auf und begann nach entsprechenden Seiten zu suchen. Es gab tatsächlich sogar mehrere Anbieter. Bei näherem Hinsehen entpuppte sich das Ganze jedoch als Enttäuschung. Sie war wohl sehr naiv gewesen, als sie glaubte, in kurzer Zeit eine komplette Liste mit Schülernamen präsentiert zu bekommen. Was sie tatsächlich vorfand, war im Grunde nichts anderes als eines der üblichen sogenannten sozialen Netzwerke. Es tauchten nur Namen von Personen auf, die sich dort persönlich angemeldet hatten. Darauf hätte sie im Sinne des Datenschutzes auch selbst kommen können. Wäre ja auch noch schöner, wenn dort einfach personenbezogene Daten für alle Welt frei zugänglich präsentiert würden.

Ganz umsonst war diese Aktion jedoch nicht gewesen. Sie stieß auf einen Namen, der noch nicht auf ihrer Liste stand, der ihr aber nun doch eine Menge sagte: Jens Saarmann. Natürlich: Jens! Wie konnte sie den Namen eigentlich vergessen. Das war doch der Schwarm aller Mädchen in der Klasse gewesen. Eigentlich ein ziemlicher Lackaffe, wenn sie es rückblickend richtig bedachte, aber damals, fast noch in der Pubertät, dachte sie noch nicht so. Sehr viel Aufmerksamkeit hatte Sonja allerdings umgekehrt von Jens nicht bekommen. Da gab es andere, viel attraktivere Mädchen in der Klasse als sie. Ein Mauerblümchen war sie zwar nicht gewesen, aber zu den zwei, drei Mitschülerinnen, die Jens am meisten umschwirrt hatten, gehörte sie eben nicht.

Was mag aus diesem Jens wohl geworden sein? Welchen Beruf mag er ergriffen haben? Unwillkürlich stellte sie sich ihn als Bankangestellten vor, als einen leitenden natürlich. So großspurig, wie er damals aufgetreten war, wird er sich sicher nicht mit einer nachrangigen Position begnügt haben. Sie musste ihn finden. Ihn wollte sie befragen, um etwas über den Verdächtigen auf dem Foto herauszufinden. Vielleicht konnte Jens das Gesicht wiedererkennen und einem Namen zuordnen. Sie machte sich unmittelbar daran herauszufinden, wo dieser Jens Saarmann jetzt wohnte. Hoffentlich nicht allzu weit entfernt. Ihr Computer war noch aufgeklappt und sie öffnete sofort eine Telefonbuchseite. Dann gab sie ohne nähere Ortsangabe den Namen Jens Saarmann ein. Zu ihrer großen Freude gab es insgesamt nur drei Einträge. Zwei davon ganz im Westen Nordrhein-Westfalens nahe der holländischen Grenze, der dritte Eintrag jedoch war in der Nähe zu finden, in Bünde im Kreis Herford. Ob das ihr ehemaliger Klassenkamerad war? Sie wollte es sofort herausfinden und wählte unverzüglich die im Telefonbuch angegebene Nummer. Es dauerte eine Weile, bis sich am anderen Ende jemand abnahm.

„Saarmann", meldete sich eine schwere, schleppende Stimme, die jeden Elan vermissen ließ.

„Guten Tag, spreche ich mit Jens Saarmann?", fragte Sonja.

„Ja, Jens Saarmann, und mit wem spreche ich?"

„Ich bin Sonja Rosenfeld. Ich bin Polizistin bei der Kripo in Bielefeld, aber bekommen Sie keinen Schreck. Es ist nichts Schlimmes passiert."

„Sonja Rosenfeld? Der Name kommt mir bekannt vor", ließ Saarmann sich mit weiterhin schleppender Stimme vernehmen.

„Wenn Sie der Jens Saarmann sind, den ich suche, dann wär das gut möglich. Haben Sie bis zum Sommer 1991 die Realschule Uhlandstraße, heute Lise-Meitner-Schule, besucht?"

„Ja, das ist richtig!" Jetzt wurde die Stimme ein wenig frischer. „Und jetzt weiß ich auch, woher ich Ihren Namen kennen. Sonja Rosenfeld - Sie, äh, du warst auch in der Klasse. Jetzt weiß ich es wieder. Ich sehe dich noch vor Augen."

„Wunderbar, Jens", antwortete Sonja, „schön, dass ich dich gefunden habe."

„Worum geht's. Willst du ein Klassentreffen organisieren? Also ehrlich, das ist nichts für mich. Nee, ich hab da ganz andere Sorgen." Jens war wieder in den schleppenden Tonfall zurückgefallen.

„Nein, Jens, darum geht es nicht. Wenn ich ehrlich sein soll, ist mein Anruf auch eher dienstlich."

„Dienstlich, als Polizistin? Also doch etwas Schlimmes passiert?"

„Schlimm ja, aber nichts, was dich direkt beträfe. Aber am Telefon möchte ich das nicht besprechen. Kann ich vorbeikommen? Heute noch?"

„Heute noch? So dringend? Na gut, wie du meinst. Wann möchtest du kommen?"

„Am liebsten sofort. Ein bisschen wird es dauern, bis ich in Bünde bin. Ich wohne jetzt in Bielefeld. Sagen wir, in einer Stunde, so um halb 12 oder etwas später?"

„Ja, in Ordnung. Ich wohne hier allein und habe ohnehin nichts weiter vor. Dann bis nachher. Und es ist wirklich nichts Schlimmes passiert, mit meinen Kindern zum Beispiel?"

„Nein Jens, wirklich nicht. Mit deinen Kindern hat das, was ich mit dir besprechen will, absolut nichts zu tun. Dann bis nachher."

Als Sonja die rote Aus-Taste gedrückt hatte, dachte sie noch einen Moment über das Gespräch nach. Ein wenig merkwürdig kam ihr das schon vor, der schwere, schleppende Tonfall, auch, dass er allein lebte, obwohl er Kinder hatte. Geschieden, das kam ihr unmittelbar in den Sinn.

Ihr Lebensgefährte nahm kaum zur Kenntnis, dass sie nach Bünde fahren wollte. Stumm widmete er sich weiter dem Internet. Als sie sich ins Auto setzte und losfuhr, graute ihr bereits vor der Rückkehr, wenn Niklas sie mit Vorwürfen überziehen würde, während er das Beleidigt-Sein wie eine Waffe vor sich hertrug. Aber jetzt konnte sie sich damit nicht befassen. Jetzt galt es, in diesem elenden Fall Fortschritte zu machen. Jetzt galt es, so schnell wie möglich, Name und Anschrift des Verdächtigen ausfindig zu machen. Sie mussten in der Sache vorwärtskommen, und zwar je schneller desto besser.

Nach etwa 45 Minuten hatte Sonja Jens Saarmanns Wohnung erreicht. Diese entpuppte sich als schlichte Behausung in einem bestenfalls schmucklos zu nennenden Hochhauskomplex im Südwesten der ansonsten von bürgerlicher Idylle geprägten Kleinstadt mitten im Ravensberger Hügelland. Auf dem Klingelbrett gab es fast dreißig Namen, die meisten offenbar türkischer oder russischer Herkunft. Im sechsten Obergeschoss fand sie den Namen Saarmann. Sie drückte den Klingelknopf und nahezu unmittelbar danach summte der Türöffner. Ihr ehemaliger Mitschüler schien bereits gewartet zu haben. Vor dem Fahrstuhl hing ein Schild „DEFEKT", also nahm sie die Treppe, was ihr wenig ausmachte, denn sie war gut trainiert. Schlimmer waren da schon die Gerüche, die sich im Hausflur verbreiteten. Unangenehm als Erstes hervorstechend war alter, abgestandener Schweißgeruch. Dann nahm sie so etwas wie Gummi wahr, offenbar von den Fahrrädern, die ihre Besitzer mit in ihre Wohnungen geschleppt hatten und deren Reifen unansehnliche schwarze Spuren an den Wänden des Treppenhauses hinterlassen hatten. Dazu kamen so kurz vor Mittag von Etage zu Etage wechselnde Essengerüche, die Rückschlüsse auf die Herkunft der Wohnungsinhaber zuließen.

Auf der sechsten Etage angekommen, erwartete Jens Saarmann sie bereits in der Tür zu seiner Zwei-Zimmer-Wohnung, doch der Schreck, der bei seinem Anblick in sie hineinfuhr, ließ sie unvermittelt auf dem Flur stehen bleiben. Nicht im Ansatz hätte sie sich Jens heute so vorgestellt. Für den Mann, der dort im Türrahmen stand, fand sie nur eine Bezeichnung: Wrack! Als sie, Jens folgend, die Wohnung betrat, hatte sie auch unmittelbar eine Vorstellung davon, was Jens zu diesem Wrack gemacht hatte. Alkohol! Er selbst schien in einer Wolke von Alkohol zu stehen, und in der dämmrigen Wohnung roch es nach Schnaps und Bier. In der Küche, in die sie im Vorbeigehen einen kurzen Blick werfen konnte, türmten sich Schnaps- und Bierflaschen. Im Wohnzimmer entdeckte sie nur zwei halbvolle Flaschen. Offenbar hatte Jens die anderen, bevor sie kam, eilig in die Küche geräumt, aber das konnte den verheerenden Eindruck nur notdürftig kaschieren. Sie war in der Wohnung eines hochgradigen Alkoholikers gelandet, so wie es aussah, vermutlich schon in der letzten, der chronischen Phase. Sonja fühlte sich an ihre Zeit als Streifenpolizistin erinnert, in der sie immer wieder genötigt war, solche Wohnungen zu betreten, meistens, um Ehefrau und Kinder vor den Gewaltausbrüchen der sturzbetrunkenen Ehemänner und Väter zu schützen. Manchmal waren in einem solchen Fall sogar Vater und Mutter gleichermaßen betrunken und die Nachbarn hatten wegen des Lärms die Polizei gerufen, die dann die Kinder aus diesen Familien herausholte und dem Jugendamt übergab. Tragödien über Tragödien, und immer wieder ausgelöst durch Alkohol und seine verheerenden Folgen auf das Wesen der Menschen, die ihm verfallen waren.

„Oh, Jens", sagte sie jetzt, „dir geht es echt schlecht, oder?"

Mit dem schweren Tonfall, den sie schon am Telefon bemerkt hatte und dessen Grund sie nun kannte, antwortete er: „Schlecht? Schlecht ist gar kein Ausdruck! Scheiße! Kennst du noch Heidi, Heidi Fischer? War auch in unserer Klasse. Ein echt flotter Feger, damals. Später wurde sie immer fetter. Ich hab dies Miststück geheiratet und dann hat sie mich sitzen gelassen. Mit den drei Kindern einfach auf und davon. Mit mir könnte sie nicht mehr zusammenleben. Ich müsste erst mit dem Alkohol aufhören. Scheiße! Ich und Alkohol! Die hatte überhaupt keine Ahnung, wie viel Stress ich jeden Tag hatte bei der Arbeit in der Bank, und wenn ich dann zu Hause bei einem Feierabendbierchen ausspannen wollte, dann krakelte Heidi gleich wieder rum, ich sollte nicht immer so viel trinken. Dabei hatte ich mich immer im Griff. Später hab ich erfahren, dass sie in so einem Scheißfrauenhaus untergekrochen war, nachdem sie aus unserem Reihenhäuschen abgehauen war. Hab nie wieder was von ihnen gehört, nicht von der Schlampe und nicht von den Kindern. Und jetzt sitz ich hier in dieser blöden Wohnung und leb von Hartz IV." Jens brach in einen Heulkrampf aus.

Sonja war fassungslos. In welche Situation war sie denn hier hineingeraten. Mit allem hätte sie gerechnet, nur nicht mit dem, was sie hier erlebte. Offenbar sah sie hier auf eine typische Alkoholiker-Karriere, die einander in erschreckender Stereotypie glichen. Aber das schlimmste war, dass Jens offenbar immer noch die Schuld außerhalb seiner selbst suchte, bei der Arbeit oder bei seiner Ehefrau, die vermutlich nach langen, zermürbenden Kämpfen als ein letzter Akt der Selbstrettung und der Rettung ihrer Kinder vor ihrem Mann geflohen war. Ohne die Selbsterkenntnis, dass er, Jens, und sein Alkoholkonsum daran schuld waren, würde es für ihn keine Rettung geben, und der Weg in den völligen Untergang bis zum Tod war vorgezeichnet. Nicht umsonst war es bei den Anonymen Alkoholikern zwingend notwendig, sich am ersten Tag mit seinem Vornamen vorzustellen und offen zu erklären, Alkoholiker zu sein. Ich bin Jens und ich bin Alkoholiker! Genau diesen Schritt war dieses menschliche Wrack, das da vor ihr stand, nicht gegangen, und je länger er damit wartete, desto weniger wahrscheinlich war seine Rettung.

Was sollte Sonja jetzt tun? Sie wollte mit Jens über die verdächtige Person reden und nicht über Alkohol und sein verpfuschtes Leben. Auf der Polizeischule waren zwar auch der Alkohol und die Alkoholkrankheit kurz angesprochen worden, was ihr später im Streifendienst durchaus geholfen hatte, aber sie war keine Therapeutin, und hier war auf die Schnelle ohnehin nichts zu machen. Deshalb beschloss sie, dieses Thema nicht anzuschneiden, sondern sofort auf die sachliche Frage zu kommen, wegen derer sie hier war.

„Jens", begann sie, „ich hab dir ja schon am Telefon erzählt, dass ich aus dienstlichen Gründen hier bin. Hast du eigentlich davon gehört, dass unsere alte Schule vor ein paar Tagen in Brand gesteckt wurde? Es stand in der Zeitung und gestern Abend gab es auch einen Bericht im Fernsehen."

„Unsere alte Schule? In Brand gesteckt? Nee, hab ich nicht gehört. Ich hab keine Zeitung."

„Es ist aber dennoch so und leider gab es in diesem Zusammenhang auch noch einen Todesfall. Jetzt suchen wir nach einer Person, die damit zu tun haben könnte und die uns bei unseren Ermittlungen aufgefallen ist." Sonja war jetzt ganz dienstlich, ganz Polizistin.

„Eine Person, die euch aufgefallen ist", echote Jens.

„Ja, und zwar vermute ich, dass es sich um jemand handeln muss, der zu unserer Zeit auch Schüler auf der Realschule Uhlandstraße war, also heute Lise-Meitner-Schule. Wir haben ein Bild von ihm, aber natürlich von heute, 20 bis 25 Jahre später. Mir kommt das Gesicht irgendwie bekannt vor, finde aber keinen passenden Namen dazu, auch keine Situation, an die ich mich im Zusammenhang mit diesem Bild erinnere. Vielleicht war es ein Schüler aus unserer Klasse, vielleicht aus einer Parallelklasse, vielleicht auch ein ganz anderer Jahrgang. Ich weiß es nicht. Und deshalb bin ich hier. Ich möchte dich bitten, einmal einen Blick auf das Bild zu werfen. Vielleicht hast du eine Idee?"

Sonja gab ihm das Bild und Jens schaute es sich ziemlich lange an. Sie fürchtete schon, er würde überhaupt nicht mehr antworten, als er dann einen Hauch weniger schleppend sagte: „Du hast recht, an irgendwen erinnert mich das Bild auch. Aus unserer Klasse, sagst du?"

„Aus unserer Klasse oder aus einer anderen Klasse, die um 1989/90 ihren Abschluss gemacht hat."

„Also, ich weiß nicht, aber irgendwie … Kannst du dich noch erinnern, da gab es doch in unserer Klasse so einen merkwürdigen Typen, unauffällig, immer im Hintergrund, Einzelgänger, aber man musste trotzdem vor ihm auf der Hut sein, linkisch, hinterhältig, gefährlich. Wie hieß der doch noch? Fällt dir jetzt etwas dazu ein?"

Sonja war etwas überrascht, wie einigermaßen klar Jens jetzt redete. Offenbar war doch nicht alles in ihm durch den Alkohol vernebelt. Er brauchte wirklich dringend Hilfe, dann war vielleicht noch etwas zu machen. Aber er musste die Hilfe wollen und annehmen. Deshalb blieb Sonja weiterhin bei der Sache. Sie wollte ihn jetzt nicht gegen sich aufbringen, sonst wär alles umsonst gewesen.

„Ja, du hast recht", sagte sie schließlich. „Da gab es so einen Unauffälligen, einen, der irgendwie zu kurz gekommen schien. Saß er nicht hinten rechts irgendwie? Da dämmert mir etwas. Ja, ich glaube, der könnte das hier sein!" Sonja wies auf das Bild in Jens' Hand.

„Richtig sicher bin ich mir nicht. Aber irgendwie könnte er es sein", echote Jens jetzt wieder. Dann machte er eine Pause. Automatisch griff er nach einer der beiden Flaschen und nahm einen Zug. ‚Jetzt bloß nicht das Saufen anfangen', dachte Sonja. Aber dann redete Jens auch schon weiter: „Mit dem Kerl, wenn er es ist, hab ich doch im letzten Schuljahr, muss kurz vor Ende gewesen sein, mal recht unangenehme Bekanntschaft gemacht. Wie war das doch noch gleich?" Wieder eine Pause, wieder ein Schluck aus der Schnapsflasche. „Ja, ich glaube jetzt hab ich's. Wie ein Blitz aus heiterem Himmel hatte er sich mal auf mich gestürzt und auf mich eingeprügelt. Dabei hat er irgendwas geschrien von: ‚Hör auf, mich immerzu nachzuäffen', oder so ähnlich jedenfalls. Dann kam der Lehrer in die Klasse und ging dazwischen. Wer war das doch noch gleich? Der Mathelehrer? Nee, Ladiges war es, jetzt weiß ich es wieder."

„Ladiges, bei dem wir Geschichte und Sozialkunde hatten?“

„Ja, genau! Aber wie hieß nun dieser irre Typ aus der hintersten Reihe? Scheiße, ich hab schon zu viel vergessen. Irgendetwas mit ‚e‘ – oder mit ‚s‘? Kurz war der Name jedenfalls. Ente oder Ense oder – nein, jetzt hab ich's: Hensel, so hieß er, Hensel.“

„Hensel, genau“, fiel ihm jetzt Sonja ins Wort, „ Mike Hensel. Hieß er nicht Mike?“

„Ja, Mike Hensel, er hieß Mike Hensel.“ Zufrieden lehnte sich Jens zurück und nahm wie zur Belohnung einen doppelt großen Schluck aus seiner Flasche.

Sonja ließ ihn eine Weile zur Ruhe kommen und sah ihn an. ‚Was ist aus diesem Sonnyboy, diesem Mädchenschwarm und Hans-Dampf-in-allen-Gassen, nur geworden. Dann nahm sie allen Mut zusammen und fragte: „Jens, darf ich mal etwas Persönliches fragen?“

„Etwas Persönliches?“ Jens' Augen verengten sich zusehends.

„Ja, etwas Persönliches. Wie lange willst du so noch weitermachen?“

„Weitermachen? Was soll der Scheiß! Meine Frau ist weggelaufen, dies Miststück. Und du fragst, wie ich weitermachen will? Ach Scheiße, lass mich in Ruhe. Komm, hau ab, mach die Biege.“

Jetzt war Jens wieder der trostlos chronische Alkoholiker. Der jeden Blick auf die Realität, auf seine Realität, leugnete. Sonja musste einsehen, dass sie hier nicht weiterkam. „Na denn, Jens“, sagte sie. „Vielen Dank für die Hilfe und alles Gute für dich. Und wenn du echte Hilfe brauchst, ruf mich an.“ Dann legte sie ihre Karte auf den Tisch und notierte zusätzlich darauf ihre Privatnummer.

„Ach, leck mich“, sagte Jens und griff zur Flasche.

Wieder im Auto, blinzelte Sonja in die strahlende Spätsommersonne, die so gar nicht zu dem passen wollte, was sie eben erlebt hatte. Jens brauchte dringend Hilfe, aber sie konnte da, zumindest im Augenblick, wenig tun. Und vor allem musste er sich selbst helfen, indem er um Hilfe bat und sich eingestand, dass er Hilfe brauchte. „Nur du allein schaffst es, aber du schaffst es nicht allein." Das war einer der einfachen, aber treffenden Sprüche der Anonymen Alkoholiker.

Ziemlich frustriert startete sie den Wagen und fuhr los. Ohne dass ihr klar wurde, warum, lenkte sie ihren Golf nicht nach Bielefeld zurück, zu Niklas, zu ihrer Wohnung in der Henriettenstraße. Fast wie von selbst fuhr der Wagen nach Herford und schließlich blieb sie vor ihrer Schule stehen und parkte zwischen den Bäumen in der Uhlandstraße mit direktem Blick auf den Schuleingang.

Mike Hensel, der Gedanke an diesen unauffälligen und linkischen Mitschüler ließ sie nicht los. War er der Brandstifter und Mörder, den sie suchten? War er überhaupt derjenige, der auf dem Foto zu sehen war, das sie nach ihrem Besuch bei Jens Saarmann wieder sorgfältig eingesteckt hatte? Konnte man auf eine solche Vermutung hin eine größere Polizeiaktion starten? Was sollte sie jetzt tun? Aufschub vertrug die Sache nicht. Der Täter war offensichtlich nach wie vor gefährlich. Aber war Mike Hensel, ihr verhuschter Mitschüler, tatsächlich der Täter?

Bevor sie irgendeine größere Aktion in Gang brachte, musste sie in dieser Hinsicht Klarheit bekommen. Aber wie? Wenn sie in ihrem Büro wäre, könnte sie im Computer vielleicht etwas finden. Aber erst bis Bielefeld zurückfahren, um dann eventuell doch wieder nach Herford oder wer weiß wohin fahren zu müssen. Nein, das müsste auch leichter gehen, vielleicht hier in Herford auf der Wache an der Hansastraße. Sie fuhr sofort los und fünf Minuten später hatte sie das Herforder Polizeipräsidium erreicht. Sie stellte ihr Auto in einer öffentlichen Parkbucht ab, ging eilig ins Haus und auf die Wache im Erdgeschoss, die natürlich auch am Sonntag besetzt war.

„Morgen, Kollegen", grüße sie.

„Morgen", antwortete ein Kollege, der hinter seinem Schreibtisch hervorschaute. „Ach nee, die Kollegin Rosenfeld, der Fernsehstar! Hab Sie und die anderen von der Sonderkommission gestern im Fernsehen gesehen. Starker Auftritt, irgendwie. Ehrlich gesagt, wir haben euch seit vorgestern nicht besonders vermisst, so wie ihr hier den Laden aufgemischt habt. Könnt ihr uns nicht einfach in Ruhe unseren Dienst tun lassen und endlich diesen Irren fangen?"

„Genau damit sind wir Tag und Nacht beschäftigt, sogar am Sonntag. Und manchmal brauchen wir merkwürdigerweise eure Hilfe, wenn wir an den Punkt kommen, an dem ohne euch nichts geht", säuselte sie, nicht ohne süffisanten Unterton.

„Und worum geht es diesmal?"

„Ich glaube, ich habe jetzt einen Namen zu dem Phantombild von Kollege Bleikamp und dem Foto, das wir seit dem Tierparkmord zusätzlich haben. Es könnte sich um einen gewissen Mike Hensel handeln, verrückterweise ein ehemaliger Mitschüler von mir."

„Ein Mitschüler?" Dem diensthabenden Kollegen, auf dessen Dienstjacke Sonja den Namen „Förster" lesen konnte, blieb fast der Mund offen stehen.

„Ja, genau", fuhr Sonja ungerührt fort, „aber ganz sicher bin ich mir noch nicht, Kollege Förster. In jedem

Fall brauche ich seine Anschrift, damit wir ihn zu Hause besuchen können, um uns zu vergewissern, ob er tatsächlich der Typ vom Foto ist, und dann können wir ihn in einem zweiten Schritt bei uns im Präsidium genauer befragen. Aber, wie gesagt, zuerst müssen wir herausfinden, wo dieser Mike Hensel wohnt. Könnt ihr das für mich mal im Computer recherchieren? Sonst müsste ich erst nach Bielefeld fahren. Ich hab selbst erst vor knapp einer Stunde von einem anderen ehemaligen Mitschüler in Bünde erfahren, dass dieser Phantombild-Typ Mike Hensel sein könnte."

„Mike Hansel, sagst du?"

„Nein, Hensel, Mike Hensel. M-i-k-e H-e-n-s-e-l", buchstabierte sie.

Förster begann, auf seinem Keyboard herumzuhacken.

„Kommen Sie doch rum, und gucken sich das selbst mit an", sagte er, aber Sonja stand schon hinter ihm. „Als Erstes geben wir doch mal den Namen ins Telefonbuch ein", sagte er. Es gab eine sehr große Zahl von Treffern in ganz Deutschland, besonders in Ostdeutschland. Dann grenzte er die Suche auf Herford und Umgebung ein. Tatsächlich, jetzt tauchte der Name Hensel nur noch zweimal auf. Einmal war es Erika Hensel, Otternbuschweg, und zum zweiten Mike und Kerstin Hensel, Kastanienallee.

„Mike Hensel, wunderbar. Das muss unser Mann sein. Kastanienallee. Führt die nicht von der Salzufler Straße ab?"

„Ja, richtig, eine Verbindungsstraße zwischen Salzufler Straße und Stadtholzstraße."

„Ich denke, da ist sofort ein Besuch fällig. Ach, stopp! Da fällt mir noch was ein. Ist auf diesen Mike Hensel eventuell ein alter Opel Omega zugelassen?"

Der Diensthabende gab nun den Namen Mike Hensel in die entsprechende Suchmaske des Straßenverkehrsamtes des Kreises Herford ein.

„Auf Mike Hensel ist leider gar kein Fahrzeug zugelassen. Aber auf Kerstin Hensel. Ein alter Peugeot. Dunkelrot. Kennzeichen: HF-KH 245", sagte Förster. „Aber Moment, auf den Namen Erika Hensel, Otternbuschweg, da ist auch ein Fahrzeug zugelassen. Und zwar tatsächlich ein alter Opel Omega, Kennzeichen HF-EH 385, Baujahr 1992, Erstzulassung ebenfalls 1992, und seitdem auf Erika Hensel zugelassen, ohne Unterbrechung bis heute."

„1992 zugelassen, dann muss das Fahrzeug noch die alten Kennzeichen haben, bevor 1995 die Europakennzeichen eingeführt wurden. Ein Zeuge aus der Nähe der Lise-Meitner-Schule, ein gewisser Herbert Sandmann, konnte sich in der Brandnacht an einen Opel Omega mit einem alten Kennzeichen erinnern, in Herford zugelassen und in der Mitte zwei Buchstaben, einer davon ein H." Sonja hatte einen kleinen Notizblock aus der Tasche geholt und sah in ihre Aufzeichnungen.

„Ja, genau, einer der beiden Buchstaben war ein H. Könnte also passen. Und welche Farbe hat der Omega von Erika Hensel?"

„Weiß!"

„Bingo, wir haben ihn. Das muss das Auto sein, das der alte Sandmann gesehen hat, und dieser Mike Hensel könnte dann vielleicht der Sohn von Erika Hensel sein, der das Auto der Mutter benutzt. Steht da nicht auch, wie alt diese Erika Hensel ist?"

„Sicher, geboren am 17. April 1950, ist also jetzt 61 Jahre alt. Wie alt, sagst du, ist dieser Mike? Er war doch ein Mitschüler von dir."

„Um die 36. Demnach wäre seine Mutter bei seiner Geburt 25 gewesen. Könnte absolut hinkommen. Ich brauche sofort zwei Leute, die mit mir zur Kastanienallee fahren. Falls Mike Hensel da ist, kassieren wir ihn sofort ein, um ihn näher zu befragen. Aber er ist gefährlich. Ich brauche zwei Kollegen als Verstärkung."

„Langsam, langsam. Ich hab hier mal ins Melderegister der Stadt geschaut. Mike Hensel wohnt nicht mehr Kastanienallee. Er ist da schon vor über einem Jahr ausgezogen. Und nun, liebe Kollegin Rosenfeld, dürfen Sie mal raten, wohin er gezogen ist."

„Doch wohl nicht etwa zum Otternbuschweg, in die Wohnung seiner Mutter?"

„Exakt so ist es."

„Was kann das bedeuten? Trennung, Scheidung? Warum sonst sollte jemand aus der ehelichen Wohnung ausziehen und zurück zu seiner Mutter gehen. Ich glaube, es könnte sich lohnen, zunächst bei Kerstin Hensel vorbeizuschauen. Danke, Kollegen, dort brauche ich wohl noch keine Verstärkung. Ich melde mich wieder, wenn ich doch noch heute zum Otternbuschweg fahre. Mike Hensel will ich nicht allein gegenübertreten. Tschüss, bis später."

Das Restaurant Rosenhof lag sehr idyllisch oberhalb des Ortsteils Dornberg ganz am Ende einer Stichstraße im Wald mit Blick über Dornberg und Hoberge zum Kamm des Teutoburger Waldes. Dieser Blick war wirklich Gold wert, auch wenn die Inneneinrichtung vielleicht etwas bieder wirkte. Wegen des immer noch wunderschönen Spätsommerwetters setzten Frank und Angelika Sommer sich aber nach draußen auf die Terrasse und genossen Wetter und Aussicht. Eingehend studierten sie die Speisekarte, die neben Pizza und den üblichen Pastagerichten auch eine interessante Auswahl an Fleisch- und Fischgerichten bot. Sommer entschied sich für Lamm, während Angelika Lachs wählte. Als Getränk musste es für Sommer selbst bei Wasser bleiben, schließlich konnte er jederzeit ins Präsidium geholt werden. Angelika entschied sich neben dem Wasser für ein Glas leichten Riesling zum Fisch.

„Gar nicht so schlecht hier, oder", begann Angelika das Gespräch. „Die Aussicht ist wirklich großartig und dann auch noch das Wetter. Hier könnten wir vielleicht öfters herkommen. Von uns aus ist es ja auch nur ein Katzensprung."

„Ja, stimmt. Wirklich nett hier. Mal sehen, wie das Essen ist."

Nach einer kleinen Pause wechselte er das Thema.

„Und wie fandest du den Gottesdienst?"

„Ach ja, ein bisschen mehr Pep hätte er schon haben können. Insgesamt doch recht traditionell. Andererseits thematisch natürlich spannend. Der Predigttext – ‚Lass dich nicht vom Bösen überwinden, sondern überwinde das Böse mit Gutem.' – Der Gedanke geht mir schon noch nach. Wenn ich so an die Schule denke – nicht immer leicht, auch auf sehr negativ eingestellte Schüler offen und freundlich zuzugehen."

„Da sagst du was", gab Sommer zu bedenken. „Ich muss ehrlich sein. Ich hab von der Predigt selbst kaum etwas mitbekommen. Im Grunde hab ich ständig über meinen Fall nachgedacht. ‚Lass dich nicht vom Bösen überwinden.' Ich hab noch die Worte eines Kollegen von der Fahndung über den Täter im Ohr: ‚So was ist doch kein Mensch mehr.' Das hatte er irgendwo hinter mir getuschelt, als uns die Psychologin das Täterprofil vorstellte. ‚Mit dem müsste man kurzen Prozess machen', schickte er dann noch hinterher. Ehrlich, Angelika, ich will so nicht denken. Dann sind wir von der Polizei doch im Grunde wie dieser Mörder, der offenbar auch irgendwann angefangen hat zu denken, dass er nun kurzen Prozess machen müsste mit den Menschen, die ihn verletzt und gekränkt haben."

„Stopp mal, ist das nicht reichlich naiv? Ich kenne dich doch. Du spürst doch die gleiche Wut, die auch deinen Kollegen zu seinen Äußerungen veranlasst hat."

Sommers Gesichtszüge verrieten seiner Frau, dass er sich diese Wahrheit eingestehen musste. Er blinzelte eine Weile gegen die Sonne in die schöne Landschaft hinaus, bevor er antwortete.

„Ja, du hast recht. Ich bin wütend und ich muss mir die Wut eingestehen, die Wut auf die Gesellschaft, die solche Irren hervorbringt, die Wut darauf, dass es uns nicht gelungen ist, ihn schon vor seinem zweiten Mord zu stoppen, die Wut, dass ich einen Fehler gemacht haben könnte, als ich die Gefährlichkeit des Täters am Anfang unterschätzt hatte, aber besonders die Wut auf diesen Irren selbst, der sich das Recht herausnimmt, brutal zu morden, sich zum Richter über Leben und Tod aufzuspielen, sich im Grunde als Gott aufzuspielen. Woher nimmt er dieses Recht? Aus dem heraus, was er vielleicht als ‚heilige' Wut bezeichnen würde? Rechtfertigt ‚heilige' Wut alles? ‚Heilige' Wut bringt unheiliges Leid über die Menschen! ‚Heilige' Wut lässt Menschen mit vor Racheschwüren schäumenden Gesichtern aufeinander losgehen.

„Und dieser Kerl", wendete Angelika ein, „der euch da im Augenblick so in Aufregung versetzt, ist das so ein mordlustiges Monster, das seine ‚heilige' Wut nun austobt oder wie du das nun nennen will."

„Ja, genau das scheint er zu sein. Völlig aus dem Ruder gelaufen. Wenn ich unsere Psychologin richtig verstanden habe, dann ist in der letzten Zeit irgendetwas passiert, was das Fass zum Überlaufen gebracht hat. Das ist jetzt vielleicht etwas laienhaft ausgedrückt, aber genau das hat unsere Frau Hülsmeier wohl gemeint. Und plötzlich sind alle Dämme gebrochen."

„Wenn man dich so hört, könnte man glauben, dass du auch aufgehört hast, in ihm einen Menschen zu sehen."

Angelika Sommer konnte im Gesicht ihres Mannes sehen, wie sehr er über ihren Einwand erschrak.

„Ja, du hast recht. Ich bewege mich auf dünnem Eis", ging Sommer auf den Gedanken seiner Frau ein. „Genau das ist mir während des Gottesdienstes immer wieder durch den Kopf gegangen. Auch dieser Irre, der wie ein Monster aus dem Ruder gelaufen ist, ist und bleibt ein Mensch."

„Unbedingt!", stimmte ihm seine Frau zu.

„Menschen sind zu diesen schlimmen Dingen fähig, genau wie sie zum Guten fähig sind."

Nach einer Pause fügte sie hinzu: „Klingt ein bisschen zu glatt, oder?"

„Nein, nein. So ist es wohl. Wir wollen uns Menschen und natürlich immer besonders uns selbst als hilfreich und gut darstellen. In dem uralten Poesiealbum meiner Mutter, das sie mir mal gezeigt hat, stand unter anderem der Satz: ‚Edel sei der Mensch, hilfreich und gut.' Nebenbei bemerkt, in demselben Poesiealbum meiner Mutter stand noch ein anderer, ziemlich abgedrehter Satz. Da hatte doch tatsächlich einer ihrer Mitschüler ihr als Mädchen den Satz ‚Sei männlich und sei stark' hineingeschrieben."

Angelika musste unwillkürlich lauthals lachen, so sehr, dass die übrigen Gäste sich fast besorgt zu ihr umdrehten.

„Soviel zum Sinn solcher Poesiealben", sagte sie, doch sie war kaum zu verstehen. Vor lauter Lachen traten ihr Tränen in die Augen. Mühsam erkämpfte sie sich ihre Fassung zurück.

„‚Sei männlich und sei stark' im Poesiealbum eines jungen Mädchen, entweder, der Schreiber war ein Trottel oder er hatte einen extremen Humor, der deutlich seiner Zeit voraus war … Wann war das eigentlich, also, wie alt war deine Mutter damals? Weißt du das?"

„Ich denke, das wird während des Krieges gewesen sein. Mutter ist Jahrgang dreißig; 1944 wurde sie konfirmiert, also irgendwann in der Zeit wahrscheinlich."

„Dann können wir Humor wohl ausschließen. Aber heute … ich könnt mich bekrümeln …" Die letzten Worte waren schon wieder nicht mehr zu verstehen, weil Angelika einen erneuten Lachanfall bekam.

„Meine Mutter hielt den Schreiber dieser unsäglichen Zeilen übrigens eindeutig für einen Trottel", fügte Sommer an.

Nach einer Weile hatte Angelika sich wieder beruhigt. „Jetzt aber mal wieder im Ernst", fuhr sie fort. „So ganz leicht ist es nicht, in einem mordlustigen Monster den Menschen zu sehen."

„Vielleicht ist es das, was der Predigttext sagen wollte", Sommers Gedanken kreisten wieder um den Gottesdienst, den sie am Vormittag erlebt hatten.

„Lass dich nicht vom Bösen überwinden … Ich denke, für uns heißt das, dass wir uns nicht auf die gleiche Ebene wie der Mörder stellen dürfen, indem wir ihm, wie er anderen, sein Menschsein absprechen.

Er ist und bleibt ein Mensch, allerdings ein Mensch, der das Gute in sich verfehlt hat. Ob er eine Wahl hatte, sich gegen seine Taten zu entscheiden, oder ob er psychisch krank ist und somit getrieben von seiner krankhaften Seele, gegen die er nicht handeln konnte –, das muss ich zum Glück nicht entscheiden. Das wird im Prozess zu klären sein. Für uns als Polizei ist die Aufgabe klar. Egal, warum er so handelt, wir haben ihn aufzuspüren und dingfest zu machen. Und wenn ich an Hanna Hülsmeiers Einschätzung denke, dann müssen wir ihn vor allem deshalb finden, damit wir weiteren Morden zuvorkommen.

Erneut trat eine Pause ein. Diesmal eine sehr nachdenkliche. Sowohl Frank als auch Angelika blickten stumm in den Sonnenschein des Septembertages. Als das Essen gebracht wurde, sagte Frank:

„Jetzt aber Schluss! Lass uns das Essen genießen. Wenigstens dabei soll uns der Irre nicht stören."

Mit genießerischem Blick betrachtete er sein zartrosa gegrilltes Lammsteak.

„Dein Lachs sieht aber auch gut aus. Na dann: Guten Appetit." Dann prosteten sie sich gegenseitig zu, mit Wasser beziehungsweise Wein.

Pit Schwameyer hasste Sonntage wie diese, an denen er abrufbereit sein musste und an denen er deshalb nicht mit seinem Motorrad unterwegs sein konnte. Draußen herrschte Traumwetter zum Motorradfahren und er saß zu Hause in seiner Drei-Zimmer-Wohnung in der Nähe des Siegfriedplatzes. Eigentlich keine schlechte Wohnung für einen Junggesellen, der schon zwei gescheiterte Beziehungen hinter sich hatte, sogar mit Balkon, auf dem er jetzt die Sonne genoss. Wenn er aber daran dachte, dass er bei diesem Wetter mit seiner

BMW Richtung Köterberg in Lippe cruisen könnte, dann wurmte ihn das schon sehr.

Anna Tomczyk hatte ihn gestern noch über die Schwierigkeiten informiert, den Hauptfeldwebel Vennjakob in Verl zu erreichen. Leider hatte sie dort nur dessen Mutter angetroffen, er selbst wohnte jetzt bei Nürnberg. Pit war so klug gewesen, sich Vennjakobs Telefonnummer geben zu lassen und in weiser Voraussicht auf einen eher langweiligen Sonntag versprochen, dort anzurufen. Vielleicht ließ sich ja so schon etwas klären. Es dauerte eine ganze Weile, bis sich am anderen Ende jemand meldete.

„Vennjakob", hörte Pit eine ungewöhnlich hohe Männerstimme.

„Hallo, Herr Vennjakob. Hier ist Pit Schwameyer von der Polizei Bielefeld. Ich weiß nicht, sind Sie eventuell gestern schon vom Bundeswehrstandort Augustdorf kontaktiert worden? Das war doch Ihr letzter Dienstort bei der Bundeswehr?"

„Ich hab Ihren Namen nicht verstanden. Und Ihren Dienstgrad haben Sie auch nicht genannt."

„Kriminalhauptkommissar Pit Schwameyer, 11. Kriminalkommissariat Bielefeld, Mordkommission", antwortete Pit bereits leicht genervt, „vor wenigen Tagen wurde Ihr ehemaliger Vorgesetzter Heinz Klapproth ermordet. Vielleicht haben Sie schon davon gehört."

„Ja, diese schreckliche Sache ist mir berichtet worden."

„Gut, dann werden Sie Verständnis dafür haben, dass wir in diesem Zusammenhang der Dienstzeit des Herrn Klapproth in Augustdorf nachgehen, weil wir vermuten, dort das Motiv für die Tat zu finden und damit auch einen Hinweis auf den möglichen Täter."

„Ich wüsste nicht, wie ich Ihnen dabei weiterhelfen könnte."

Schwameyer spürte immer deutlicher Ärger in sich aufsteigen.

„Wir würden von Ihnen gern wissen, ob es in der Zeit, in der Herr Klapproth in Augustdorf tätig war und Sie sein Mitarbeiter waren, also während der letzten sieben Jahre vor seinem Ruhestand, also, ob es in der Zeit irgendein Ereignis gegeben hat, ein Disziplinarverfahren oder etwas Ähnliches, das ein Motiv für die grausige Tat am 1. September sein könnte."

„Entschuldigen Sie, aber Sie versuchen nicht gerade, Dienstgeheimnisse aus mir herauszuholen? Ich bin nicht befugt, Ihnen irgendwelche Dinge dieser Art mitzuteilen. Im Übrigen, woher soll ich wissen, dass Sie genau der sind, als der Sie sich ausgeben. Rufen Sie eigentlich aus Ihrer Dienststelle an, heute an einem Sonntag?"

„Nein, ich rufe von zu Hause an, und wenn Sie mir jetzt nichts erzählen wollen, dann ist das natürlich korrekt. Sie werden allerdings alsbald von Ihrer ehemaligen Dienststelle von Ihrer Schweigepflicht entbunden werden. Das hat uns Major Kallart zugesichert, von dem übrigens die Idee stammt, Sie persönlich zu kontaktieren. Sie werden dann mit einer förmlichen Vorladung durch die Polizei rechnen müssen, um Ihre Aussage zu machen. Allerdings haben wir nicht sehr viel Zeit und der offizielle Dienstweg braucht immer recht lang."

„Nicht viel Zeit?", fragte jetzt Vennjakob ebenfalls gereizt dazwischen. „Was heißt nicht viel Zeit? Mein ehemaliger Vorgesetzter Major a.D. Klapproth ist doch tot. Das ist äußerst bedauerlich, Zeitdruck kann ich dabei nun aber nicht mehr erkennen."

„Herr Vennjakob, was ich Ihnen jetzt sage, dürfte ich eigentlich gar nicht tun. Aber inzwischen gab es einen zweiten Mord, mit großer Wahrscheinlichkeit von demselben Täter, und wir haben die begründete Angst, dass das erst der Anfang einer Serie sein könnte. Also, ich bitte um Ihr Verständnis: Wir haben keine Zeit."

„Ja, aber ich darf doch nicht …" Uwe Vennjakob war offensichtlich irritiert. „Ein zweiter Mord, sagten Sie? Vielleicht der Beginn einer Serie."

„Ja, das haben Sie richtig verstanden." Pit Schwameyer beruhigte sich langsam wieder. „Ich verstehe, dass Sie nicht ohne Genehmigung Aussagen über interne Dienstangelegenheiten machen können. Ich will Sie auch nicht weiter in Verlegenheit bringen. Vielleicht können wir uns auf folgendes Verfahren einigen. Ich stelle einfach ein paar gezielte Fragen und Sie antworten, soweit Sie das verantworten können. In Ordnung?"

„In Ordnung."

„Frage 1: Würde Ihnen spontan ein Ereignis bzw. eine Person einfallen, die ein Motiv gehabt haben könnte, sich an Heinz Klapproth zu rächen?"

Auf der anderen Seite der Leitung entstand eine lange Pause. Schließlich sagte Vennjakob: „Ja, vielleicht."

„Eine Person?"

„Ja."

„Herr Klapproth war sieben Jahre in Augustdorf. Diese Sache fand während dieser Zeit statt und Sie haben das aus erster Hand mitbekommen?"

„Ja, natürlich."

„Können Sie das zeitlich genauer eingrenzen? Wenn wir mit einem entsprechenden richterlichen Beschluss morgen die betreffenden Dienstakten durchgehen, dann wäre es wesentlich leichter, wenn wir wenigstens wüssten, in welchem Jahr wir zu suchen hätten."

„Das Ereignis, das ich meine, muss 2005 oder 2006 gewesen sein. Und es hatte mit Afghanistan zu tun."

„Irgendein Vorkommnis in Afghanistan?"

„Nein, eben nicht, wenn ich das so sagen darf. Der betreffende Soldat wollte unbedingt nach Afghanistan, aber Major Klapproth hat das abgelehnt."

„Klingt aber nicht besonders aufregend."

„Eigentlich nicht, aber dieser Soldat, ich glaube, er hatte sich sogar für 12 Jahre verpflichtet, hatte ein riesen Fass aufgemacht. Am Ende konnte er froh sein, nur degradiert und nicht sofort aus der Truppe entlassen worden zu sein."

„Vielleicht ist da was dran. Erinnern Sie sich noch an seinen Namen?"

Wieder Stille auf der anderen Seite. Suchte Vennjakob nach dem Namen oder überlegte er, ob er ihn nennen dürfte?

Dann räusperte er sich: „Ich bin mir nicht ganz sicher." Wieder eine Pause. „Doch, jetzt weiß ich es wieder: Hensel, Mike Hensel. Als seine Dienstzeit zwei Jahre später endlich um war, waren alle erleichtert, besonders Klapproth, so wüst wie der von diesem Hensel beschimpft wurde."

„Danke. Sie haben uns wirklich sehr geholfen. Die Adresse wissen Sie nicht zufällig?"

„Nein, da muss ich nun wirklich passen. Die müssen Sie von Major Kallart erfragen."

„Alles klar und nochmals vielen Dank und schönen Sonntag noch."

„Ja, Ihnen auch schönen Sonntag, und hoffentlich finden Sie den Täter bald, bevor er noch mehr Unheil anrichtet."

„Ja, hoffentlich. Tschüss"

„Tschüss."

Als Vennjakob aufgelegt hatte, schrieb Schwameyer die während des Gespräches flüchtig hingekritzelten Notizen sauber aus. Dann warf er einen prüfenden Blick darauf. Mike Hensel also. Die damalige Angelegenheit schien in der Tat ein beträchtliches Ausmaß gehabt zu haben, sonst hätte sich Vennjakob nicht so problemlos daran erinnert. Pit war sogar überzeugt davon, dass der ehemalige Hauptfeldwebel schon zu Beginn des Gesprächs an den Vorfall mit diesem Hensel gedacht hatte. Er war sich nur nicht sicher, ob er die Geschichte erzählen sollte. Schließlich hatte ihn wohl die Tatsache überzeugt, dass es sich bei dem gesuchten um einen gefährlichen Mehrfachmörder handelte. Mike Hensel, diese Spur fühlte sich ziemlich vielversprechend an. Wie sollte er jetzt vorgehen? Als Erstes beschloss er, unverzüglich seine Notizen per E-Mail an alle Mitglieder der Sonderkommission zu verschicken. Darüber hinaus jedoch erschien es ihm auch unbedingt ratsam, Sommer und die anderen engsten Mitarbeiter telefonisch über die neue Situation zu informieren. Zuallererst rief er seinen Chef an.

„Hallo, Frank, hier ist Pit." Er kam ohne Umschweife sofort zur Sache. „Pass mal auf. Wir haben einen Namen und eine heiße Spur."

Danach erläuterte er detailliert, was er von Uwe Vennjakob erfahren hatte. Sommer stimmte ihm unbedingt zu, dass es sich dabei um eine heiße Spur handelte. Er wolle sich sofort darum kümmern herauszufinden, wo dieser Mike Hensel heute wohnt. Im Augenblick sei er jedoch mit seiner Frau nach einem guten Essen im „Rosenhof" auf einem kleinen Spaziergang. Er würde sich jetzt aber natürlich sofort auf den Heimweg machen. Spätestens in einer halben Stunde sei er zu Hause, dann wolle er sich darum kümmern. Pit seinerseits versprach, Anna, Karsten und Sonja über die neue Lage zu informieren.

Sonja Rosenfeld verließ die Polizeiwache, setzte sich in ihr Auto und fuhr los. Die Gegend um die Kastanienallee, in der Kerstin Hensel wohnte, war ihr nicht besonders bekannt, da sie selbst an der Diebrocker Straße aufgewachsen war, ganz am anderen Ende der Stadt. Den Otternbuschweg, an dem Mike nun offenbar wohnte, kannte sie deshalb umso mehr. Allerdings lag das Freibad, heute das Erlebnisbad „H2O", in der Nähe der Kastanienallee, ebenso der Festplatz der Stadt Herford, auf dem mehrmals im Jahr eine Kirmes stattfand und auf dem auch immer mal wieder ein Zirkus gastierte.

Von der Salzufler Straße bog sie nun ab und ihr Navi meldete: „Sie haben Ihr Ziel erreicht." Die Kastanienallee erwies sich als eine in den 1960er-Jahren gebaute Wohnstraße, im unteren Teil, in den Sonja eingebogen war, mit dreigeschossigen Mietshäusern des Sozialen Wohnungsbaus bebaut. Die Straße selbst führte in Kurven bergan und die damaligen Städteplaner hatten versucht, dem Namen Kastanienallee dadurch gerecht zu werden, dass sie überall auf den Rasengrundstücken vor den Mietshäusern Kastanien angepflanzt hatten, die jetzt, alle gleichermaßen, in etwa die Größe erreicht hatten, die man nach vier bis fünf Jahrzehnten vermuten durfte.

Die Wohnung, die Sonja suchte, lag im zweiten Stock eines der Mietshäuser. Sie klingelte und tatsächlich ertönte kurz darauf der Summer und sie konnte den Hausflur betreten. Einen Fahrstuhl gab es hier natürlich nicht, dafür waren die Häuser nicht hoch genug. Möglich allerdings, dass man heute im Zeichen einer immer älter werdenden Gesellschaft an den Einbau eines Liftes gedacht hätte. Vor der Wohnungstür wurde Sonja bereits von einem etwa 10-jährigen Jungen erwartet.

„Hallo. Ich heiße Sonja Rosenfeld und bin von der Polizei", sagte sie so freundlich wie nur eben möglich. „Und wie heißt du?"

„Kevin."

Im selben Moment war von innen eine etwas zu schrille Frauenstimme zu hören. „Kevin! Wer ist denn da? Du sollst doch nicht einfach aufmachen. Am Ende steht Mike wieder hier in der Wohnung und das wär nun echt das letzte, was wir brauchen können."

„Hallo, Frau Hensel? Hier ist nicht Ihr Mann, hier ist Sonja Rosenfeld. Ich bin von der Polizei. Aber es geht um Ihren Mann."

Als Kevins Mutter jetzt zur Tür kam, erkannte Sonja eine Frau, die eigentlich kaum älter als sie selbst sein konnte, die aber wesentlich älter aussah, verbraucht und vom Leben gezeichnet. Ohne abzuwarten, sagte Kerstin Hensel: „Kommen Sie herein. Muss nicht jeder im Haus alles mitbekommen." Schnell schloss sie hinter Sonja die Wohnungstür.

Auf dem engen Flur wurde sie von Kevin und einem weiteren Kind, einem vielleicht sieben Jahre alten Mädchen, ungeniert begutachtet. Nach einem eindringlichen Blick ihrer Mutter verschwanden die beiden stumm in ihren Zimmern. Offenbar eine Vier-Zimmer-Wohnung, wenn auch mit sehr kleinen Räumen, jedenfalls für heutige Verhältnisse. Aber so hatte jedes Kind ein eigenes Reich. Das Wohnzimmer, in das Kerstin Hensel die Polizistin jetzt führte, machte einen unaufgeräumten Eindruck. Sonja hatte aber im Laufe ihres Berufslebens gelernt, diese Dinge auszublenden.

„Wenn Sie was von meinem Ex wollen, dann sind Sie hier falsch. Der wohnt schon lange nicht mehr hier. Ich hab ihn irgendwann rausgeschmissen und seit dem Frühjahr sind wir auch geschieden. Der Mike wohnt jetzt wieder bei seiner Mutter am Otternbuschweg."

Sonja entging nicht der gereizte, ja bissige Unterton, als Frau Hensel ihren Ex-Mann erwähnte. Gerade wollte sie fragen, warum es zu dieser Trennung gekommen war, da fuhr Kerstin Hensel auch schon fort, die sich offenbar in Rage redete.

„Was auch immer dieser Kerl gemacht hat, ich habe echt nichts damit zu tun. Sie glauben gar nicht, was das für ein Loser ist. Hat nie was Anständiges gelernt. Hat sich aber dafür ständig mit allen möglichen Leuten angelegt und ist dann, ich glaube zweimal, ja zweimal, aus der Lehre geflogen. Dann ist er wohl eher aus Verzweiflung für 12 Jahre zum Bund gegangen. Damals haben wir uns kennen gelernt und schon bald auch geheiratet. Während Mike beim Bund war, kamen dann auch unsere Kinder. Kevin haben Sie schon kennen gelernt. Und das ist Janine."

Sie zeigte auf ein etwa sieben Jahre altes Mädchen, das in einer Ecke spielte.

„Während der Zeit ging es eigentlich ganz gut mit ihm. Bis er dann unbedingt nach Afghanistan wollte. So ein Schwachsinn, sich freiwillig nach Afghanistan melden. Ich hab ihm gesagt, er solle mal lieber an Frau und Kinder denken.

Aber nichts da, er wollte in den Krieg ziehen und den großen Maxe markieren. Sein Vorgesetzter hat das durchschaut und ihn als ungeeignet für den Fronteinsatz bezeichnet. Er könne sich nicht in diese Strukturen ..., wie heißt das doch noch?"

„Befehlsstrukturen."

„Genau, also, er könne sich da nicht einfügen. Mike ist dann völlig ausgerastet und hat sich mit diesem Oberst oder Major oder was der auch immer war, also, mit dem hat er sich voll angelegt. Fast wäre er völlig rausgeworfen worden. Stattdessen wurde er zurückgestuft, durfte aber noch die letzte Zeit bleiben, bis die 12 Jahre um waren. Danach war Mike dann bei so einer Baufirma in Bielefeld. Hat aber auch nur ein Jahr gedauert, dann war er schon weg vom Fenster. Von da an konnte man es nicht mehr mit ihm aushalten und irgendwann hatte ich echt die Nase voll von diesem Kerl und ich hab ihn an die frische Luft gesetzt. Vor einem halben Jahr war dann endgültig die Scheidung. Aber aus ist es trotzdem nicht. Immer mal wieder steht er hier vor der Tür und krakeelt rum. Also ehrlich, wenn Sie den aus dem Verkehr ziehen, das wär schon was."

Jetzt machte Frau Hensel eine Pause, um durchzuatmen. Sonja ergriff die Gelegenheit zur Nachfrage. Sie war hellhörig geworden. Alles, was Mike Hensels Ex-Frau zu erzählen hatte, passte haargenau zu ihren Ermittlungsergebnissen. Dennoch wollte sie auf Nummer sicher gehen.

„Sagen Sie, den Namen des Vorgesetzten Ihres Mannes bei der Bundeswehr, können Sie sich an den noch erinnern?"

„Mal sehen. Also es waren immer zwei Namen, die Mike herumschrie. Der eine hatte irgendwas mit Jakob oder Joseph zu tun, Aber da war noch was davor."

Sonja war jetzt hellwach. „Vennjakob vielleicht?", fragte sie.

„Ja, ich glaube so hieß der eine."

„Und der andere?"

„Das war irgendwas mit Klapp … Klappert oder …"

„Klapproth vielleicht?"

„Ja genau, Vennjakob und Klapproth. Der Klapproth, das war dieser Major oder was auch immer der war."

„Und die Baufirma, von der Sie sprachen? War das eventuell die Westfalen-Bau aus Bielefeld?"

„Das weiß ich nicht mehr so ganz genau, könnte aber stimmen. Den Namen hat Mike nicht so oft erwähnt. Oder doch, Moment, Mike hatte da einen Vorarbeiter, Polier oder wie sie das beim Bau nennen, der hieß … Rabe, ja Rabe, genau wie der Vogel."

„Wunderbar. Sie wissen gar nicht, wie sehr Sie uns geholfen haben. Wir werden Ihren Ex jetzt unverzüglich zur Fahndung ausschreiben. Und wenn Sie sich und Ihren Kindern einen Gefallen tun wollen, dann erzählen Sie keinem etwas von dem, was wir hier besprochen haben. Mike Hensel soll und darf nicht gewarnt werden."

„Nein, sicher nicht. Aber sagen Sie, was hat dieser Irre denn angestellt?"

„Es tut mit leid, das sagen zu müssen, aber wir suchen ihn als Mörder und Brandstifter."

Ein erschreckter Schrei durchzuckte Kerstin Hensel, die sich beide Hände vor Schrecken und Scham vor die Augen hielt. Dann, ganz zaghaft und mit brüchiger Stimme, sagte sie: „Etwa der Brand in seiner alten Schule an der Uhlandstraße? Die Sache", Frau Hensels Stimme wurde noch leiser, „die Sache, die gestern im Fernsehen kam?"

„Ja, genau die."

Kerstin Hensel ließ sich völlig entkräftet auf einen Stuhl fallen, verbarg ihr Gesicht noch tiefer in den Händen und begann tief aus ihrem Innern heraus verzweifelt zu schluchzen.

„Es tut mir sehr leid für Sie", sagte Sonja ehrlich mitfühlend.

Dann ging sie aus der Wohnung, um sofort die Fahndung einzuleiten.

Vom Handy aus informierte sie zuerst ihren Chef Frank Sommer, der ihr nach allem, was Sonja ihm erzählte, zustimmte, dass es sich bei Mike Hensel um den Gesuchten handelte. Natürlich informierte er sie auch darüber, dass dies Pits Ermittlungsergebnisse bestätigte. Sommer versprach, die Fahndung selbst in die Wege zu leiten und auch schon einen Haftbefehl zu erwirken. Sonja selbst würde sich auf den Weg zum Otternbuschweg machen, dort aber auf Verstärkung durch die Herforder Kollegen warten. Deshalb rief sie sofort nach dem Gespräch mit Sommer auf der Wache an, um jetzt die Verstärkung zu erbitten und mitzuteilen, dass sie schon zu Hensels neuer Wohnung fuhr, um dort auf die Kollegen zu warten. Zufrieden mit dem Fahndungsfortschritt und in der gewissen Zuversicht der baldigen Festnahme setzte sie sich in ihren Golf und fuhr los. Vor einer der dortigen Mietskasernen hielt sie an, um auf ihre Kollegen zu warten. Auf keinen Fall würde sie allein Mike Hensel gegenübertreten wollen.

Nachdem er Sommer über seine Ermittlungsergebnisse informiert hatte, rief Pit Anna an, die er auch sofort erreichte, ebenso Karsten. Bei Sonja meldete sich jedoch nur ihr hörbar ärgerlicher Lebensgefährte.

„Was soll das eigentlich? Könnt ihr uns nicht einmal am Sonntag in Ruhe lassen? Es ist echt kein Vergnügen, mit einer Polizistin zusammenzuleben."

„Wem sagen Sie das", meldete sich Pit dazwischen. „Bei mir ist vor einem Jahr schon meine zweite Beziehung in die Brüche gegangen. Wenn Sie mit einer Polizistin zusammenleben, werden Sie sich daran gewöhnen müssen. Im Übrigen ist der augenblickliche Fall wirklich sehr heikel, um es vorsichtig auszudrücken. Tut mir leid. Ich muss Sonja sprechen, unbedingt. Es ist wirklich sehr, sehr wichtig."

„Sie machen mir Spaß! Sonja sprechen, das möchte ich auch. Sie ist nicht hier. Sie ist heute Morgen schon vor Mittag weggefahren. Irgendetwas war ganz furchtbar wichtig."

Pit entging nicht der tiefe Zynismus in Niklas Reiters Stimme.

„Hat sie Ihnen gesagt, wohin sie wollte und was sie so Wichtiges zu erledigen hatte?"

„Irgendetwas hat sie, glaube ich, erzählt. Hab aber gar nicht so genau hingehört. War mir ehrlich gesagt auch ziemlich egal. Irgendetwas mit einem alten Schulfreund in Herford hab ich noch in Erinnerung."

„Und sie ist mit ihrem privaten Golf gefahren?"

„Wird sie wohl."

„O.k.", beendete Pit das unerfreuliche Gespräch. „Dann versuch ich es einfach auf dem Handy."

„Tun Sie, was Sie nicht lassen können und grüßen Sie sie nicht von mir."

‚Da ist wohl wieder eine Polizistenbeziehung an ihr Ende gekommen', dachte Pit, als er die Nummer von Sonjas Handy wählte. Nach kurzem Klingelzeichen meldet sich zwar Sonjas Stimme, aber nicht sie persönlich: „Hallo, hier ist die Mailbox von Sonja Rosenfeld. Wenn Sie etwas auf dem Herzen haben, dann können Sie das nach dem Piepton loswerden."

„Hallo, Sonja, hier ist Pit. Wo steckst du? Ruf mich sofort an. Wir haben einen Namen!"

‚Wenn man Leute nicht erreicht, die man dringend erreichen müsste, dann ist das nun wirklich mehr als ärgerlich', dachte Pit. Im Handyzeitalter sollte das weniger geworden sein, war es aber nicht. Andererseits, komisch war es schon, dass Sonja nicht an ihr Handy ging. Ein unangenehmes Kribbeln meldete sich in seinem Innern. Er wollte deshalb nicht allzu lange warten, bis er es erneut versuchen würde. In der Küche machte er sich einen Kaffee und suchte nach einem Keks oder etwas Ähnlichem, das er dazu essen konnte. Kaum war er wieder auf dem Balkon, als sein Handy klingelte. Auf dem Display konnte er lesen: Sonja ruft an. Wunderbar, dachte er, und drückte die Annahmetaste.

„Hallo, Sonja, schön, dass du so schnell zurückrufst. Es gibt Neuigkeiten ..."

„In der Tat, Herr Schwameyer, es gibt Neuigkeiten", meldete sich eine Männerstimme. Völlig verwirrt konnte Pit nur noch stammeln: „Äh, wie, was? Wer sind Sie? Jedenfalls nicht Sonjas Lebensgefährte. Mit dem habe ich eben noch gesprochen."

„Nein, Herr Schwameyer", antwortete die Männerstimme in auffallender, irgendwie unterdrückt wirkender Ruhe. „Sie haben absolut recht. Ich bin nicht Frau Rosenfelds Lebensgefährte. Wenn ich mich einmal kurz vorstellen darf: Mein Name ist Mike Hensel und ich sitze bei meiner ehemaligen Mitschülerin Sonja Rosenfeld im Auto und wir machen eine kleine Spazierfahrt."

‚Scheiße, verdammte Scheiße', dachte Pit, ‚dieses Arschloch hat Sonja in seine Gewalt gebracht.' Sein ungutes Gefühl hatte ihn nicht getäuscht.

„Jetzt hören Sie mir mal genau zu", redete Hensel weiter. „Ich habe die Dienstwaffe Ihrer Kollegin in meiner Hand und in der direkten Fortsetzung des Laufes dieser Waffe befindet sich der hübsche Kopf Ihrer Kollegin, nur damit die Vorraussetzungen klar sind."

„Was wollen Sie?“, schrie Pit dazwischen.

„Nur ruhig, mein lieber Schwameyer, nur ruhig. Ich stelle mir das Ganze so vor: Sie glauben, ich sei so eine Art Monster. Aber das stimmt nicht. Ich habe nur beschlossen, mir nicht mehr alles gefallen zu lassen. Ich habe ein Fanal gegen die Ungerechtigkeit der Welt gesetzt, und was macht ihr, was macht die Presse? Nichts oder so gut wie nichts. Ja, wenn es Aufstände, Kriege und Tote in der Dritten Welt gibt, dann seid ihr dabei. Dann wird in Sondersendungen darüber berichtet. Dann entrüstet sich die Gesellschaft kollektiv und Presse und Fernsehen sind vorne mit dabei. Aber jetzt? Ich habe ein Feuer entzündet, damit die Welt aufmerksam wird auf die täglichen Ungerechtigkeiten bei uns. Ich habe eine wichtige Botschaft für die Welt und ich habe die Welt von zwei der übelsten Arschlöcher befreit. Und was passiert? Eine lächerliche Pressekonferenz und lächerliche Berichte im Lokalfernsehen und in den Zeitungen. Und das auch erst, als ich mich genötigt sah, ein zweites Fanal zu setzen. Aber jetzt ist Schluss mit der Zurückhaltung!“

„Verdammt noch mal, hören Sie auf mit Ihrem Schwachsinn. Kommen Sie zur Sache. Sagen Sie, was Sie wollen.“ Pit riss der Geduldsfaden bei soviel unglaublichem Unsinn. Geduld war leider nicht seine Stärke, obwohl er genau wusste, dass genau diese jetzt gefordert war. Er vermisste Anna. Seine Kollegin hätte genau diese Situation besser gemeistert.

„Schwachsinn nennen Sie das? Schwachsinn?“

Pit biss die Zähne zusammen.

„Ich werde dir zeigen, was Schwachsinn ist“, tobte Hensel jetzt. Es folgte ein kleiner Moment der Ruhe.

Dann schrie Sonja „Scheiße, nein!“ und ein ohrenbetäubender Knall zerriss beinahe Pits Ohr. Vor

Schreck ließ er fast den Hörer fallen. ‚Ein Schuss', schoss es ihm durch den Kopf. ‚Ein Schuss! Der Kerl hat auf Sonja geschossen!'

Pit war wie erstarrt. Schließlich, mit leiser, fast gebrochener Stimme stammelte er: „Was, was … was haben Sie getan?"

„Nun, Herr Schwameyer, glauben Sie jetzt, dass es mir ernst ist? Was meinen Sie, wie es Ihrer Kollegin geht? Nun, was meinen Sie?"

Wieder ein schier unerträglicher Moment der Ruhe.

„Verdammte Scheiße! Reden Sie endlich! Wenn Sie meiner Kollegin etwas antun, dann, dann …"

„Na, was dann? Sie verkennen die Situation, Herr Schwameyer. Ich bin es, der am längeren Hebel sitzt! Und was Ihre Kollegin, die kleine Sonja, angeht … sie ist kreidebleich – kreidebleich vor Schreck!" Jetzt hörte Pit durch das Telefon ein hämisches, schallendes, bitteres, ja dreckiges Lachen. ‚Das Lachen des Teufels in der Hölle', dachte er. Aber zwischen dem widerwärtigen Lachen hörte er plötzlich auch Sonjas Stimme.

„Pit! Pit! Alles o.k.! Reg dich nicht auf. Bleib ruhig!"

„Sie haben es gehört, Herr Schwameyer. Regen Sie sich nicht auf. Aber glauben Sie nicht, dass dies hier ein Spiel ist, auch wenn ich diesmal nur aus dem Fenster geschossen habe. Beim nächsten Mal überleg ich es mir vielleicht anders. Hemmungen habe ich nicht mehr. Das werden Sie doch wohl begriffen haben. Hemmungen hatte ich mein ganzes Leben. Damit ist jetzt Schluss."

„O.k., o.k., ich habs verstanden. Was genau verlangen Sie, Herr Hensel?" Pit hatte sich wieder im Griff.

„Sehen Sie, so kommen wir weiter, Herr Schwameyer. Was ich verlange? Sie werden in Kürze von mir ein Schreiben zugestellt bekommen, d.h. nicht Sie persönlich, sondern Ihr Chef als Leiter dieser lächerlichen Sonderkommission. Ein langes Schreiben. In dem steht alles, was ich getan habe und warum ich es getan habe. Wenn Sie so wollen: eine Lebensrevision, eine Beichte, mein Manifest. Ich verlange, dass diese, nennen wir es ruhig Beichte, in vollem Umfang veröffentlicht wird. Der Text muss komplett in der Zeitung stehen und es muss dazu eine Sondersendung im Fernsehen geben. Dabei denke ich an die beiden Regionalzeitungen und den Tagesexpress sowie an eine 30-minütige Sondersendung im WDR, direkt nach der Tagesschau, und zwar am selben Tag. Und damit alles auch ganz und gar reibungslos verläuft, werde ich meinen Brief nicht nur an die Polizei schicken, sondern unmittelbar auch an die genannten Zeitungen und den WDR. Sollte das nicht genauso klappen, wie ich es mir vorstelle, werde ich den Tod von Sonja Rosenfeld so drastisch inszenieren, dass kein Journalist der Welt es sich entgehen lassen wird, darüber zu berichten und genüsslich die dämliche ostwestfälische Polizei der weltweiten Häme zu überlassen. Es liegt an Ihnen."

Pit kam nicht mehr dazu, noch etwas zu fragen, stattdessen hörte er unmittelbar, wie auf der anderen Seite die Aus-Taste gedrückt wurde. Er sank zurück in seinen Balkonsessel und starrte bleich vor Entsetzen auf das Handy in seiner Hand. Sonne und blauer Himmel, die eben noch eine wohlige, tröstliche Wärme verbreitet hatten, waren plötzlich ganz aus seinem Wahrnehmungsbereich verschwunden. Alle Gedanken und mehr noch alles Fühlen drehten sich um diesen schrecklichen Anruf. Vor allem das dreckig hämische Lachen schallte noch in seinen Ohren. Hohl hämmerte es in Pits Ohren.

Dann schließlich löste sich seine Starre. Vorbei war es für ihn und die gesamte Ermittlungsgruppe mit dem halbwegs beschaulichen Sonntagnachmittag. Er wählte Sommers Nummer und erreichte ihn inzwischen im Präsidium.

„Frank, es ist eine Katastrophe eingetreten", meldete sich Pit. Am anderen Ende hörte er ein erschrecktes Einatmen. „Mike Hensel, unser Mann, hat Sonja in seiner Gewalt."

„Wie, was? Sag das noch einmal."

„Mike Hensel hat Sonja in seine Gewalt gebracht … Wie, das kann ich dir nicht sagen. Ich habe keinen blassen Schimmer, aber es ist so. Ich habe vor gut einer halben Stunde versucht, Sonja über den neuesten Ermittlungsstand zu unterrichten, genau wie dich. Aber sie ging nicht an ihr Handy. Dann, vor wenigen Minuten, meldet sich ihr Handy bei mir, aber nicht sie ist am Apparat, sondern dieser Irre, dieser Mike Hensel."

Dann berichtete er detailliert, was vorgefallen war, vor allem auch von dem Schuss, den Hensel abgegeben hatte, und seinen verrückten Forderungen.

„O.k., Pit, ich habe verstanden", bestätigte Sommer mit erstaunlicher Ruhe den niederschmetternden Bericht. „Ich habe übrigens vorhin, das heißt natürlich vor ihrer Entführung, noch mit Sonja gesprochen, die mir erzählt hat, was sie in Herford heute herausgefunden hat. Komm sofort ins Präsidium. Wir müssen die gesamte Truppe zusammenrufen. Ich will alle hier haben, vor allem auch Hanna Hülsmeier und Wende, aber auch den Pressesprecher und natürlich auch den Leiter des SEKs. Bis Morgen, wenn wir diesen unsäglichen Brief bekommen, bleibt uns noch etwas Zeit, um uns auf Verhandlungen mit dem Kerl vorzubereiten. Aber alle möglichen Aktionen zum Auffinden von Sonja müssen sofort anlaufen." Damit legte Sommer auf und Pit fuhr unverzüglich ins Präsidium.

Insgesamt verging nur eine knappe halbe Stunde, bis alle im Konferenzraum versammelt waren. An diesem Wochenende hatte niemand einen größeren Ausflug unternommen. Alle waren wegen der ohnehin prekären Situation mehr oder weniger zu Hause geblieben. Als letzter kam Wende durch die Tür. Sein Gesichtsausdruck verriet tiefe Erschütterung. Dann trat Sommer nach vorn und gab einen ersten Überblick über die Lage. Ausführlich berichtete er von seinem Telefongespräch mit Sonja, von ihrem Treffen mit Kerstin Hensel und dass Mike Hensel inzwischen am Otternbuschweg in Herford wohnte. Beim Bericht über Hensels Anruf nach Sonjas Entführung überließ Sommer dann allerdings Pit das Feld, der zum zweiten Mal, so ruhig es ihm möglich, die Situation erläuterte.

„Also, ich fasse zusammen", schloss dieser. „Wir haben die Gewissheit, wer der Täter ist, den wir suchen. Aber das bringt uns im Moment nicht recht weiter. Dieser Hensel fährt mit unserer Sonja irgendwo durch OWL, vielleicht in seinem Auto, d.h. mit dem Opel seiner Mutter, vielleicht in Sonjas, also ihrem Golf. Wir wissen nicht, wie er Sonja in seine Gewalt gebracht hat, aber wir wissen, dass er extrem skrupellos ist."

„Pit, er ist nicht nur skrupellos. Er ist nicht mehr Herr seiner Sinne", wendete Hanna Hülsmeier jetzt ein. „Das macht ihn noch unberechenbarer und gefährlicher. Alles, was er tut, dient allein dem Zweck, das ihm widerfahrene Unrecht öffentlich zu machen, sozusagen nach außen zu schreien. Sobald er den Eindruck gewinnt, dass wir ihn dabei behindern, wird er sofort zuschlagen und Sonja auf eine vermutlich höchst spektakuläre Art umbringen. Aber wir haben ein Ass im Ärmel, das er uns selbst gegeben hat: der Zeitvorsprung, bis morgen die Briefe eingehen, die übrigens nach meiner Meinung veröffentlicht werden müssen, wenn wir ihn bis dahin noch nicht haben."

„So ist es, und diesen Zeitvorsprung müssen wir nutzen", pflichtete Sommer der Psychologin bei. „Wo könnten Hensel und Sonja jetzt sein? Und wieso ist Sonja so sehr in seine Nähe geraten? Diese Fragen müssen zuerst beantwortet werden. Als Wichtigstes aber muss unverzüglich für ganz OWL die Fahndung nach Sonjas Golf und Hensels Omega raus. Nein, besser auch für das angrenzende Niedersachsen. Wie weit ist es von hier bis zum Landkreis Osnabrück?"

„Fängt gleich hinter Werther an, also von hier vielleicht 15 Kilometer", erläuterte Karsten prompt, der selbst in Werther wohnte.

„Haben wir eine Beschreibung der Fahrzeuge und der Kennzeichen?"

„Ja", fuhr Karsten fort. „Hensels Wagen ist bekannt. Frank hat das eben vorgetragen, als er Sonjas Ermittlungsergebnisse vorstellte. Weißer Opel Omega, Baujahr 1992, auf seine Mutter Erika zugelassen, Kennzeichen: HF-EH 385. Sonjas Wagen ist ein dunkelblauer Golf V, Kennzeichen - Moment, ich muss einmal kurz mein Handy befragen - BI-SR 2537."

„O.k., dann raus mit der Fahndung. Vielleicht haben wir Glück."

Ich traute Ohren und Augen nicht, als ich am Samstagabend vor dem Fernseher saß, um zu sehen, ob diesmal ausführlicher über meine ‚kleine' Inszenierung im Tierpark Olderdissen berichtet wurde, jedenfalls ausführlicher als bei dem Brand in Herford. Da war ja sogar die Leiche des Majors unterschlagen worden ... Und tatsächlich, meine Erwartungen wurden mehr als erfüllt, allerdings ganz anders, als ich es gedacht oder in meinen kühnsten Träumen auch nur geahnt hätte. Natürlich hatte ich die Sendung von Anfang an aufgezeichnet. Ich wollte mir nichts entgehen lassen und dafür war es aus meiner Erfahrung gut, wenn man sich eine Sache immer wieder anschaute. Allerdings war das alles zunächst dann doch wieder ziemlich enttäuschend. Der Bericht kam mir irgendwie zu sachlich vor. Da fehlte jede, der Größe des Ereignisses angemessene Dramatik. In wohlgesetzten Worten, so sagt man wohl in einem solchen Fall, also in wohlgesetzten Worten trugen nacheinander verschiedene Herren vor, was sich zugetragen hatte. Brav fing der Hauptakteur dieses Theaterstückes, der 1. Kriminalhauptkommissar Frank Sommer – was für ein Titel und so wenig Ahnung! – sein Sprüchlein aufzusagen. Ich begann mich zu langweilen. Endlos wurden die wenigen Details ausgebreitet, die sie kannten. Noch schlimmer als dieser Sommer war der Polizeichef. Redete wie ein Politiker: jede Menge Worte, aber null Inhalt! Aber dann! Dann jedoch traf es mich wie ein Blitzstrahl. Es war nur ein kurzer Kameraschwenk über die versammelte Ermittlergarde bei der Pressekonferenz. Fein säuberlich aufgereiht saßen die Damen und Herren auf dem Podium. Aus dem Augenwinkel heraus wurde ich plötzlich elektrisiert. War das möglich? Konnte es sein, dass ich eine der dort sitzenden Polizistinnen kannte? Ich ließ die Aufnahme sofort zurücklaufen. Ein Hoch der modernen Technik. An der richtigen Stelle stoppte ich die Wiedergabe. Und dann sah ich sie: Sonja Rosenfeld, meine ehemalige Mitschülerin. Sie musste es sein. Älter war sie geworden, natürlich, aber ich erkannte sie. Vollends sicher war ich, als ich sah, dass vor ihr auf dem Podiumstisch ein kleines Namenstäfelchen stand. Etwas schräg versetzt, aber ich konnte das Schild mit meinem Gerät etwas heranzoomen. Und da stand dann klipp und klar: Kriminalkommissarin Sonja Rosenfeld. Wut, heiß und kalt gleichzeitig, stieg in mir auf. Ich hielt die Wiedergabe an und sah mir ihr

Gesicht genau an. Ihr Gesichtsausdruck, vollständig regungslos. Für sie war das wohl kaum mehr als irgendein Routinefall. Dann ließ ich die Wiedergabe wieder anlaufen. Immer wieder, vor und zurück. Ich hoffte wenigstens eine winzige Regung in ihrem Gesicht zu entdecken, aber ohne Erfolg. Angespannt, konzentriert vielleicht, aber ohne jede emotionale Beteiligung schaute sie in irgendwelche Papiere auf ihrem Tisch. Nach einer Zeit merkte ich, wie meine Fäuste zu schmerzen begannen, so sehr hatte ich sie geballt. Sonja Rosenfeld! Bilder aus der Schulzeit stiegen wieder in mir auf. Sonja Rosenfeld und Jens Saarmann. Ich hörte sie wieder lachen und grölen, wie sie sich über mich lustig machten, sie und die ganze Klasse. Und ausgerechnet diese Zimtzicke saß da auf dem Podium und gehörte zu dem Ermittlungsteam, das sich mit meinen Inszenierungen beschäftigte. Jetzt schlug meine Wut in gellendes Gelächter um. Ich konnte mich kaum noch halten. Das war es wohl, was man als Ironie der Geschichte bezeichnet. Und je mehr ich mich vor Lachen ausschüttete, desto mehr reifte ein neuer Plan in mir. Jetzt, wo ich wusste, dass Sonja in der Sonderkommission saß, hatte meine Wut ein neues Ziel, mehr noch, auch eine neue Ausrichtung. Ich, ich war es, der die gesamte Polizei demütigte, der sie an der Nase herumführte, sie vorführte vor der Öffentlichkeit. Ich war es, der ihre unglaublich bornierte Dummheit öffentlich zur Schau stellte.

Allen voran würde es Sonja treffen. Sonja, die mich mit zur Schau gestellt hatte, sie würde jetzt vor aller Welt der Lächerlichkeit preisgegeben. Langsam nahm an jenem Abend ein Gedanke in mir Gestalt an. Ich würde alles, was ich bisher getan hatte, aufschreiben, und ich würde es an die Zeitung geben. Es sollte so etwas wie mein Manifest werden, das nach Veröffentlichung drängte. Die Lokalzeitungen, der Tagesexpress und das Fernsehen, alle sollten mein Manifest in die Öffentlichkeit tragen. Das sollte meine ultimative, die Polizei, nein, Sonja demütigende Rache sein. Noch besser wäre es gewesen, wenn ich auch den unsäglichen Jens Saarmann in aller Öffentlichkeit hätte demontieren können. Aber der hatte sich inzwischen schon selbst demontiert. Ich hatte ihn durchaus als Opfer ausgewählt. Es stellte sich jedoch heraus, dass er im Laufe der Jahre zu einem elenden, versoffenen Alkoholiker geworden war, der sich über kurz oder lang selbst ins Grab saufen würde. So eine jämmerliche Gestalt war meiner nicht wert. Jens war einfach kein Gegner. Deshalb war ich auf den Ex-Major umgeschwenkt. Sonja hingegen, das wär etwas anderes. Wenn ich mich ihrer bemächtigen könnte, das wäre die Krönung! Aber sie und ihre bornierten Polizeihelden der Lächerlichkeit preiszugeben, das war auch schon etwas!

Noch am selben Abend fing ich an, mein Manifest, meine Lebensbeichte niederzuschreiben. Bis tief in die Nacht hinein, von Samstag auf Sonntag, schrieb ich Zeile für Zeile, Satz für Satz. Ich schrieb wie besessen. Es war wie ein Rausch und schließlich fiel ich in erschöpften tiefen, aber zufriedenen Schlaf.

Sonntagmorgen zeigte der Wecker bereits fast halb elf, als ich aufwachte. Die Septembersonne schien durch die Vorhänge meines alten Kinderzimmers. Vor einiger Zeit war ich gezwungenermaßen wieder in die Wohnung meiner Kindheit eingezogen. Wieder zu meiner Mutter ziehen zu müssen, empfand ich als äußerst demütigend. Daran war Kerstin, meine Exfrau, schuld, diese elende Schlampe. Heute aber wirkte das kleine Zimmer am Otternbuschweg auf seltsame Art nahezu beschwingt, gelöst. Warmes, wohliges Licht verbreitete die Sonne in meinem Zimmer. Für mich war es, als ob ihr Strahlenglanz nur mein eigenes inneres Licht widerspiegelte. Erholt fühlte ich mich, beflügelt. In der Küche machte ich mir einen Kaffee. Meiner Mutter fiel meine andere, neue Stimmung sofort auf. ‚Du siehst so zufrieden aus', sagte sie. ‚Schön, dass es dir endlich besser geht. Es ist gut, wenn du Kerstin endlich vergisst. Sie hat lange genug dein Leben bestimmt.' Das waren ihre Worte. Sie hatte mal wieder überhaupt keine Ahnung. Mit meiner Kaffeetasse und einem Marmeladenbrötchen ging ich zurück in mein Zimmer und schaltete den Fernseher ein, um mir noch einmal den gestrigen Fernsehbericht anzuschauen. Als Sonja ins Bild kam, stoppte ich die Wiedergabe erneut an dieser Stelle und betrachtete sie mit einer Mischung aus Genugtuung und Abscheu. ‚Ich werde dich vorführen', dachte ich zufrieden. ‚Ich werde über dich, ich werde über euch alle triumphieren. Wenn ich mit euch fertig bin, werdet ihr keinen Schritt mehr tun können, bei dem nicht hinter eurem Rücken über eure Unfähigkeit getuschelt wird.

Es war früher Nachmittag, als ich auf der Straße vor unserem Wohnblock den dunkelblauen Golf entdeckte. Nichts Besonderes eigentlich, bis eine Frau in meinem Alter ausstieg und irgendetwas aus dem Kofferraum holte. Für einen kurzen Moment schaute sie hoch zu meinem Fenster. Erkennen konnte sie mich allerdings nicht. Aber ich! Ich erkannte sie! Sonja Rosenfeld! Konnte das war sein? Konnte es so viel glücklichen Zufall geben? Was machte sie hier? War mir die Polizei etwa schon so dicht auf den Fersen? Diese Stümper? Das konnte doch nicht sein. Oder doch? Aber dort unten saß Sonja in ihrem Auto. Diese Gelegenheit konnte ich mir nicht entgehen lassen. Ich fasste einen Plan, der an Verwegenheit alles, was ich bisher getan hatte, in den Schatten stellte. Ich würde Sonja kidnappen und damit meine Forderungen nach Veröffentlichung meines Manifestes unterstreichen. Das würde ihre Demütigung und die Demütigung der Polizei allgemein auf die absolute Spitze treiben. Der Gedanke ließ meinen Pulsschlag auf enorme Höhen schnellen. Sofort ging ich an die Durchführung meines Vorhabens. Viel Zeit würde ich nicht haben, das hatte ich im Gefühl. Sonja schien unten im Wagen auf jemanden zu warten. Auf Verstärkung? Egal, es musste schnell gehen – und es ging schnell. Und einfach, einfacher als ich gedacht hatte. Ich spurtete aus der Hintertür heraus und um den ganzen Block herum. Dann näherte ich mich unauffällig – natürlich! – dem Golf von hinten im toten Winkel. Sie konnte mich nicht sehen. Blitzschnell hatte ich die Beifahrertür aufgerissen und ebenso blitzschnell setzte ich ihr mein Kampfmesser, das mir bei Dieter Rabe so gute Dienste erwiesen hatte, an ihre Kehle. ‚Hallo Sonja', sagte ich. Von ihr war ein kurzer Aufschrei alles, was zu hören war, als sie mich und ihre Lage erkannte. Ohne Gegenwehr ihrerseits konnte ich ihre Dienstwaffe an mich bringen. Nun war ich gut gerüstet. ‚Fahr los', zischte ich sie an. ‚Fahr los! Sofort! Raus aus der Stadt! Aber gesittet. Und mach ja keine Zicken! Denk immer daran, wer im Moment die Waffe in der Hand hält.' Dann startete sie den Motor, legte den Gang ein und fuhr los.

Als wir in die Diebrocker Straße einbogen, sahen wir zwei Streifenwagen herankommen. Aber sie konnten uns nicht mehr erkennen, geschweige denn gefährlich werden. Schon bald waren wir aus der Stadt heraus und ich rief mit Sonjas Handy ihren Kollegen Pit Schwameyer an. Er hatte bereits zuvor versucht, seinerseits Sonja zu erreichen. Jetzt rief ich ihn an!

Die Fahndung lief auf vollen Touren. An allen Ausfallstraßen um Herford herum waren zivile Polizeiwagen in Stellung gegangen. Der Krisenstab hatte sich darauf geeinigt, eine unauffällige Kontrolle durchzuführen, um Mike Hensel nicht zu einer Kurzschlusshandlung zu verleiten, die Sonja Rosenfelds Leben hätte gefährden können. Es war stattdessen verabredet worden, dem Wagen, Opel-Omega oder VW-Golf, unauffällig zu folgen, falls er gesichtet würde, um jederzeit zu wissen, wo sich Hensel mit seiner Geisel befand. Leider musste die Aktion nach einiger Zeit ergebnislos abgebrochen werden. Hensel war wohl schneller aus Herford verschwunden, als sie gedacht hatten.

Noch während die Aktion lief, war es Pit, der die Ermittlungsgruppe auf einen neuen Kurs brachte.

„Ich glaube nicht mehr, dass die verdeckte Ringfahndung irgendetwas ausrichtet. Wenn's recht ist, dann fahren Anna und ich umgehend zu Kerstin Hensel. Sonja war heute Mittag dort und hat ausführlich mit ihr gesprochen. Vielleicht hat sie irgendeine Idee, wohin ihr Ex in einer solchen Situation fahren könnte."

„Die Idee ist gut", bestätigte Sommer. „Karsten soll jedoch zusätzlich auch seine Mutter aufsuchen. Aber Karsten, geh auf keinen Fall allein. Nimm dir einen der zusätzlichen Fahnder mit."

„Alles klar, Chef. Ich nehme Günni mit, Günter Reiche. Ist uns aus Herford zugeteilt worden."

„O.k. Auf geht's! Beide Ermittlergruppen bleiben untereinander und mit mir im ständigen Kontakt. Ruft lieber einmal mehr an als einmal zu wenig. In der Zwischenzeit werden wir versuchen, Sonjas Handy zu orten."

Pit und Anna saßen wieder zusammen in ihrem Dienstwagen. Wie immer, denn sie waren im Laufe der Jahre zu einem wirklich guten Team geworden. Jeder hatte seine Eigenheiten, seine Schwächen – Pit saß natürlich am Steuer –, und jeder hatte seine Stärken, die der andere kannte. Aber, was das Wichtigste war, sie konnten sich aufeinander verlassen. Pit war froh darüber, dass Anna bei der vermutlich emotional schwierigen Befragung von Kerstin Hensel dabei war. Sie strahlte eine Wärme aus, die in solchen Gesprächen immer wieder dafür gesorgt hatte, dass die Gesprächspartner sich öffneten. Zuletzt hatte er das bei der Befragung der Witwe des ermordeten Majors Klapproth erlebt. Andererseits war Anna froh, dass Pit mit seinem sachlichen Auftreten und seiner natürlichen und meistens unaufdringlichen Autorität sehr viel Vertrauen, gepaart mit Respekt, ausstrahlte. Zwischen ihnen war es nicht das alte Spiel: guter Bulle, böser Bulle, vor allem deshalb nicht, weil Anna und Pit kein Spiel spielten. Ihr gemeinsames Auftreten wirkte nicht gezwungen, weil es authentisch war. Und das ist, darin waren sich beide einig, mehr wert als jede Vernehmungsshow, die manche ihrer Kollegen abzogen.

Außerhalb ihrer beruflichen Beziehung hatten die beiden jedoch wenige Gemeinsamkeiten. Pit, nach zwei gescheiterten Beziehungen wieder einmal allein lebend, Anna hingegen seit fast zwölf Jahren verheiratet mit einem Betriebswirt, der jedoch nicht aus Polen stammte wie sie selbst, sondern ein waschechter Bielefelder war. Ihre Temperamente rieben sich manchmal heftig aneinander, aber sie zerrieben sich nicht. Ihr gemeinsamer Sohn war inzwischen zehn Jahre alt. Anna hatte sich als Beamtin zunächst einige Jahre beurlauben lassen und war dann wieder in den Polizeidienst eingestiegen, was allerdings mit nicht unerheblichen Schwierigkeiten verbunden war, wenn, wie im Augenblick, der Dienst rund um die Uhr stattfand.

Pit und Anna kannten sich in Herford kaum aus und folgten deshalb dem Navi, das sie um die Innenstadt herumleitete und schließlich über die Werre führte und vorbei am H2O-Erlebnisbad, Festplatz und Ludwig-Jahn-Stadion zur Kastanienallee, in der Kerstin Hensel mit ihren zwei Kindern wohnte. Sie stellten ihr Auto an der schmalen und mit Laternenparkern vollgestellten Straße ab in der Hoffnung, dass es durch den vorbeifließenden Verkehr keinen Schaden nähme. Anna drückte auf die Klingel, aber es passierte nichts. Sie klingelten noch mehrmals, aber der Türsummer wurde nicht betätigt.

„Scheint keiner zu Hause zu sein", bemerkte Pit. „Hoffentlich ist dieser verrückte Mike Hensel hier nicht schon aufgetaucht und hat sich gerade hier mit Sonja eingenistet."

Anna wiegte den Kopf hin und her: „Möglich ist vieles, aber eigentlich glaube ich das nicht. Seine eigenen Kinder als Geisel nehmen, das wär doch ziemlich ungewöhnlich. Aber andererseits: An diesem Fall ist bisher alles ziemlich ungewöhnlich."

Sie wandten sich gerade zum Gehen, als eine Anwohnerin im Erdgeschoss, direkt neben der Eingangstür, aus dem Fenster schaute. Offenbar hatte sie irgendetwas mitbekommen.

„Was wollen Sie? Kann ich Ihnen helfen?"

Anna zeigte ihren Dienstausweis und holte das Fahndungsfoto von Mike Hensel heraus.

„Kennen Sie diesen Mann?"

„Natürlich, das ist der Ex-Mann von der Kerstin. Der wohnt aber nicht mehr hier. Da sind wir alle sehr froh, dass der weg ist. Was wollen Sie denn von dem?"

„Ehrlich gesagt, im Moment wollen wir nur mit Frau Hensel sprechen. Aber der Mike, war der heute vielleicht ausnahmsweise da?"

„Nein, heute nicht. Das hätte ich mitbekommen. Da bin ich mir ganz sicher."

Da waren Anna und Pit sich ebenfalls sicher. Diese Frau hätte alles mitbekommen.

„Und Frau Hensel und ihre Kinder, sind die im Moment zu Hause? Die Tür wird nicht geöffnet."

„Doch, doch, die müssen zu Hause sein. Ihr kleines Auto ist ja da und Sonntagnachmittagsspaziergänge sind nicht Kerstins Ding, wenn Sie verstehen, was ich meine. Warten Sie einen Moment, ich versuche es bei ihr mal übers Telefon."

„Das können wir auch", wollte Anna noch sagen, aber da war die Frau am Fenster schon nach innen verschwunden. Nach wenigen Augenblicken kam sie zurück und sagte: „Alles klar. Ich mach Ihnen auf, dann können Sie reingehen. Ganz nach oben. Frau Hensel erwartet sie."

„Vielen Dank", sagte Pit. Dann summte der Türöffner und die beiden gingen hinein. Oben angekommen, zeigten Pit und Anna ihre Dienstausweise nun auch Kerstin Hensel. Die jedoch stand ziemlich breit in der Tür und versperrte den beiden Polizisten so den Zugang zur Wohnung.

„Was wollen Sie denn noch?", fragte sie gereizt. „Vorhin war doch schon eine von euch da. Ich hab nichts mehr zu sagen und ich hab auch nichts mehr mit meinem Ex zu tun. Das Kapitel ist für mich zu Ende – Gott sei dank! Lassen Sie uns endlich mit Mikes Mist in Ruhe!" Ihr Tonfall wurde immer aggressiver.

Jetzt war es Pit, der die ersten Worte sagte: „Frau Hensel, wir verstehen Ihre Lage, aber glauben Sie uns, wir sind nicht zum Spaß hier. Es ist wirklich sehr wichtig, dass wir noch einmal mit Ihnen sprechen."

„Und warum, wenn ich fragen darf?"

„Warum? – das würden wir Ihnen gern drinnen genauer erläutern. Hier draußen ist nicht der richtige Ort dafür. Bitte lassen Sie uns rein, und hören Sie, was wir zu sagen haben."

Da war sie wieder: Pits geduldige Ruhe und natürliche, unaufdringliche Autorität und sie bewirkten genau das, was Anna als so hilfreich und wohltuend empfand. Kerstin Hensels Aggressivität schwand, aber nicht aufgrund von Resignation, sondern weil sie ehrliches Vertrauen fasste und wohl eine Portion Neugier entwickelte auf das, was kommen würde. Schließlich führte Kerstin Hensel die beiden Polizisten ins Wohnzimmer. Dort lief ziemlich laut der Fernseher: RTL – Bauer sucht Frau.

„Nun bin ich aber neugierig", begann Frau Hensel das Gespräch.

„Okay!", Anna übernahm jetzt das Wort. „Heute Mittag ..."

„Soll ich den Fernseher ausstellen?"

„Oh bitte, ja."

Frau Hensel drückte auf die Fernbedienung.

„Also, heute Mittag war unsere Kollegin Sonja Rosenfeld bei Ihnen. Ist das richtig?"

„Ja, hab ich doch gesagt."

„Leider ist inzwischen etwas ziemlich Schreckliches geschehen. Ihr Ex-Mann hat unsere Kollegin in seine Gewalt gebracht, kurz nachdem sie bei Ihnen war."

Ein schriller Aufschrei unterbrach Anna.

„In seine Gewalt gebracht? Was heißt das? Hat dieser Idiot sie etwa gekidnappt?"

„So könnte man es ausdrücken, ja!"

Kerstin Hensels Gesichtsausdruck verriet eine deutliche Anspannung. Dann fragte sie: „Und was kann ich nun dabei tun?"

„Ehrlich gesagt", übernahm jetzt wieder Pit, „wir hoffen, dass Sie irgendeine Idee haben, wohin sich Ihr

Ex mit unserer Kollegin zurückziehen könnte. Zurzeit kurvt er mit ihr in seinem Auto oder dem unserer Kollegin irgendwo herum. Wir haben keinen blassen Schimmer, wo. Aber er kann nicht unentwegt durch die Gegend fahren. Er will uns morgen ein Schreiben schicken, so eine Art Beichte oder ein Manifest oder wie man das nennen soll, jedenfalls irgendetwas, worin er seine Morde irgendwie erklären will …"

„Ein was, ein Manifest, eine Beichte? Wie krank ist das denn? Ist der jetzt völlig verrückt geworden?", fiel Kerstin Hensel Pit ins Wort.

„Ja, irgendein Schriftstück, das dann in der Zeitung und im Fernsehen veröffentlicht werden soll. Das war seine Bedingung, sonst würde er unserer Kollegin etwas antun, das alles Bisherige in den Schatten stellt. Also, Frau Hensel, wenn sie uns irgendwie helfen könnten … Wir sind beinahe für jeden Strohhalm dankbar. Mike muss irgendwo unterkommen. Haben Sie da eine Idee?"

Pit bemühte sich, in seine Stimme nicht allzu viel Unsicherheit einfließen zu lassen. Wenn er ehrlich war, musste er sich eingestehen, dass die Wahrscheinlichkeit, dass Kerstin Hensel ihnen helfen konnte, sehr klein war. Mike konnte überall sein.

Vielleicht hat er sich in einem Gasthof eingemietet und Sonja als seine Frau ausgegeben. Vielleicht hat er eins der vielen Wochenendhäuser, die es in der Region gab, aufgebrochen und versteckt sich dort. Obwohl, das müsste doch von den Bewohnern der anderen Häuser bemerkt werden. An einem so schönen Sonntag wie diesem waren die Besitzer sicher in ihren Häusern. Aber vielleicht hat er ja auch ein alleinliegendes Haus entdeckt.

„Doch, ich hab tatsächlich eine Idee", meldete sich zu Pits Überraschung jetzt Kerstin Hensel. „Ich weiß ehrlich gesagt nicht, ob der noch existiert."

Kerstin Hensel machte eine quälend lange Pause. Sie schien sich intensiv zu fragen, ob das, was ihr eingefallen war, Sinn machen konnte.

„Frau Hensel, bitte, sagen Sie freiheraus, was Sie denken. Alles kann wichtig sein. Wie gesagt: jeder Strohhalm."

„Ist schon sehr lange her, dass ich mal da war", fuhr sie jetzt fort. „Seine Eltern hatten einen Wohnwagen auf einem Campingplatz. Jedenfalls solange sein Vater noch lebte. Der ist vor drei Jahren gestorben. Ob es diesen Wohnwagen noch gibt? Ehrlich gesagt, ich weiß es nicht." Wieder eine Pause.

„Können Sie sich noch daran erinnern, wo dieser Campingplatz lag?"

„Ja, wo war das doch noch? Irgendwo nördlich, hinterm Wiehengebirge, glaube ich. Ich bin da nicht oft gewesen und das letzte Mal ist, wie gesagt, schon eine Weile her."

„Gab es vielleicht irgendetwas Besonderes in der Nähe?", mischte sich Anna wieder ein. „Ein See vielleicht?"

„Nein, kein See, aber ein großes Moor und, ach ja richtig, so ein Fluss oder ein ...", sie zögerte erneut, „ein Kanal war da in der Nähe. Jedenfalls fuhren dort Schiffe."

„Vielleicht der Mittellandkanal? Der verläuft ja direkt nördlich vom Wiehengebirge, und Moorgebiete gibt es dort auch", bemerkte Pit.

„Das werden wir in jedem Fall herausbekommen. Haben Sie herzlichen Dank für Ihre Mithilfe, Frau Hensel."

„In Ordnung", stimmte Anna zu. „Das hilft uns schon ein Stück weiter. Wenn es diesen Wohnwagen dort oben zwischen Moor und Kanal gibt, dann werden wir den auch ausfindig machen. Ein ideales Versteck wäre das in der Tat. Ich rufe sofort Karsten an. Der ist doch mit diesem Günni bei Mikes Mutter. Die weiß vielleicht mehr."

Zum Telefonieren zog sich Anna in die Küche zurück. Sie wollte nicht, dass Frau Hensel alles mitbekam, was sie mit Karsten zu besprechen hatte. Bereits nach zweimaligem Klingeln meldete ihr Kollege sich.

„Hallo, Karsten", begann Anna, „ich bin mit Pit gerade bei der Ex-Frau von Mike Hensel. Die hat eine Idee, wo er sich mit Sonja versteckt halten könnte. Die Eltern von Mike hatten oder haben einen Wohnwagen irgendwo nördlich vom Wiehengebirge. In der Nähe soll ein Moor sein und ein Kanal, vermutlich der Mittellandkanal. Frag doch Frau Hensel mal danach, wo das genau ist."

Anna konnte mithören, wie Karsten Mikes Mutter nach dem Wohnwagen fragte. Die schien völlig in Tränen aufgelöst. Offenbar hatte sie von dem wahren und geheimen Leben ihres Sohnes nicht die geringste Ahnung und war durch das, was ihr von den Polizisten berichtet worden war, vollkommen überrascht worden. ‚Für die ist bestimmt eine Welt zusammengebrochen', dachte Anna. Aber es half nichts, da musste sie jetzt durch. Schließlich meldete sich Karsten wieder: „Also, Anna, es gibt tatsächlich einen Wohnwagen. Und zwar auf einem Campingplatz in Gehlenbeck, das ist ein Ortsteil von Lübbecke." Er nannte noch weitere Einzelheiten, die Anna sich notierte.

Sonja bedankte sich rasch und drückte die Aus-Taste. Dann ging sie zurück ins Wohnzimmer.

„Die Mutter hat Ihre Angaben bestätigt, Frau Hensel", sagte Anna. „Wir wissen jetzt, wo dieser Wohnwagen steht. Vielen Dank für Ihre Hilfe. - Ach, eins noch: Wenn sich Ihr Ex-Mann doch noch bei Ihnen meldet. Unternehmen Sie nichts auf eigene Faust. Bleiben Sie ruhig, soweit das geht, aber versuchen Sie, uns unbeobachtet zu informieren. Aber wirklich nur, wenn Mike das auf keinen Fall mitbekommen kann. Im Zweifelsfall nicht anrufen! Versprechen Sie mir das?"

„Ja, ich bin vorsichtig, schon wegen der Kinder. Ich weiß, wozu Mike fähig ist."

Noch während Anna mit Kerstin Hensel sprach, rief Pit Frank Sommer an, um ihm die Neuigkeit mitzuteilen.

„Wo genau, sagst du, soll dieser Campingplatz sein?", fragte Sommer.

„Nach Auskunft von Mikes Mutter in Lübbecke, genauer gesagt in einem Ortsteil namens Gehlenbeck." Anna hatte das Gespräch wieder übernommen. „In der Nähe gibt es das sogenannte Große Torfmoor. Der Campingplatz heißt auch entsprechend: ‚Camping Zum Großen Torfmoor'!"

„Lübbecke", meldete sich Sommer dazwischen. „Könnte tatsächlich sein, dass Hensel mit Sonja dorthin unterwegs ist. Wir konnten Sonjas Handy zweimal sicher orten. Einmal in Kirchlengern. Die zweite und letzte Ortung war dann aus Hüllhorst-Oberbauerschaft. Da waren sie wohl auf der B 239 unterwegs."

„Wie war der Name? Oberbauerschaft? Nie gehört", fühlte sich Pit bemüßigt festzustellen.

„Wie auch immer", übernahm Sommer das Wort. „Jedenfalls ist das der direkte Weg von Herford nach

Lübbecke, und du sagst doch, dass der Campingplatz dort am Großen Torfmoor liegt."

„Ja genau, das habe ich gesagt." Jetzt redete wieder Anna.

„Übrigens, ab Oberbauerschaft ist das Handy nicht mehr zu orten. Vermutlich ausgeschaltet oder gar weggeworfen. Kommt also so schnell wie möglich zurück. Wir müssen hier in der Zentrale die neue Lage bewerten, auch die Möglichkeiten, die das SEK eventuell hat. Also bis gleich."

„Bis gleich", sagte auch Anna und Pit startete den Wagen.

In der Zentrale im Polizeipräsidium herrschte, wie nicht anders zu erwarten war, große Betriebsamkeit. Sommer stand an der Stirnwand des großen Konferenzsaales und hatte alle wichtigen Erkenntnisse an die große Magnettafel geschrieben. Im Zentrum des Interesses aber befanden sich zwei mithilfe von Beamern an die Wand projizierte Karten des Gebietes um den Campingplatz „Zum Großen Torfmoor". Auf der einen Seite war eine detaillierte topographische Karte zu sehen, die andere Karte war eine entsprechende Satellitenansicht des Gebietes. Als Pit und Anna den Raum betraten, Karsten und Günni waren wenige Minuten vorher gekommen, war Sommer gerade dabei, die beiden Karten zusammen mit dem Leiter des Sondereinsatzkommandos, Wolf Haarkötter, zu studieren.

„Ah, gut, dass jetzt alle da sind", begrüßte Sommer Pit und Anna. „Wir haben in der Zwischenzeit bereits Kontakt mit der Campingplatzleitung aufgenommen. Es scheint ziemlich sicher, dass Mike Hensel mit Sonja dort ist. Der Platzwart war sehr kooperativ und ist unauffällig über den Platz gegangen, um zu sehen, ob Hensels

Wagen bewohnt ist. Er sagte, dass er in der letzten Zeit meistens leer gestanden hätte. Nur selten sei jemand da gewesen, in der Regel aber Frau Hensel, also Mikes Mutter. Heute habe er von außen nicht viel erkennen können, jedoch stünde auf einem Gemeinschaftsparkplatz in der Mitte des Platzes ein dunkelblauer Golf mit Bielefelder Kennzeichen. Als wir ihm Sonjas Kfz-Nummer nannten, bestätigte er, dass es sich um ihr Auto handelte. Wir haben den Platzwart angewiesen, sich zurückzuhalten und von sich keinen Kontakt zu Hensel aufzunehmen. Aber von seinem Kiosk aus hat er natürlich die Ein- und Ausfahrt im Blick. Deshalb soll er darauf achten, ob der Golf eventuell das Gelände verlässt."

„O.k. Welche Optionen haben wir?", fragte Anna.

„Wir werden den Campingplatz unauffällig umstellen", erläuterte Haarkötter jetzt. „Eine SEK-Einheit ist bereits auf dem Weg nach Lübbecke. Zu dieser Einheit gehört auch ein mobiler Kommandowagen. Das heißt, die wichtigsten Mitglieder der Sonderkommission werden ebenfalls vor Ort sein. Erster KHK Sommer natürlich sowie KHK Schwameyer und KHK Tomczyk. Alle Einsatzkräfte werden sich jedoch im Augenblick noch im Hintergrund halten. Zum einen wollen wir abwarten, bis es deutlich dunkler geworden ist, zum anderen müssen wir genau wissen, ob Hensel und Sonja tatsächlich im Wohnwagen sind, oder ob sie sich vielleicht irgendwo außerhalb aufhalten, vielleicht zu Fuß verschwunden sind. Wir brauchen unbedingt Bestätigung. Einer unserer Speziallisten wird das versuchen unauffällig herauszufinden."

„Kann der Platzwart nicht einfach wie zufällig anklopfen und irgendetwas nachfragen?", meint Karsten.

„Zivilisten sollten wir nicht mit einer solchen eventuell gefährlichen Aufgabe betrauen", fuhr der SEK-

Leiter fort. „Wir werden auf jeden Fall schon jetzt in der Nähe präsent sein, um vor Ort und zeitnah auf jede denkbare Situation reagieren zu können."

„Also Leute, dann mal los", sagte jetzt Sommer. „Alle, die genannt sind, machen sich unverzüglich auf den Weg nach Lübbecke. Allerdings möchte ich unbedingt auch Hanna Hülsmeier als Psychologin dabeihaben. Sie soll ständig, so weit wie möglich, Hensels psychische Verfassung beurteilen. Extrem schwierig, ich weiß, aber bitte versuchen Sie es", sagte Sommer, jetzt an Hülsmeier gewandt, und an Haarkötter: „Wo werden die Einsatzkräfte zusammengezogen? Wo steht unser Kommandowagen?"

„Ganz in der Nähe des Campingplatzes befindet sich ein Freibad. Dessen Parkplatz liegt glücklicherweise auf der dem Campingplatz abgewandten Seite. Zudem ist der Campingplatz mit einer hohen Hecke umgeben. Hensel kann Freibad und vor allem Parkplatz nicht einsehen. Dort werden wir uns sammeln. Die Anfahrt kann aber nicht über die B 65 und die L 771, also die Frotheimer Straße, erfolgen. Wir werden uns quasi von hintenherum anschleichen." Haarkötter wandte sich wieder den Karten zu. „Von Lübbecke zunächst der B 239 über den Kanal hinweg folgend, dann die K 83 bis Isenstedt und schließlich die L 771 aus der entgegengesetzten Richtung zurück über den Kanal bis zum Freibad. Ab der L 771 in Isenstedt ohne Martinshorn! Wir wollen doch nicht, dass er sich frühzeitig erschrickt."

„Wo befindet sich der Einsatztrupp jetzt?"

Haarkötter gab ein paar Befehle in den Rechner ein, der mit dem Beamer verbunden war, und sofort erschien ein sich bewegender Punkt, das Ortungszeichen der Einsatzfahrzeuge.

„Sie sind jetzt bereits auf der B 239 kurz vor Lübbecke, ‚Horst Höhe' genannt. Für uns gibt es übrigens einen Hubschrauber, der bereits startklar ist. Er wird ebenfalls nördlich vom Kanal landen, umso wenig Aufsehen wie möglich zu verursachen. Dort warten dann Fahrzeuge auf uns. Aber lasst uns jetzt keine Zeit mehr verlieren. Auf zum Hubschrauber."

„Ihr habt's gehört. Auf zum Hubschrauber", bestätigte Sommer.

„Aber noch eins, nur damit keine Unstimmigkeiten entstehen. Die Leitung des Einsatzes liegt bei mir. Ich bestimme, was passiert, ob zugegriffen wird oder ob weiter verhandelt wird. Ist das so richtig, Herr Kriminaldirektor Wende?"

„Das ist absolut korrekt", war Wendes Antwort.

Eine knappe halbe Stunde später, es war bereits 20.15 Uhr, waren alle auf dem Parkplatz des Freibades Gehlenbeck versammelt. Auch ein Notarztwagen war dabei. Die Einsatzkräfte verblieben noch in ihren Fahrzeugen, um so wenig Aufheben wie möglich zu machen. Die anderen drängten sich in dem beengten Kommandowagen zusammen. Noch war es viel zu hell für die geplante Aktion. Schließlich um 21.00 Uhr gab Haarkötter in Übereinstimmung mit Sommer grünes Licht. Ein Spezialist stand bereits ganz in der Nähe des Wohnwagens, aber noch tief im Gebüsch versteckt, auf Beobachtungsposten. Mithilfe einer kleinen Spezialkamera, die auch in der Dämmerung noch beste Bilder lieferte, konnte im Kommandowagen verfolgt werden, was der Kollege selbst auch sah. Jetzt meldete er sich mit unterdrückter Stimme.

„Achtung, Bewegung im Zielobjekt. Erkenne einen Mann."

Auf dem Monitor der Eissatzleitung war schemenhaft eine Person im Wohnwagen zu sehen.

„Kannst du noch etwas näher herangehen? Wir sehen ziemlich wenig."

„Ich werd's versuchen."

Die verwackelten Bilder zeigten an, dass sich der Beobachter durch ein Gebüsch etwas näher heranschlich.

„Achtung, Tür öffnet sich", meldete er jetzt.

In der Tür stand ein Mann mittleren Alters. Es war eindeutig Hensel, der jetzt sogar nach draußen ging, um sich direkt neben dem Wohnwagen zu erleichtern.

„Kannst du ihn überwältigen, während der da pinkelt?", fragte Haarkötter jetzt.

„Negativ, bin zu weit weg. Er würde mich vorher bemerken."

„Hast du freies Schussfeld?"

„Auch negativ. Soll ich trotzdem versuchen, ihn zu überwältigen?"

„Nein, auf keinen Fall!" Das war Sommer, der sich jetzt einmischte. „Der Mann ist extrem gefährlich. Das hat er zur Genüge bewiesen. Und er ist bewaffnet mit Sonjas Pistole. Und er kann damit umgehen. Schließlich war er lange genug bei der Bundeswehr. Wir müssen den Wohnwagen umstellen und versuchen, ihn zur Aufgabe zu überreden. Und im Übrigen: Wir wissen doch noch gar nicht, ob Sonja tatsächlich auch in dem Wagen ist. Das muss auch zweifelsfrei geklärt werden. Stellen Sie sich vor, Hensel hat Sonja irgendwo anders versteckt, und er stirbt beim Zugriff – dann ist Sonja an dem Ort, wo sie gefangengehalten wird, verloren."

„In Ordnung", bestätigte Haarkötter. Und an den Beobachter gerichtet: „Kannst du so nah an den Wagen herankommen, dass du erkennen kannst, ob die Kollegin Rosenfeld ebenfalls dort ist?"

„Ich versuche es. Kann aber etwas dauern."

Auf dem Bildschirm waren wieder verwackelte Bilder sowie Blätter und Zweige zu erkennen. Der Beobachter arbeitete sich offenbar durch eine Hecke hindurch. Dann blieb er wie erstarrt hocken. Auf dem Monitor war ein Fenster des Wohnwagens gut zu erkennen. Und durch das Fenster hindurch zwei Personen. Hensel und eine Frau.

„Bleib genauso hocken", war die Anweisung an den Beobachter. „Wir versuchen etwas heranzuzoomen. Da ist eine zweite Person im Wagen, vermutlich eine Frau."

Auf dem Bildschirm war jetzt das Gesicht der Frau deutlich zu erkennen. Ihr Mund war mit Klebeband verschlossen. Offensichtlich war sie auch gefesselt. Es war Sonja, eindeutig.

„Zieh dich vorsichtig aus der Hecke wieder zurück auf sichereres Gebiet. Bleib aber vor Ort."

Langsam schloss sich die Hecke wieder vor der Kamera. Der Beobachter hatte sich wieder zurückgezogen.

„Hervorragende Leistung", kommentierte Haarkötter. „Was machen wir jetzt?"

„Wohnwagen umstellen und versuchen, Hensel zum Aufgeben zu überreden", antwortete Sommer. „Frau Hülsmeier, wie beurteilen Sie die Lage?"

„Die Lage ist sehr angespannt. Im Augenblick fühlt sich Hensel offenbar sicher. Solange das so bleibt, besteht für die Kollegin Rosenfeld keine Gefahr. Sobald er aber auch nur das Geringste bemerkt, wird sich das schlagartig ändern. Deshalb höchste Vorsicht, wenn der Wohnwagen umstellt wird."

„Glauben Sie, dass man mit ihm verhandeln kann?"

„Das ist eine sehr schwierige Frage. Offenbar hat er ja ein eindeutiges Ziel. Er will, dass seine Geschichte an die Öffentlichkeit kommt. Deshalb hat er gemordet. Deshalb hat er die Geisel genommen. Deshalb hat er ein Manifest angekündigt, dass er in Presse und Fernsehen veröffentlicht sehen will. Versprechen Sie ihm, dass das auf jeden Fall passiert. Lassen Sie sich das Manifest geben und versprechen Sie ihm glaubhaft, dass Sie es weitergeben werden. Bringen Sie ihn dazu, dass er Ihnen vertraut und dass er in Ihnen einen Verbündeten, ja sogar Garanten sieht bei der Veröffentlichung des Manifestes. Sie müssen in seinen Augen der entscheidende Gewährsmann sein für seine Selbstdarstellung in den Medien. Zur Not bestellen Sie Presse und Fernsehen hierher. Dann wird er sich am Ziel sehen. Ich sehe Chancen für Verhandlungen. Auch dafür, dass beide unversehrt aus der Sache herauskommen. Aber unbedingt Vorsicht. Sobald er den Eindruck hat, dass er hintergangen wird, wird er dies hier heute als unmittelbare Fortsetzung seiner negativen und kränkenden Lebenserfahrung sehen, und ich denke, er wird sich in seinem Leben ständig hintergangen und ausgenutzt gefühlt haben. Er sieht sich als Opfer und alles, was er tut und getan hat, ist in seinen Augen nichts anderes, als dass er sich endlich wehrt. Also äußerste Vorsicht auch in der Verhandlung, sonst wird er womöglich als ein letztes großes Fanal sich und Sonja spektakulär umbringen."

„Danke für die Einschätzung", erwiderte Sommer. Und an Haarkötter gewandt: „Wie sind jetzt die äußeren Bedingungen für den Beginn der Operation?"

„Bestens, wir haben genau das richtige Licht."

„Dann können wir jetzt auf das Gelände vorrücken und den Wohnwagen umstellen."

Nun gab Haarkötter seine Kommandos an die Männer des SEK: „An alle Einsatzkräfte: Wir rücken auf das

Gelände vor. Lautlos und unsichtbar. Wenn der Wohnwagen umstellt ist, sofortige Meldung jedes einzelnen Mannes. Es handelt sich um die Parzelle 35. Übersichtspläne habt ihr ja schon bekommen. Na, dann los!"

Nach etwa 15 Minuten gingen die ersten Meldungen ein, dass die Positionen erreicht worden seien. Nach insgesamt 25 Minuten war der Wohnwagen vollständig umstellt.

Jetzt gingen auch Sommer, Schwameyer und Hülsmeier auf den Campingplatz, während Haarkötter und Tomczyk im Kommandowagen blieben. Alle waren per Funk miteinander verbunden. Sommer trug ein Megaphon, um mit Hensel Kontakt aufnehmen zu können. Sonjas Handy war nach wie vor nicht erreichbar. Auf dem Weg zum Wohnwagen konnte Sommer die verschiedenen SEK-Beamten erkennen. Für Hensel gab es kein Entkommen. Der Ring war lückenlos geschlossen. Als er und seine Kollegen nahe genug am Wohnwagen waren, nahm er das Megaphon und meldete sich bei Hensel.

„Hallo, Herr Hensel. Hier spricht die Polizei. Mein Name ist Frank Sommer, ich bin der Einsatzleiter. Wir wissen, dass Sie in Ihrem Wohnwagen sind und dass Sie meine Kollegin Sonja Rosenfeld bei sich haben. Hören Sie genau zu. Wir haben Ihren Camper vollständig umstellt. Sie können in keinem Fall unbemerkt entkommen. Wenn Sie einen Blick nach draußen werfen, werden Sie erkennen, dass jede Menge SEK-Beamte um ihren Wagen verteilt sind. Sie sitzen hier fest! Ich fordere Sie auf, sich zu ergeben und mit erhobenen Händen herauszukommen."

„Hau ab, du Scheißbulle!", schrie Hensel jetzt aus dem Inneren des Wagens heraus. „Ich hab Sonja, und ich bestimme, was geschehen soll! Ist das klar?"

„Sonnenklar", antwortete Sommer. „Haben Sie eigentlich ein Handy? Wenn ja, dann nennen Sie mir Ihre Nummer. Über ein Telefon lässt sich wesentlich leichter verhandeln, als wenn Sie immer laut schreien müssen."

„Ja, ich hab ein Handy. Aber Sie sagen mir *Ihre* Nummer, und ich rufe *Sie* an."

„Wie Sie wollen." Sommer nannte über das Megaphon seine Nummer. Einen kurzen Moment später klingelte das Handy und Hensel meldete sich. Das Display zeigte aber keine Nummer des Anrufers. Hensel hatte sie offenbar unterdrückt.

„Hallo, Herr Hensel", sagte Sommer. „Schön, dass Sie sofort anrufen. So redet es sich viel angenehmer. Ihre Lage ist, das wird Ihnen klar sein, ziemlich prekär. Sie haben eigentlich nur eine Chance, wenn Sie mit mir verhandeln und meine Kollegin freilassen. Sehen Sie das auch so?"

„Nein, das sehe ich ganz und gar nicht so." In Hensels Stimme lag eine Art arroganter Überlegenheit. Er war sich seiner Sache offenbar sehr sicher. „Ich sehe das so", fuhr er fort. „Ich habe eine Geisel und Sie können sicher sein, dass ich nicht zögern werde, sie ins Jenseits zu befördern. Das wollen wir doch nicht riskieren, oder? Ich habe kein Interesse am Tod meiner früheren Mitschülerin Sonja Rosenfeld. Aber ich will, dass mein Manifest veröffentlicht wird. Und zwar genauso, wie ich es heute Nachmittag am Telefon gesagt habe. Beide Regionalzeitungen, der Tagesexpress, dazu das WDR-Fernsehen in einer Sondersendung von 30 Minuten."

„Das haben wir verstanden, Herr Hensel. Leider haben wir Ihren Text noch nicht erhalten. Haben Sie ihn schon geschrieben? Haben Sie überhaupt Schreibzeug dabei?"

„Da machen Sie sich mal keine Sorge. Hier im Wohnwagen ist alles vorhanden. Ich muss mit der Hand schreiben, aber ich bin dabei. Das meiste ist auch schon geschafft. Geben Sie mir noch eine Stunde, dann ist er fertig. Und stören Sie mich nicht. Dann dauert es länger."

„Das habe ich verstanden, Herr Hensel. Aber eines müssen Sie mir noch sagen. Wie geht es meiner Kollegin?"

„Den Umständen entsprechend. So sagt man wohl."

„Ehrlich gesagt, davon möchte ich mich selbst überzeugen. Ich möchte mit ihr sprechen."

„Da müssen Sie schon mit mir vorlieb nehmen."

„Sagen Sie, Herr Hensel, ist Sonja Rosenfelds Mund noch verklebt?"

„Woher, woher wissen Sie …?"

„Wir wissen mehr, als Sie denken. Also, wir zeigen unseren guten Willen und helfen Ihnen, dass Ihr Text veröffentlicht wird. Und Sie, zeigen Sie Ihren guten Willen, entfernen das Klebeband und lassen mich mit Sonja sprechen. Ich denke, das ist fair. Sie sind doch fair?"

„Ich bin fair! Ich war immer fair! Andere waren es nicht, aber ich war fair, immer!" Hensel schrie jetzt ins Telefon. „Niemand kann mir nachsagen, dass ich unfair bin." Ein wenig beruhigte er sich schon wieder.

„Dann geben Sie meiner Kollegin das Telefon."

„In Ordnung. Ich bin doch kein Unmensch."

„Hallo, Frank! Hier ist Sonja."

„Hallo, Sonja. Geht es dir gut? Bist du o.k.?"

„Ich bin o.k. Aber wir brauchen Wasser und etwas zu essen. Und ich muss mal! Die Toilette hier im Wagen funktioniert nicht."

„Kommt gar nicht in Frage! Zum Pinkeln gibt es einen Eimer. Aber Wasser brauchen wir tatsächlich und zwei Pizzas. Meldet euch, wenn die da sind, und stellt sie dann direkt vor die Tür, damit ich sie von innen hereinholen kann."

„Entschuldigung, da ist noch etwas. Wie sollen wir uns melden? Sie haben Ihre Rufnummer unterdrückt. Sollen wir wieder zu schreien anfangen?" Die letzte Frage klang ein wenig zu aggressiv, was Sommer unmittelbar bereute. Hanna Hülsmeier würdigte ihn eines kritischen Blickes.

„Sie haben das Megaphon." Dann drückte Hensel die Aus-Taste.

„Warum will der uns seine Telefonnummer nicht geben?", fragte Sommer sichtlich genervt.

„Kann es sein, dass er noch glaubt, uns irgendwie entwischen zu können, oder dass wir ihm mit Sonja freies Geleit geben? Mit der Handynummer könnten wir ihn orten. Ist es das, was er denkt?", äußerte sich jetzt Schwameyer. „Das kann der doch nicht im Ernst glauben, dass wir ihn hier einfach abrücken lassen. Seit Degowski und Rösner und dieser unsäglichen Geiselnahme in Gladbeck vor 25 Jahren ist das doch nicht mehr Taktik der Polizei. Wir werden uns jedenfalls nicht so an der Nase herumführen lassen."

„Worauf Sie sich verlassen können", meldete sich jetzt Haarkötter über Funk, der alles Bisherige mitgehört hatte.

Sommer nahm erneut das Megaphon. „Herr Hensel, warum haben Sie das Gespräch abgebrochen? Was ist los?"

„Ich schreibe, verdammt noch mal, und Sie sollten mich das endlich in Ruhe tun lassen." Hensel schrie jetzt wieder von innen.

„Eine Stunde, hab ich Ihnen gesagt. Haben Sie das jetzt verstanden?"

In Hensels Stimme lag wieder deutlich mehr Aggressivität.

„Bieten Sie ihm an, ihm bei der Veröffentlichung behilflich zu sein", flüsterte Hülsmeier.

„Herr Hensel, bevor wir Sie beim Schreiben noch einmal stören müssen, da ist noch etwas. Sie haben gesagt, dass Sie Ihren Text morgen schon in der Zeitung lesen wollen. Das dürfte zeitlich etwas schwierig werden. Was schlagen Sie vor?"

Aus dem Wagen kam keine Antwort, stattdessen läutete das Telefon wieder, was Sommer als gutes Zeichen deutete.

„Ich bin's. Passen Sie jetzt ganz genau auf! Die Presse soll hier antanzen und das Fernsehen. In einer Stunde, wenn ich fertig bin, sollen die hier alle bereit stehen, um mein Manifest direkt von mir zu erhalten, ist das klar?"

„Sonnenklar, Herr Hensel. Ich wiederhole zur Sicherheit: In einer Stunde sollen Vertreter der von Ihnen genannten Tageszeitungen und des WDR aus Bielefeld hier vor Ort sein, damit Sie ihnen Ihr Manifest übergeben." Sommer machte eine kurze Pause. „Allerdings …"

„Allerdings was?"

„Eine Stunde von Bielefeld bis hierher und das mit vollständiger Ausrüstung, das dürfte vielleicht für das Fernsehteam etwas schwierig sein. Die wissen ja noch von nichts."

Jetzt schien Hensel seinerseits einen Moment zu überlegen.

Schließlich sagte er: „O.k. Das verstehe ich. Die Fernseh-Heinis bekommen weitere 30 Minuten, auch der Tagesexpress. Aber die örtliche Presse muss hier sein. Die werden von ihren Lokalredaktionen in Lübbecke doch wohl irgendeinen rasenden Reporter auftreiben können, der in 60 Minuten hier ist."

„In Ordnung, Herr Hensel. Wir werden alles veranlassen. Jetzt lassen wir Sie in Ruhe, damit Sie schreiben können. Wenn Pizza und Wasser da sind, melde ich mich wieder." Sommer drückte die Aus-Taste.

„Ihr habt es gehört." Sommer wandte sich den Kollegen um ihn herum zu. „Presse und Fernsehen müssen her! Wo ist eigentlich dieser Pressesprecher? Wie heißt der doch noch mal?"

„Hermes, Klaus Hermes", gab Schwameyer Auskunft.

„Wie? Hermes? Hat der sich seinen Beruf nach seinem Namen ausgesucht?" Sommer musste laut lachen. Außer Hanna Hülsmeier lachte aber niemand mit. Deshalb ergänzte Sommer: „Na, Hermes, der Götterbote der griechischen Sagen. Sozusagen der Pressesprecher der Antike. Der mit den Flügeln an den Füßen, damit er zwischen Götter- und Menschenwelt hin- und herfliegen konnte. Woran habt ihr denn gedacht? Etwa an Pakete? - O.k., egal. Ist der noch im Kommandowagen?" Die letzte Frage sprach Sommer bewusst ins Mikrophon und erhielt sofort eine Antwort, und zwar vom Pressesprecher persönlich, der offenbar über Haarkötters Mikrophon sprach.

„Ja, der Götterbote ist im Kommandowagen. Übrigens: der Witz über meinen Namen ist alt. Aber Sie sind neu hier", bemerkte Hermes offenbar etwas pikiert. „Aber da ist noch etwas. Das wird Ihnen Herr Haarkötter aber selbst sagen." Die letzten Worte waren kaum noch zu verstehen, weil der SEK-Chef bereits lautstark dazwischenredete.

„Sommer, sind Sie noch bei Trost? Sie können doch einem solchen Irren keine Zugeständnisse machen, indem Sie ihm versprechen, Presse und Fernsehen mit großem Aufgebot herzubestellen. Wie soll man denn da vernünftige Arbeit machen, wenn einem die Journaille dauernd auf die Finger schaut?“

„Glauben Sie etwa, ich sei nicht mehr Herr meiner Sinne? Natürlich bin ich ganz bei Trost!“ In Sommers Worten lag erkennbar und nachhaltig Ärger. An alle gewandt, sagte er: „Wir kommen zurück in den Kommandowagen. Pit, du bleibst als Einziger hier draußen. Die Einsatzkräfte verhalten sich absolut ruhig. Keinerlei Aktionen ohne meine ausdrückliche Zustimmung. Bitte Bestätigung von allen SEK-Beamten!“ Nacheinander bestätigten alle, dass sie Sommers Befehl verstanden hatten.

Im Kommandowagen erwartete Sommer eine unschöne Auseinandersetzung. Als Einsatzleiter setzte er sich aber schließlich durch, allerdings nicht ohne ausführlich seine Beweggründe und seinen Plan erläutert zu haben. Schließlich wurde auch Haarkötter ruhiger und beendete die Diskussion. „In Ordnung. Wenn Sie das so sehen. Dann machen wir das so.“

„Liebe Leserinnen und Leser meines Manifestes. Ich schreibe diese letzten Zeilen meines Vermächtnisses für die Öffentlichkeit in einem Wohnwagen bei Lübbecke. Es bleibt leider keine Zeit mehr für noch mehr große Taten; Taten, durch die Sie vor weiteren üblen Subjekten geschützt werden würden. Dass die Polizei mir so schnell auf die Spur kommen würde, hätte ich nicht für möglich gehalten. Mir war klar, dass ich in unserem Camper nicht allzu lange bleiben konnte. Aber so schnell! Ich wollte nur in Ruhe nachdenken, wie die nächsten Schritte aussehen könnten. Ich hatte alles so gut geplant. Jetzt muss ich improvisieren. Das be-

hagt mir ganz und gar nicht. Auf jeden Fall schreibe ich zunächst mein Manifest zu Ende und dann werde ich es durch diesen Polizisten, mit dem ich verhandelt habe, an Sie, die Öffentlichkeit, übergeben. Wenn Sie da draußen meine Lebensgeschichte kennen, dann werden Sie mich verstehen. Ich werde auf den Titelseiten stehen. Ich bin es, der die Spielregeln bestimmt. Ich habe bewiesen, dass ich mir nicht mehr alles gefallen lasse. Jetzt übersieht mich keiner mehr. Ich sehe die Schlagzeile schon vor mir: ‚Mike Hensel nimmt Rache!' Ich werde verlangen, dass diese Schlagzeile auf den Titelseiten erscheint. Und die Sondersendung des WDR soll auch unter diesem Titel stehen. Oder besser: ‚Mike Hensel setzt sich durch!' oder ‚Mike Hensel haut auf den Putz!'? Auch nicht schlecht. Nein, jetzt habe ich es: ‚ Mike Hensel befreit die Welt!', das ist es, genau das ist es!

Eben hat sich draußen ein anderer Polizist gemeldet. Ein Hauptkommissar Schwameyer. Der Herr Sommer, mit dem ich bisher gesprochen habe, organisiere zurzeit Presse und Fernsehen. Bei der Gelegenheit hat sich der neue Polizist erdreistet zu fragen, ob auf mich Verlass sei. Auf mich! Ja, natürlich! Auf mich ist immer Verlass! Was glaubt der eigentlich, wen er vor sich hat. Ich bin doch kein durchgeknallter Irrer. Ich bin doch nur jemand, der sich endlich einmal Gehör verschafft. Und das ist doch mein gutes Recht nach all dem, was mir im Laufe des Lebens angetan wurde. Ich bin doch kein Idiot."

„Herr Hensel, nicht erschrecken", meldete sich Pit Schwameyer wieder am Megaphon. Pizza und Wasser sind jetzt da. Es wird aber nicht ganz einfach sein, das Essen zu Ihnen zu bringen. Wie sollen wir es machen?"

„Stellen Sie es von Ihnen aus gesehen direkt links von der Tür ab. Dann verschwinden Sie wieder. Aber es ist schon sehr dunkel. Der Platz vor dem Wohnwagen muss besser ausgeleuchtet werden. Ich will sehen, was Sie da tun. Wenn Sie wieder bei dem Gebüsch sind, bleiben Sie dort stehen. Ich will Sie sehen. Dann hole ich Pizza und Wasser durch einen Türspalt herein. Ist das ein fairer Deal?"

„Ein sehr fairer Deal. Genauso werden wir es machen", sagte Schwameyer und er dachte: ‚Wunderbar, wenn er sich ganz auf mich konzentriert. Genauso soll es sein.'

Pit stellte das Megaphon zur Seite und meldete sich bei Sommer und Haarkötter im Kommandowagen.

„Das Essen ist da. Wir sollen es direkt neben die Tür stellen. Bleibt es bei unserem Plan?"

„Ja, alles klar. An alle Einsatzkräfte. Das Essen wird jetzt von KHK Schwameyer neben die Tür gestellt. Wir gehen dabei genau nach Plan vor", gaben Sommer und Haarkötter gemeinsam Anweisung.

Pit Schwameyer ließ sich den Karton mit Pizzas und Wasser geben und ging langsam und vorsichtig auf den Wohnwagen zu.

„Herr Hensel, ich komme mit dem Essen. Ich stelle es neben die Tür. Wie verabredet. Natürlich bin ich unbewaffnet."

„Wehe, wenn nicht. Denken Sie an Sonja, die sitzt hier und kann sich nicht wegbewegen. Und ich kann mit der P99 sehr gut umgehen. Vergessen Sie das nicht!"

Schwameyer stellte das Essen ab und ging rückwärts wieder zurück. Den Bruchteil einer Sekunde blinzelte er nach rechts. Alles war in Ordnung. Als er wieder am Gebüsch angekommen war, griff er erneut zum Megaphon.

„Herr Hensel, alles in Ordnung. Sie können jetzt die Pizza reinholen. Sie steht, wie Sie wollten, von Ihnen aus gesehen rechts von der Tür auf der Erde. Sie brauchen deshalb die Tür nicht ganz zu öffnen. Und Sie können mir glauben. Wir werden nichts tun, was unsere Kollegin gefährden könnte."

Ganz langsam öffnete sich jetzt die Wohnwagentür. Pit hatte Pizza und Wasser so abgestellt, dass Hensel die Tür etwas über 45 Grad öffnen musste, um beides zu erreichen. Vor allem das Sechser-Pack mit Wasserflaschen würde etwas mehr Anstrengung erfordern, wenn Hensel es hereinholen wollte. Für einen Moment war überlegt worden, das Wasser mit K.o.-Tropfen zu präparieren, man war aber schnell wieder davon abgekommen, da die Tropfen Hensel vielleicht noch gerade genügend Zeit für einen Schuss ließen, bevor er in Ohnmacht fiel.

Hensels linke Hand wurde jetzt sichtbar. Sie griff nach den Pizzakartons, die leicht zu erreichen waren, und zog sie herein. Dann versuchte er an das Wasser zu kommen.

„Verdammt, warum steht das so weit weg?", schrie er und streckte seinen Arm noch weiter heraus, um es zu erreichen.

Dann ging alles blitzartig schnell, auch wenn sich in Pits Augen jedes einzelne Detail geradezu einbrannte. Hinter der Tür warteten zwei SEK-Beamte, die sich im Schutz der Dunkelheit, und weil Hensel durch Schwameyer abgelenkt worden war, angeschlichen hatten. Der Erste der beiden griff blitzschnell nach Hensels Arm und riss ihn nach draußen. Der andere öffnete vollständig im selben Moment ebenso blitzartig die Tür des Wohnwagens. Hensel, von der Wucht des Angriffs überrascht, fiel aus dem Wohnwagen heraus. Seine rechte Hand jedoch wurde gegen den Türrahmen geschleudert. Er schrie laut auf vor Schmerz. Gleichzeitig knallte ein Schuss. Pit sah durch die geöffnete Tür, wie Sonjas Pistole durch die Luft ins Innere des Wagens flog. Offenbar hatte sich ein Schuss genau in dem Moment gelöst, als Hensels rechter Arm gegen den Türrahmen prallte. Beide SEK-Beamte überwältigten Hensel, den sie wie im Training am Boden hielten.

Pit war einen Moment wie erstarrt. Er hatte das Ganze fast wie in Zeitlupe gesehen. Dann kam Leben in ihn zurück. Mit einem lauten, beinahe tierischen Schrei rannte er die wenigen Schritte zum Wohnwagen, um den am Boden liegenden Hensel und die beiden SEKler herum, und hechtete in den Wohnwagen hinein. Sein erster Blick fiel auf Sonja, die an einen Tisch in der Mitte des Wagens gefesselt und immer noch mit einem Klebeband vor dem Mund und mit vor Angst und Entsetzen weit geöffneten Augen dasaß. Im selben Moment war Pit klar: der Schuss, der sich mehr oder weniger zufällig gelöst hatte, hatte Sonja verfehlt. Stattdessen hatte er ein kleines Loch in die Wohnwagendecke gebohrt. Sonja war äußerlich unverletzt. Pit riss mit einem Ruck das Klebeband herunter und Sonja atmete tief durch, aber nur, um dann alle Anspannung in einem schrill kreischenden Schrei herauszulassen. Pit hatte den Eindruck, dass Sonja ihn gar nicht wirklich erkannt hatte. Während sie schrie, warf sie ihren Kopf wild hin und her, als wolle sie damit einen Angriff abwehren. In diesem Moment war ein weiterer SEK-Beamter in den Wagen gestürmt und begann nun, die Kabelbinder an Händen und Füßen zu durchtrennen, mit denen Hensel Sonja gefesselt hatte. Jetzt erst, vielleicht durch den Anblick des SEK-Beamten, schien sie zu begreifen, dass sie soeben befreit worden war, und sie erkannte auch Pit, in dessen Arme sie sich fallen ließ.

„Pit, Pit, was ist los? Was ist geschehen? Nun rede schon“, hörte Schwameyer Sommer durch den Ohrhörer aufgeregt schreien.

„Alles in Ordnung. Alles in Ordnung“, war die atemlose Antwort. „Sonja ist befreit und unverletzt. Hensel überwältigt und ebenfalls unverletzt, bis auf eine kleine Blessur an der Hand. Der Schuss, den ihr gehört habt, hatte sich unbeabsichtigt gelöst und nur die Wohnwagendecke getroffen. Aber der Notarzt soll dennoch sofort kommen. Sonja steht unter Schock.“ Dann ließ Pit sich neben Sonja auf die Sitzbank fallen. Die Anspannung löste sich und ihm kamen Tränen der Freude und Erschöpfung.

Es war bereits deutlich nach Mitternacht, als Sommer endlich wieder zu Hause war. Er konnte seine Erschöpfung seelisch und körperlich spüren. Sie hing an ihm wie Blei. Sie machte gehen und denken zu einem ungeheuren Kraftakt. Mit dem Hubschrauber waren sie zusammen wieder zum Präsidium in Bielefeld geflogen. Dort kam mit dem breitesten Grinsen, das er je gesehen hatte, und mit offenen Armen Wende auf ihn zu, um ihm und Haarkötter stellvertretend für alle Beteiligten aufwendig zu beglückwünschen. Er bekam gerade noch mit, dass der Pressesprecher Hermes bereits eine Pressemitteilung über den glücklichen Ausgang der Operation herausgegeben hatte und für Montag, den 5. September um 11.30 Uhr, eine Pressekonferenz angesetzt worden war. Dann hatte Sommer seine letzten Kräfte mobilisiert und war nach Hause gefahren. Dennoch war an schlafen noch nicht zu denken. Im Wohnzimmer ließ er sich aufs Sofa fallen und starrte an die Decke. Er überlegte, ob er etwas Musik hören sollte, war aber nicht in der Lage, sich aus dem Sessel wieder zu erheben. Auch der Gedanke an einen Whisky wurde nicht in die Tat umgesetzt. Ein wunderbarer Lagavulin, 16 Jahre alt von der Insel Islay und nach seiner Meinung mit das Beste, was Schottland zu bieten hatte –, das war sein letzter Gedanke, dann schlief er wie er war im Sessel ein. Die letzten Bilder, bevor der Schlaf ihn in seine sanften Arme holte, waren der in die Nacht hineinfahrende Notarztwagen, der Sonja ins Krankenhaus nach Lübbecke fuhr, begleitet von Hanna Hülsmeier, die das als ihre Aufgabe ansah, wofür Sommer sehr dankbar war, und seinem sonst manchmal so machohaften Kollegen Pit Schwameyer, der nur schwer die Tränen der Erleichterung verbergen konnte.

Viele Stunden später erwachte er durch Angelikas sanfte Berührungen und einen zärtlichen Kuss auf seine Wange.

„Hallo, du Held“, sagte sie ein wenig spöttisch, aber dennoch liebevoll, „hab gerade im Radio von euren Wundertaten gehört. Wie wärs mit einem wunderbaren Frühstück?“

Sommer blickte sich um und stellte verwundert fest, dass er auf dem Sofa lag.

Durch die ungewohnte Schlafposition taten ihm die Knochen weh und er richtete sich mühsamer als gewöhnlich auf.

„Frühstück ist wunderbar“, sagte er, „aber erst nach einer noch wunderbareren Dusche.“

Es dauerte beinahe eine halbe Stunde, bis er sichtlich erfrischt am Frühstückstisch saß und seine erste Tasse Kaffee genoss.

„Oh, du hast zur Feier des Tages dein bestes Eau de Toilette benutzt?“, stellte Angelika fest, als sie seinen Duft im Vorbeigehen schnupperte.

„Ja, heute war mir danach. Das alles einen so glücklichen Ausgang genommen hat, davon war vorher nicht ohne Weiteres auszugehen.“

„Glücklicher Ausgang, ja“, gab Angelika zu bedenken, „wenn man von den beiden Morden absieht.“

„Da hast du recht“, antwortete Sommer. „Aber die konnte ich nicht verhindern, auch den zweiten nicht.“

„Stimmt, das konntest du nicht verhindern“, pflichtete Angelika ihm bei.

Es war zehn Uhr, als Sommer nach dem Frühstück zum Präsidium fuhr. Das Wetter war umgeschlagen. Regen und Wind schickten einen ersten herbstlichen Vorboten. Der Sommer war offenbar vorbei und damit auch die diesjährige Freibadsaison. Schade! Eigentlich hatte er dieses letzte Ferienwochenende seiner Frau noch mit ihr genießen wollen. Morgens eine Runde im nahen Dornberger Freibad schwimmen, dann am Samstag zum Markt auf den Siegfriedplatz und am Sonntag die Sonne bei einer Wanderung im Teutoburger Wald genießen oder bei einer Fahrradtour oder ganz faul auf ihrer Terrasse mit Blick auf den Kamm des Teutos oder ... Nun, daraus war nichts geworden. Nicht im Traum hätte er geglaubt, dass seine ersten Tage am neuen Dienstsitz in Bielefeld dermaßen dramatisch verliefen. An solchen Tagen wie heute sehnte er sich nach öder Routinearbeit. Aber vorher gab es noch eine abschließende Pressekonferenz, und die sollte in einer guten Stunde stattfinden. Er musste sich also beeilen, denn er wollte sich noch vorher mit Wende und seinen Kolleginnen und Kollegen absprechen.

Die Pressekonferenz, von Hermes bestens vorbereitet, verlief weithin routinemäßig. Detailliert schilderten Sommer und seine Mitarbeiter die Ereignisse der letzten Zeit. Wende schließlich sparte nicht mit Lob für alle, die an den Operationen der letzten Tage seit Donnerstag beteiligt gewesen waren. Ganz zum Schluss jedoch bekam die Konferenz noch einmal eine unerwartete Wendung. Ein Journalist, offenbar von der Boulevardpresse, fragte:

„Herr Sommer, wenn man Sie so über den Fall und den Täter reden hört, dann könnte man fast glauben, dass Sie Mitleid mit diesem Mann haben. Sollten Sie nicht vielmehr Mitleid mit den Opfern haben?"

Wenn Sommer über diese Frage überrascht gewesen war, so konnte man ihm diese Überraschung allerdings kaum anmerken. Deutlich unruhiger wurde Kriminaldirektor Wende neben ihm.

„Wissen Sie", begann Sommer, „das ist eine sehr heikle Frage, bei der wir mit marktschreierischen, populistischen Antworten nichts gewonnen haben. Zunächst: Mein ganz besonderes Mitgefühl gilt den Opfern von Mike Hensel und da auch ganz besonders deren Angehörigen und Freunden. Das schwierigste an meinem Beruf, und das war auch diesmal wieder so, ist es, den Angehörigen die Todesnachricht zu überbringen. Das ist nach einem Unfall schon problematisch genug. Gänzlich erschütternd aber ist die Nachricht, dass der geliebte Mensch von einem anderen brutal ermordet worden ist. Ich kenne keine Kollegen, die das kaltlässt. Jetzt, wo ich davon rede, steht mir das von Trauer und Entsetzen gezeichnete Gesicht von Frau Klapproth, der Ehefrau des ersten Opfers, vor Augen, aber auch der nicht weniger traurige und Unverständnis ausdrückende Gesichtsausdruck des Chefs der Westfalen-Bau und offenbar persönlichem Freund des zweiten Opfers. Die Würde dieser Menschen wurde von Mike Hensel auf das Widerlichste missachtet. Denken Sie an den Auffindeort von Dieter Raabe im Wildschweingehege in Olderdissen. Aber – von diesem Mitgefühl für Opfer und Angehörige müssen wir uns als Polizisten in gewisser Weise frei machen, weil es uns sonst in der klaren und rationalen Ermittlungsarbeit behindert. Darin unterscheiden wir uns vielleicht von Seelsorgern und Therapeuten. Aber auch die dürfen sich nicht gänzlich vereinnahmen lassen, weil auch sie nur aus einer gesunden Distanz heraus wirklich helfen können. Wir als Polizisten helfen jedoch am meisten, wenn wir den Täter fassen und hinter Schloss und Riegel bringen, wenn ich das einmal so theatralisch sagen darf. Andererseits darf das aber auch nicht dazu führen, den Blick dafür zu verlieren, dass auch Täter Menschen sind. Menschen sind nicht nur zum Guten fähig, sondern leider auch zum Bösen, nämlich dann, wenn sie, wie offenbar in unserem Fall, durch das Leben fehlgeleitet worden sind. Das entschuldigt nicht ihre Taten, aber hilft zu verstehen, wie es dazu kommen kann, dass Menschen so furchtbare Dinge tun, wie Mike Hensel sie getan hat. Deshalb bin ich enorm froh, dass er nahezu unverletzt überwältigt werden konnte. Aber glauben Sie mir, noch wesentlich froher bin ich darüber, dass meine Kollegin Sonja Rosenfeld ohne äußere Verletzungen davongekommen ist. Seelisch wird sie allerdings noch eine Weile mit ihren Erlebnissen zu kämpfen haben, und die Polizei als ihr Dienstherr wird sie dabei nicht allein lassen."

„Hätte die Aktion auf dem Campingplatz in Lübbecke-Gehlenbeck nicht auch ganz anders ausgehen können, und war das alles nicht sehr leichtsinnig?"

„Nein, das war es nicht. Ich war mir mit dem Kollegen Haarkötter vom SEK darüber einig, dass das Risiko kalkulierbar war. Wir waren zum Handeln gezwungen, insbesondere auch deshalb, weil unsere Psychologin Hanna Hülsmeier, der ich an dieser Stelle herzlich für ihre Arbeit danken möchte, weil Frau Hülsmeier uns eindrücklich die Gefährlichkeit und die Unberechenbarkeit von Mike Hensel vor Augen geführt hat."

„Hätten Sie auch einen finalen Rettungsschuss in Betracht gezogen?"

„Wir haben ihn in Betracht gezogen, aber es gab eine bessere Möglichkeit, und wie sich gezeigt hat, hatten wir recht."

Nach der Pressekonferenz saß die engste Ermittlungsgruppe noch einmal in Sommers Dienstzimmer zusammen. Vor vier Tagen saßen sie hier genauso und sie konnten nach allem, was geschehen war, kaum glauben, dass dies erst so wenige Tage her war.

„Sonja fehlt", stellte Karsten nachdenklich fest, „aber sie kommt ja bald wieder."

„Stimmt", antwortete Sommer. „Aber mal was anderes: wie sieht's aus? Ob du uns wohl Kaffee aus dem Wahnsinnskaffeeautomaten holen könntest. Wie war das doch noch: Kaffee weiß mit Zucker für Pit, schwarz ohne Zucker für Anna, für mich schwarz mit Zucker und für dich selbst weiß mit Zucker. Hab ich das richtig auf die Reihe gekriegt?"

„Perfekt, aber ob ich das alles allein hinbekommen werde", antwortete Karsten. „Vielleicht kommst du einfach mit und hilfst mir tragen, den Weg kennst du ja schon."

Selbstverständlich ist die Geschichte, die ich hier erzähle, frei erfunden. Das gilt auch für alle darin vorkommenden Personen und Namen. Jede Übereinstimmung mit tatsächlichen Personen oder Ereignissen wäre also rein zufällig.

Ganz anders verhält sich das aber mit den örtlichen Gegebenheiten. Ich habe die Geschichte bewusst eingepasst in die realen Verhältnisse in Ostwestfalen. Das war ich meiner Heimat schuldig. Allen Unkenrufen zum Trotz sei in diesem Zusammenhang deshalb ausdrücklich versichert: Bielefeld gibt es wirklich! Deshalb werden, auch wenn ich mir hier und da ein paar Freiheiten erlaubt habe, Eingeweihte die wichtigsten Schauplätze der Geschichte unschwer wiedererkennen.

Auf zwei Veränderungen der Realität möchte ich allerdings besonders hinweisen:

Die erste Änderung betrifft den Campingplatz „Zum Großen Torfmoor". Im Gegensatz zum Freibad Gehlenbeck und dem Großen Torfmoor selbst gibt es dort keinen Campingplatz. Dies soll aber nicht als Hinweis darauf verstanden werden, dass sich ein Besuch der Gegend nördlich des Wiehengebirges und besonders des Großen Torfmoores nicht lohne.

Die zweite Änderung betrifft den Namen der Schule, in der in meiner Geschichte ein Brand gelegt wird. Die Schule gibt es wirklich und sie hieß früher auch tatsächlich Realschule Uhlandstraße. Ich muss es wissen, denn ich war selbst einige Jahre dort Schüler – übrigens mit den besten Erinnerungen! Heute heißt diese Schule offiziell Otto-Hahn-Schule, benannt nach dem Entdecker der Kernspaltung. Ich habe mir erlaubt, diesen Namen für meine Geschichte in Lise-Meitner-Schule zu ändern.

Lise Meitner? – Genau, die engste Mitarbeiterin von Otto Hahn. Leider wird ihre Bedeutung für Hahns Entdeckung nicht immer genug gewürdigt, was auch daran liegen mag, dass sie im Sommer 1938 als gebürtige Jüdin aus Deutschland fliehen musste. Otto Hahn hat ihr zusammen mit dem holländischen Chemiker Dirk Coster sehr bei dieser Flucht geholfen. Als Hahn und seinem Assistenten Fritz Straßmann dann im Dezember 1938 das berühmte Experiment in einem Paraffinblock in Berlin gelang, war Lise Meitner schon fast ein halbes Jahr am sicheren Ort in Schweden. Von dort aus stand sie im ständigen Briefkontakt mit Hahn und Straßmann und hat so aus der Ferne weiter am gemeinsamen Lebenswerk mitgearbeitet. Otto Hahn bekam 1945 rückwirkend für 1944 den Nobelpreis für Chemie, Lise Meitner nicht. Ende November 1945 schrieb sie in dieser Sache an eine Freundin: *„Hahn hat sicher den Nobelpreis für Chemie voll verdient, da ist wirklich kein Zweifel. Aber ich glaube, dass Frisch* (Neffe von Lise Meitner, R.D.) *und ich etwas nicht Unwesentliches zur Aufklärung des Uranspaltungsprozesses beigetragen haben."* Übrigens, das sei in diesem Zusammenhang unbedingt erwähnt, beide, Hahn und Meitner, waren zutiefst entsetzt über die militärische Nutzung ihrer Entdeckung und haben eine Mitarbeit bei der Entwicklung von Atomwaffen zeitlebens abgelehnt. Die ebenfalls fragwürdigen Folgen der sogenannten zivilen Nutzung konnten sie während ihres Lebens noch nicht erkennen. Lise Meitner und Otto Hahn starben beide im selben Jahr 1968.

Zum Schluss drei Worte des Dankes!

Ich hätte dieses Buch niemals geschrieben ohne die klare Unterstützung durch viele Personen, die mir lieb und wichtig sind. Da ist vor allen Dingen meine Familie zu nennen, die auf vielfältige Art mir Mut gemacht hat, den für mich neuen Weg, ein Buch zu schreiben, tatsächlich zu gehen. Alles begann damit, dass ich am heimischen Esstisch, vorsichtig und auch ein wenig bang, zum ersten Mal den Gedanken äußerte, ich würde gern einen Krimi schreiben. Die spontan positive Reaktion meiner Frau ließ mich dann unmittelbar starten. Und selbstverständlich kamen auch die ersten Leser und Kritiker aus meiner Familie, deren Hinweise und Tipps sehr wertvoll für mich waren.

Zum zweiten waren es viele Kolleginnen und Kollegen am Berufskolleg Lübbecke, die die Nachricht, ich schriebe an einem Krimi, fast schon überschwänglich begrüßten, oft verbunden mit der Frage, wann man das Buch lesen könne. Das tat gut und gab Mut zum Weiterschreiben.

Schließlich möchte ich nicht versäumen, auch dem Verlag CW Niemeyer und der Lektorin zu danken – für die angenehme Zusammenarbeit, für die vielfältige Unterstützung und für das mir entgegengebrachte Vertrauen.

Rolf Düfelmeyer

Als Pfarrer Josef Fraas am Weserufer in Rinteln angespült wird, ahnt noch niemand, warum er sterben musste. Dass sein Körper nicht mehr ganz vollständig ist, gibt Kommissar Wolf Hetzer ein weiteres Rätsel auf. Dann verschwindet der stadtbekannte Politiker Benno Kuhlmann spurlos. Ein mysteriöser Täter spinnt seine Fäden unerkannt im Hintergrund. Hetzer hat das Gefühl, den Schatten des Mörders immer dichter zu spüren. Ein spannendes Duell beginnt.

Nané Lénard. SchattenHaut
352 Seiten. Gebunden. ISBN 978-3-8271-9403-9
E-Book 978-3-8271-9603-3 (Pdf)
978-3-8271-9803-7 (Epub)

Eine Frau verschwindet. Von ihr werden blutverklebte Haarbüschel und ein Fetzen ihrer Kleidung gefunden. Ist sie ermordet worden oder gibt es noch Hoffnung? Die bekannten Kommissare Wolf Hetzer und Peter Kruse ziehen alle Register ihres kriminalistischen Könnens, um die Frau lebend finden zu können. Stundenlange Ermittlungen im Umfeld des Opfers bringen nach und nach grausame Details ans Licht.

Nané Lénard. SchattenGift
352 Seiten. Gebunden. ISBN 978-3-8271-9412-1
E-Book 978-3-8271-9612-5 (Pdf)
978-3-8271-9812-9 (Epub)
Hörbuch 978-3-8271-9700-9

Selbst ernannte Hirnforscher experimentieren mit ahnungslosen Versuchspersonen. Welch tragisches Schicksal hat sich in der Lutterburg vor dreißig Jahren ereignet? Ein Trupp nimmt sich der Geschichten an und findet im Keller der Ruine eine Leiche. Der Tote arbeitete bei einem Hersteller von Lebensmittelzusätzen. Maja Klausen, Norbert Ulbricht und Jürgen Grundmann ahnen Schlimmes: Handelt es sich hier um einen besonders schweren Fall von Werkspionage?

Andreas Schmidt. TodesDuft
224 Seiten. Gebunden. ISBN 978-3-8271-9414-5
E-Book 978-3-8271-9615-6 (Pdf)
978-3-8271-9815-0 (Epub)

Weitere Spannung pur...

Als aus der Innenstadt Holzmindens ein Kind verschwindet, versuchen nicht nur die beiden Kommissare Kofi Kayi und Stefan Ollner, dem Täter auf die Spur zu kommen. Auch die Bürger organisieren sich. Trotzdem können sie nicht verhindern, dass noch ein Kind entführt wird. Da alle Erwachsenen Wichtiges zu erledigen haben, hört niemand zu, als Kim von dem Mann mit den Katzenbabys erzählt …

Sabine Hartmann. Nur ein Katzensprung
400 Seiten. Gebunden. ISBN 978-3-8271-9413-8
E-Book 978-3-8271-9614-9 (Pdf)
978-3-8271-9814-3 (Epub)

Das Vorhaben, am Husumer Badestrand Dockkoog ein Ferienressort zu errichten, stößt auf wenig Gegenliebe. Eine Leiche im Großbecken des Multimar Wattforums – schnell finden Kommissarin Wiebke Ulbricht und ihr Partner Jan Petersen heraus, dass es sich bei dem Toten um den ungeliebten Investor handelt. Geht der Mord auf das Konto militanter Umweltschützer oder hatte Heiners noch weitere Feinde? Die blutige Spur führt an die Ostseeküste.

Andreas Schmidt. WattenMord
360 Seiten. Gebunden. ISBN 978-3-8271-9511-1
E-Book 978-3-8271-9616-3 (Pdf)
978-3-8271-9816-7 (Epub)

Wesemann berichtet vom Karnevalsumzug. Besonders ausgelassen zeigt sich Dr. Bodo Schobinsky. Plötzlich fällt er über die Brüstung des Wagens. Direkt neben Wesemann schlägt er aufs Pflaster. Der Mann ist tot. Infolge übermäßigen Alkoholgenusses vom Wagen gefallen und an einem Genickbruch gestorben. Tragisch, aber nicht sonderlich interessant. Doch da wird im Söltjerbrunnen von Bad Münder der abgetrennte Kopf eines Chinesen gefunden. Wesemann recherchiert.

Günter v. Lonski. Bittere Medizin
288 Seiten. Gebunden. ISBN 978-3-8271-9406-0
E-Book 978-3-8271-9613-2 (Pdf)
978-3-8271-9813-6 (Epub)

www.niemeyer-buch.de

Eine derbe Lausbuben-Geschichte für den ländlichen Raum im 21. Jahrhundert. Ein romantischer Krimi im gepflegten englischen Landhausstil. Wiedensahl, ein Flecken im Schaumburger Land, ist Schauplatz der Handlung. Der Lehrer Philip Lessing gerät mit seiner sechzehnjährigen Tochter Blümchen in einen unheimlichen Spuk. Im Gegensatz zu vielen anderen Krimis werden am Ende nicht die üblichen Verdächtigen verhaftet. Makabre Moritat à la Max und Moritz.

Jan Beinßen. Todesstreich
312 Seiten. Gebunden. ISBN 978-3-8271-9408-4
E-Book 978-3-8271-9607-1 (Pdf)
978-3-8271-9807-5 (Epub)

Wer ist die mysteriöse Tote auf dem Gelände der alten Frankenburg? Und warum findet die Rechtsmedizin merkwürdige Flecke auf ihrem Rücken? Und was hat es mit den Kindern des Mondes auf sich? Das bekannte Ermittlerduo Wolf Hetzer und Peter Kruse tappt noch völlig im Dunklen, während im Wald das Grauen lauert. Spät, viel zu spät hat Hetzer eine Ahnung des Bösen, das sich nicht greifen lässt. Es führt ihn an den Abgrund seines Verstandes.

Nané Lénard. SchattenWolf
368 Seiten. Gebunden. ISBN 978-3-8271-9407-7
E-Book 978-3-8271-9608-8 (Pdf)
978-3-8271-9808-2 (Epub)

Bei einem konspirativen Treffen zwischen Vorberg und einem Bekannten auf Burg Polle wird der Fotograf erschossen. Der Tote ist ein in der Region bekannter Fotograf, den man als „Paparazzo des Weserberglands" bezeichnet. Auffällig ist, dass Vorberg zwar Papiere, aber keinen Schlüssel bei sich trägt, zumal er mit dem eigenen Wagen, einem neuen Porsche 911, angereist ist. Später behauptet der vermeintliche Täter, nicht geschossen zu haben, sondern selber zum Opfer geworden zu sein.

Andreas Schmidt. Tödlicher Schnappschuss
320 Seiten. Gebunden. ISBN 978-3-8271-9404-6
E-Book 978-3-8271-9601-9 (Pdf)
978-3-8271-9801-3 (Epub)

www.niemeyer-buch.de

Blutiger Oktober. In der Innenstadt von Hannover werden menschliche Blutlachen entdeckt. Es fehlen jedoch die Opfer, niemand wird vermisst. Tarek Neumann, ein ehemaliger Zielfahnder des LKA, wird auf den Fall angesetzt. Der durch private Krisen und dienstliche Entgleisungen gebrandmarkte Mittvierziger wurde aus disziplinarischen Gründen zum Zentralen Verkehrsdienst versetzt. Jetzt scheint er der einzige Hoffnungsträger zur Lösung dieses Falles zu sein.

Björn Brocks. Abnorm
400 Seiten. Gebunden. ISBN 978-3-8271-9452-7
E-Book 978-3-8271-9610-1 (Pdf)
978-3-8271-9810-5 (Epub)

Die Beweggründe für die Versetzung aus der Hauptstadt nach Minden möchte Kommissar Rosenbaum nicht jedem erklären. Er will nur gute Arbeit leisten und auf andere Gedanken kommen. In Berlin hatte er die schlimmsten Verbrechen zu klären, doch Sexualverbrechen an Minderjährigen gehörten bislang nicht zu seinem Arbeitsfeld. Und nun ausgerechnet ein solcher erster Fall. Rasch scheint der Täter gefasst, doch es waren nur Indizien und der „Mörderische Feldzug" geht weiter ...

Andrea Gerecke. Mörderischer Feldzug
328 Seiten. Gebunden. ISBN 978-3-8271-9410-7
E-Book 978-3-8271-9609-5 (Pdf)
978-3-8271-9809-9 (Epub)

Hannovers Schützenfest. Alles jubelt, alles lacht, nur einer kann nicht mehr mitfeiern, denn er liegt am Ihme-Ufer und rührt sich nicht mehr. Arne Sonneveld, einer der diesjährigen Bruchmeister. Als Anlageberater hat er sich beruflich nicht nur Freunde gemacht. Kommissarin Marike Kalenberger muss an den Tatort. Und plötzlich steckt sie mittendrin im Geflecht von Schützenehre, geschäftlichen Mauscheleien, Neid, Eifersucht und alkoholisch bedingten Bewusstseinsstörungen.

Günter v. Lonski. Mord auf dem Schützenfest
288 Seiten. Gebunden. ISBN 978-3-8271-9451-0
E-Book 978-3-8271-9611-8 (Pdf)
978-3-8271-9811-2 (Epub)